爱到深处

毛少真 著

中国电影出版社

图书在版编目(CIP)数据

爱到深处 / 毛少真著. －－ 北京 : 中国电影出版社, 2016.10

ISBN 978－7－106－04567－8

Ⅰ. ①爱… Ⅱ. ①毛… Ⅲ. ①长篇小说－中国－当代 Ⅳ. ①I247.5

中国版本图书馆 CIP 数据核字(2016)第 248347 号

责任编辑:贾 伟
出版策划:葛风芹
封面设计:墨知缘
责任校对:门立伟
责任印刷:庞敬峰

爱到深处
毛少真 著

出版发行 中国电影出版社(北京北三环东路 22 号)邮编 100029
电话:64296664(总编室) 64216278(发行部)
Email:cfpygb@126.com
经 销 新华书店
印 刷 北京精致印务有限公司
版 次 2016 年 10 月第 1 版 2016 年 10 月第 1 次印刷
规 格 开本/880×1230 毫米 1/32
印张/10 字数/220 千字

书 号 ISBN 978－7－106－04567－8/I·1120
定 价 25.00 元

CONTENTS
目录

第一章

意外重逢

Accidentally reunited

田心爬下车，一声再熟悉不过的，刻录在内心深处两年之久的“甜甜”，让她立刻抬头向发声的人看去。

“原来是你!”经过冰箱急冻二十几天的语调。

“哎呀，妈！我不是说过我全部都答应您了吗？拜托了，我已经在回家的路上了，相亲又不是排队取号，有必要盯得那么紧吗?”这是田心今天第三次接到她妈妈打来的电话了，她紧锁着眉头，无奈地履行着孝道。

“闺女，你听妈说，妈在这之前都听你的……”

“妈，我说了，答应您了好不好，您不要总是一直催嘛，烦不烦啊。”

电话的彼端哪肯罢休：“你说等你毕业了就带回家，可是你都在骗妈，闺女呀，你的姨婆都来好几趟了，昨天都把小伙子带到咱们家了，妈见了，你一定会喜欢的，他是……”

“哎呀，知道了，他是一个医生，职业稳定，工资又高，模样又好……我都会背了，这些我都答应了。妈，我说过了，我已经在回家的路上了，我刚毕业，您总要让我静心思考一些问题嘛，真是的，我挂了哦。”

“闺女！闺女，你可不能像你的大表姐成为一个剩……”电话彼端挣扎的余音坚执又乞怜。

田心坐在的士的后座上，很不耐烦地挂断了她妈妈的电话，然后往下拉了拉戴在她头上的鸭舌帽的帽檐，勾着脑袋，闭上眼睛，任凭的士司机开慢还是开快，左转还是右拐，心想反正到达古镇至少还有三个多小时的路程。

“的士，的士，的……”

王杉站在的士招呼站台前向迎面开来的一辆又一辆的士频频招手，可是，好一段时间了，没有一辆的士愿意在他面前停下来，而且非但不停，分明就是向他示威，每一辆都加大油门在他面前刷刷而过。

王杉并没有因此而灰心，仍不厌其烦地两眼紧盯着前方，只要远处出现顶上戴着的士标志的轿车一露头，便立刻举起右手，远远地就呼叫了起来，表情很乞怜。

总算等到了，一辆灰色的桑塔纳的士在他的招呼下，停在了他的面前。

司机降下车窗，探出头问道：

“小伙子去哪儿呀?”

“去黄姚古镇呀，师傅，去吗?”王杉一脸虔诚，乞怜中等待施舍。

“小伙子，是这样的，我车上已有一位乘客了，她也是去黄姚古镇的，上车时，我跟她约定过，她同意我拼车前往的，您看，您如果也同意拼车，那么就可以上车了。我按计程表少收您 20 元吧，您看……”

王杉面对着如此拥堵的城市，哪里还顾及拼车还是少收20 元的条件，立刻回说：

“好啊，好啊，太感谢您了。”说完立刻把行李放到后尾箱后折了回来，拉开副驾的门迅速坐了上去。

坐定之后，他拿出手机，看到屏幕上显示 3：30，便侧过脸小声地问司机：

“请问师傅，现在是 3 点 30 分，咱们得几点钟才能到达黄姚古镇呢?”

“哈哈，你们都是第一次去古镇的吧，后面坐着的那个女孩也问了同样的问题。按现在起算，到达黄姚古镇大约在 7 点 30 分吧。”

王杉听说后面坐着的是一个女孩，便好奇地扭过身子欲要跟那女孩打个招呼，回头一看，只见那女孩把头枕在座椅靠背上，脸已被她头上戴着的鸭舌帽遮去了大半张，那架势，显然明示看她的人，请勿打扰。

王杉见此，知趣地把目光收了回来，但残留在他眼底的那女孩的轮廓，特别是那身穿着扁嘴猴品牌服装的衣裤，让他不由自主地心头一阵愧疚涌起，顿时支撑他脑袋的筋骨仿佛断了似的，软软地依到了座椅的后背上，机械地把左边的手掌提起掩住了脑门，眼前呈现永远也无法抹去的场景，耳边是她歇斯底里的狂嚎：

“王杉，你是……王……八……蛋……”紧随其后，住院部大楼门厅四周的墙壁回旋着如同一颗炸弹引爆后的滚浪回音以及田心把手机砸到王杉脚下四分五裂后撞向墙壁的金属撞击声。

她就是穿着同样服装品牌与花色的衣裤在轰轰烈烈的嘈杂声中消失在连廊的尽头。

内心无处藏匿的愧疚不能自已。

“我真不该啊，这错上加错，终归是无可挽回了。”王杉的手掌连同五指压迫脑门，耳边换成她从来没有过的严肃的语调：

“王杉，这是我最后一次告诉你，也是我最后一次声明，绝对不允许你跟她出演《化蝶》这台双人舞，你是我的，今天我把话讲死了，我永远不会同意你跟她出演！”

背影，高昂着头，还是那身扁嘴猴服装品牌的衣裤。急匆匆走着的脚步很刚毅，背影显现的信息，均已表征此事没有任何商量的余地。

王杉冲着迎面走来的班主任葛老师走了过去，树阴下，他一副虔诚阴霾的脸。

“葛老师。”

“怎么啦？王杉，这副表情。”女性老师似乎特别会察言观色。

“葛老师，是这样的，我女……”

怎么启齿呢，虽然与田心相处了两年的朋友关系，可是从来没有公开过呀，这怎么跟老师提起呢。

王杉结巴了一下立刻改口说道：

“是这样的，葛老师，我想了很久了，我履行这次毕业汇演是不合适的。”

“为什么呢？”王杉的眼眸与葛老师的眼眸对了一下，立刻低下了头。

葛老师停顿了一下说：“不行啊，王杉，都什么时候了，怎么可以退出呢？各系的节目单都已经报到院党委了，历年院党委对于毕业汇演都是很重视的，院领导是希望在历年的毕业同学中，能留下一些出类拔萃的舞蹈作品啊，你看当年上海音乐学院跟你们同龄的陈钢和何占豪，他们就留下了盛名海内外，让全世界华人都为之骄傲的作品啊。”葛老师说完，看见眼前的王杉还是勾着脑袋，便向他靠近了一步后用很轻柔的语气对他说：

“王杉，有什么困难吗？你有任何困难，我都可以帮助你解决啊。”她体贴地拍了拍王杉的肩膀。

“我怕演不好。”王杉在葛老师近乎母爱的热情中拽来了一句不成理由的理由。

“你这就过谦了，葛老师我还是清楚的，你是咱们班里学习成绩最好的同学，天赋加上你的努力，你所呈现出来的舞蹈表现力，在院里不止我一个人赞誉的。”

王杉被葛老师这么一说顿觉语塞，一时再找不出什么理由来。葛老师看着王杉表情的变化后继续说：

“对了，市歌舞剧院的刘苏晴院长前几天还特别给我挂来电话，说这次到她院里实习的同学中，就数你最优秀了，她还希望你毕业后能够到她的歌舞剧院工作呢。”

“葛老师，我……”王杉还想再说什么。

葛老师立刻打断王杉的话后说：“你就不必再找什么理由了，再说，你这次的双人舞《化蝶》是与咱们班的优秀同学胡蝶搭档，这正是强强联合啊。我相信这台舞蹈一定会很出色的。”

葛老师没等王杉再说什么，接着说：“你知道吗？王杉，胡蝶的妈妈就是你们参加实习的市歌剧院的院长加编导呀，你能跟她女儿同台表演，不是再好不过了吗？“

王杉的脸从阴霾转向坚执，当他还想表白什么时，还没等他说出口，葛老师抢先把他的话堵死在喉口上：

“什么都别说了，我希望这台古典舞《化蝶》舞出你的人生，载入咱们院的舞蹈人名录。加油，王杉！”

葛老师的一句加油，把王杉逼到了墙角。

食堂里，已经很多天没有看见田心的身影了，王杉陷入了进退两难的境地。

很明确，田心的突然隐身是在给王杉制造模拟结局的信号，并通过信号无声地警告他：悬崖勒马。

王杉的回忆被一声撕裂空气的汽车鸣笛声和跑车特有的轰鸣声打断，他睁开眼睛，只见一辆简直就是超音速速度的红色轿跑“刷”的一声从他的副驾边上来了一个 Z 字形的超车，夺路而去，惹得司机在惊魂未定中连连抱怨：娘的，可恶的马路杀手，这不是横刀夺路吗？

横刀夺路吗？应该是横刀夺爱呀。

王杉终于熬到毕业汇演了，也就在这个时刻，意想不到的横刀夺爱的一幕如同刚才的轿跑在他与田心之间上演。

学院的演出大厅，各系各年段的同学分阵列坐在台下，王杉上台前用心观察台下几次了，不见田心到场。

王杉该上台表演了。

舞台，王杉和胡蝶随着音乐的旋律翩翩起舞，舞姿博得了台下老师和同学们的阵阵掌声。

可是，他的田心始终就没有出现在台下的观众席上。

她真的不来了吗？

田心，田心，王杉用眼角释放他内心的牵挂与渴望她的出现。

很好认出她来的，一年到头从不改变的那身扁嘴猴服装品牌，这种坚守一个执念的穿戴，让王杉在校园中寻找她时变得很容易，如同马路上的红绿灯，不管到任何一个城市，其外形与灯光色彩永恒不变。但是，王杉很清楚，虽然每套衣服大致雷同，展现在面料上的每套扁嘴猴的图案表情却不一样，如同她在他面前时，撒起娇来如出水芙蓉软弱娉婷，发起脾气如渔阳鼙鼓动地而来。

台下的同学们再次鼓掌，台上的梁山伯与祝英台化作两只翩翩起舞的蝴蝶，托举，旋转，舞蹈的高阶舞美。

不好，胡蝶在王杉托举旋转中突然从他的手上滑落下来，重重地摔在了舞台地面上，台下一阵哗然，靠舞台近的老师和同学已跳上舞台围住了他和胡蝶……

当时他除了害怕发抖，其他发生的一切似乎都已经失忆了，能记起来的，就是学院演出大厅门口急促的救护车的鸣笛声。

后来，他似乎没有任何选择地承担了陪护胡蝶住院疗伤，他不否定内心是自愿的，同时也是被逼迫的。自愿是来自于责任，祸起萧墙，他罪责难逃；被逼迫是因为她的父母双双出国考察去了，身边举目无亲。

毕业季和校园一年一度的假期的到来，相继来看望胡蝶的同学越来越少了。

在学校的同学差不多都离校的时候，田心终于出现了，她出现在住院部大楼的门厅。

她突然从大厅柱子后面走了出来，气急败坏地拦住了王杉的去路。

他拖着沉重的步履见有人堵住了他的去路，潜意识中抬眼一看，居然是田心站在他的面前，从田心的架势看，显然，她是来找事的。

田心首先开口说：

“王杉，你知道你每天晚上在女生公寓门口等我，我为什么不想见你吗?”

王杉对田心的突然出现还没有回过神来。

田心声调提了提后接着说：

“是因为你没有终止你脚踩两只船的卑劣行径，你知道吗？今天我最后来问问你，你就当我的面二选一，二选一懂吗？王杉。”句末的语调提得很高。

“哎呀，从何说起呀甜甜，咱们都两年了，还说什么二选一呀。”王杉一脸虔诚，他万万没有想到，他手上拎着的东西让他俩的爱恋到了恶化的边缘。

“两年了吗？你手上拿的是什么？是给她买的吗？”田心敏锐的双眼紧盯着王杉手上拎着的透明塑料袋子，向他逼近了一步后，快速地从他手上夺下了那个透明塑料袋子，接着，仿佛是强压过内心的激愤后低沉地对王杉说：

“王杉，不用二选一了。”田心横眉冷对，将塑料袋子伸到王杉面前指着上面的文字后说：

“王杉，你知道这是什么东西吗？是干什么用的吗？超薄贴身，我今天才知道你和她如此贴身了。”田心的脸近乎扭曲，一种被羞辱的红晕来到她的脸上，心头的嫉恨立刻与心中的怒火结合起了盛气凌人，她咬着青灰的嘴唇，瞳孔亮晃晃的，仿佛两支就要射出去的火箭，目光炯炯，盯牢王杉。

突然，她的声音提高八度：“王杉，你是王八蛋，你卑鄙。”强度震耳欲聋。

与此同时，田心手上抓着的手机狠狠地朝着王杉站立的脚下砸去，他躲闪了一下，四分五裂的手机碎片向四周飞溅了起来。

紧接着，在王杉还没反应过来时，田心狠狠的一记耳光已经落在了他的脸上，接着她扬长而去。

这一记重重的耳光可惹恼了整日里心烦意乱的王杉，他恼羞成怒，看着田心的背影，狂嚎：田心，你滚，滚得越远越好。

王杉回忆到这，深深地叹了一口气，他的手潜意识中从他的脑门移到了左边的脸颊上，喃喃自语了起来：

“真该打呀，这记耳光打的一点不过分啊。”

“我真是一头猪呀，要是早知道超薄贴身的作用，打死我我也不可能会去帮她买的。”王杉自责自嘲的声音淹没在汽车发动机的轰鸣声和车速穿越空气的噪声中。

王杉后悔莫及地摇着头，眼前出现过往的一幕：

“大姐，我要买这个，有吗?”王杉从口袋里拿出一张胡蝶事先给他写好的纸条递给站在货柜旁边的售货员大姐，纸条上写着四个字：“超薄贴身。”这东西是胡蝶叫他路过超市时要帮她带回来的，还说她这两天要用。

当时，售货员大姐接过纸条看了之后，就以异样的目光先瞟了王杉一眼，然后告诉他在前面货柜的第二层。

王杉顺着大姐的指引，走到货柜边上顺手就取了一大包回到收银台结账。

当时收银小姐告诉王杉说：先生，这么一大包是要用两年的，王杉哪里知道什么用两年的，那时的他一心只想着只要是胡蝶需要，多买一点也没关系，如果可以通过买给她需要的东西讨她欢心，以此弥补他对胡蝶造成身体伤痛的歉疚感，他就足以了。

谁知道这一大包超薄贴身一下子就让田心看了出来，更没想到的是，田心为这一大包超薄贴身而生气的原因，他到了后面才知道它的利害关系。

王杉清楚，他跟胡蝶出演双人舞以至后面又陪伴她，田心肯定是要跟他闹的，但他认为，只要胡蝶康复了，或者她的父母从国外回来领走了她，他再找时间哄哄田心，把他的难处细细告诉她，她肯定是会原谅他的，再说田心这种情侣之间的吃醋在他俩相处的两年中已是屡见不鲜了，因为田心太爱他了，甚至这种爱达到了不允许外人沾边的完全占有欲进而升华为雷同她的私人财物。

田心扬长而去之后，王杉拖着疲惫的步履走进了胡蝶住的高级病房。

随后超薄贴身利害关系的秘密也随之揭开。

“王杉回来啦，快坐下来休息会儿。”胡蝶见王杉走进病房，一副被霜打过的麦苗，一脸憔悴的样子，心疼的招呼了起来。

王杉见到胡蝶的床沿坐着一位陌生的女生，便强拉起笑脸对她笑了笑，然后侧过身把刚买回来的快餐和一大包超薄贴身放到了床头柜上。

“这是我中学时候的同学，她也在C市上学，叫曹青婷。”胡蝶向王杉介绍了她的同学。

“哦，您好，曹青婷。”

曹青婷的目光一下被放在床头柜上的超薄贴身吸引了过去，笑着对胡蝶说：“喂，胡蝶，你好保密呀，你男朋友连你例假用的超薄贴身都帮你买呀，而且买这么多。你们俩贴身到这个份上了，都没告诉老同学，胡蝶，你太过分了哦。”说完，转眼以赞许的目光看着退到病房角落洗手台边上洗手的王杉身上。

什么，例假用的超薄贴身？

“王杉，你知道这是什么东西吗？是干什么用的吗……”

“王杉，你是王八蛋……”

天大的罪过啊，田心，我错了。

王杉立刻转身离开病房，向着学校的方向狂奔而去，可是，找遍了学校所有的角落，食堂，女生公寓，田心再也没有在学校的任何地方出现过了。

后来的几天，每晚从胡蝶那回到学校，他就坐在女生公寓的大门外守着，通宵达旦地等待着田心的出现。内心的亏欠，通过新买来的用以补偿给田心摔坏的手机中的微信，向她诉说着内心的罪过与愧疚。在隐约而至的苍茫失恋中，他的内心已一寸一寸碎开。

的士的速度突然减了下来，王杉失魂落魄地从一堆回忆的碎片中爬了出来，抬眼看了看挡风玻璃的前方，哦，进入广西境内了。

划出六条通道的收费站，顶上几个大字映入眼帘，广西人民欢迎您。

广西人民欢迎您吗?

她就是广西人民啊。

“甜甜，这个暑假你带我回家好吗？我喜欢桂林山水。”

“不行，我还没跟我妈汇报过你的存在呢。”田心的手扶在池塘的石栏杆上，眼睛盯着池塘中几只鸳鸯在戏水，回答的口气很果断。

“那你就跟你妈说绣球已经给我了，不，已经被我抢走了。”王杉的身子依在池塘边的一棵柳树的树干上，离田心三四步远，说话的表情很乞怜。

“不行，你这只馋猫，没有到那个时刻，我不会把绣球给你。”

王杉退而求其次。虔诚十足地说：

“那么，你告诉我，你家住在桂林的哪条街上，门牌号是多少?”

田心斩钉截铁地回答："那就更不行了，你这个从来不顾结果，不，是后果的冒失鬼，万一突然出现在我家怎么办？"

田心对王杉的诉求似乎无动于衷，一小块一小块掰着手上的面包往池塘里扔，一大群挤成一团的红鲤鱼争先恐后地抢面包。

"你可要认真对待我的诉求呀，再过几天就放假了，离开你我肯定就活不下去了。"

田心没有回答，依然若无其事地喂鱼。

"这样好不好，我向你保证，每天就像刘三姐的阿牛哥一样，在漓江捕鱼，捕了鱼就往你家送，扮演一个渔夫……"

田心漫不经心地打断王杉的话说："还是要进我家门不是？"

"你还是不同意是不是，我叫你不同意，你这只扁嘴猴……"

王杉突然扑向田心，一把从背后抱起她，欲要把她扔到水里，嘴里絮絮叨叨：

"我要当楚霸王了，霸王别姬，我要把你扔到水里，然后我也跳下去，我们俩一起沉下去，接着穿越……"

田心的身子被王杉悬在池塘的石栏上，直喊救命，娇声袅袅，吓得池塘里的鸳鸯纷纷逃离……

"先生，还有后面的小姐，绕过这个大弯，就到达你们要去的目的地古镇中心街区了。"

司机的大嗓门，拽回了王杉不成章节的回忆，神情恍惚中回了司机一个"哦"后抬头向车窗外看去。

王杉定了定神，注视着窗外不断流逝的景物，庄稼田里，山坡上，农舍慢慢由这里几栋那里一簇变化成左右两排夹着中间公路的现代村镇街区，只是这些连排的房子和铺面是由个体农民自行云集这里，自作主张地盖宽盖窄，盖高盖低，形成了连排中宽窄不一，高低不一的现代大都市山寨版的街景，在质朴中不失繁华。

随着的士的拐弯，王杉看到车窗外的一切瞬息而变，顿觉一阵穿越飘然而起，仿佛让自己穿越过了一道时光隧道，明清时期的风物跃然眼前，街道两旁，古色古香的粉墙黛瓦，斑斑驳驳，似乎过往的岁月有意在这儿用深色的青苔和老旧的木纹告诉穿越过来的人们，它的历史至少三位数以上了。

的士在迎面而至的斑驳石板路与水泥路分界处停了下来，头顶上的前方是一处古老的牌坊，显然，牌坊分隔了现代与古代，分明是时光隧道的门洞，前世与今生的分水岭。往后看，身后过往的现代经历已经不再，往前看，穿越过去是灵魂的前世，它预示到这里过洞的人们，前世今生，该留下什么，该舍弃什么，想好了再穿越。

王杉自然在来到这里之前，他就已经想好了，舍弃那段不期而遇的，让田心足以把他与她的爱恋粗暴摧毁的伤，留下或者捡起两年本该岿然不能动的永恒，让它在广西美丽的山水之间嫁接田心在他面前常常哼起的刘三姐绣球抛向阿牛哥时唱出的：“我俩结交定百年，那个九十七岁死，奈何桥上等三年。”

该付路费了。

王杉歪了一下屁股，把手插到牛仔裤的后口袋准备掏钱的当儿，坐在后面的那个女孩接电话时传到他耳膜的熟悉声音瞬时让他侧耳倾听。

“是，寒姿，车子刚刚到达古镇，你订的酒店我在微信上已经看到了，没问题，应该很容易找到的，莲影酒店。”

“嗯，莲影酒店，记住了。”

"哈哈，这么久了你还不知道我田心这个人啊，始终就是来无影去无踪的。"

田心，我的甜甜，天意啊，在我穿越之前，她居然尾随而至了，真是天意啊，王杉内心庆幸不已。

王杉一同支付了田心的路费，立刻开门下车，先到后尾箱取下他和田心的行李后，立刻折回来打开后座的车门，脸上堆起了笑意，站在车门后毕恭毕敬地迎接田心的下车。

电话还在车厢内继续：

"嗯嗯，对，只有谁让我田心住进你的医院，我才会乖下来。"

"哼哼，回家拐道古镇，目的很清楚，想通过古镇静静心。"

"嗯，像古镇一样，让历史尘封过去，从头再来。"

"嗯嗯，一定的，回程了先不急着进家门，先到你那，向你这个老闺蜜诉说我这两年的失败与不堪。"

"挂了，司机催我下车了，Bye!"

田心放下手机，从包里掏出钱来递给等候她下车的司机，递过去的钱被司机拒绝了回来，说刚才坐在他副驾座位上的小伙子已经帮她支付过了。

田心爬下车，一声再熟悉不过的，刻录在内心深处两年之久的"甜甜"，让她立刻抬头向发声的人看去。

"原来是你?"经过冰箱急冻过二十几天的语调。

"是我呀，甜甜，我就是要去桂林找你的呀，我路过古镇，是体验你以前跟我说起古镇时的那句话：人生可以通过进入古镇尽享静心，洗心，从而让自己的生命历史留下让子孙称颂的那光洁的一页，我就是来古镇洗心革面的。"

“多余了！”田心摆出一副冷若冰霜，波澜不惊的傲慢态势，面无表情，根本就没想过要搭理王杉，不屑一顾地拿过王杉身边属于她自己的行李箱，拖着转身就走。

走了几步便停了下来，拿出手提包里事先准备好的一张古镇地图，站在昏暗的路灯下看了起来。

王杉在突如其来的田心的冷漠中回过神来，立刻疾步跟了上去站在了她的面前，欲想找出一句话用以平息她的狭路相逢。

“甜甜，地图拿反了，上北下南。”

“甜甜，我送你去酒店吧，我跟你住在一起，噢不，我也住在你的酒店里。”

“对不起，我男朋友再过一个小时就来了，我们已经定好了套房，请勿打扰。”田心找来了一句杀伤力极强，完全能够出奇制胜，也是最能挽回自己被他莫名其妙地抛弃的话语当面向他发射了过去。

说完，拖起行李箱，绕开王杉向前面走去，手提包拉链头上挂着的王杉要过几次没要到的绣球，随着田心的脚步一晃一晃地摆来摆去。

王杉如同五雷轰顶，这突如其来的变故几乎让他瞬即瘫倒在地上。

昏暗的路灯下，王杉不知自己已经站了多久，突如其来的头顶上浇下来的阵雨，稀释了他从眼眶里不断涌出的委屈到无法自持的泪水。

他已经彻底失魂落魄，毫无目的毫无方向地沿着青石板条和鹅卵石铺就而成的古街道走去，被毛毛细雨和昏暗的路灯光晕淹没下的背影，如同一个孤魂野鬼，他不知道自己转过多少条街道，拐过多少个弯。

“喂，小伙子，找便宜酒店的吧？别再找了，我都看到你第三次从我面前走过去了，来吧，就住在我这吧，正好我还有几间客房空着呢，不贵，住七天送两天。”一位看上去七十开外的老汉操着参杂着很重的地方口音的普通话向王杉招揽着生意。

王杉流离的灵魂似乎被这位老汉招回了，他抬头看了一眼老汉，再看了一眼老汉铺面门头上方的一块牌匾，饱经风霜的“四方客栈”四个大字，从它脱落了脱胎黑漆和金箔字留下的斑斑驳驳可以看出，数百年来它接待过多少达官贵人，云游侠客，也接待过像王杉这样悲恸沮丧的失落人。

王杉走到老汉的柜台前，毫无声息地递了钱递了身份证，登记了之后，便跟在老汉的后面，让他带进后院的客房，其情景如同父亲领回了一个流浪的儿子。

他疲惫地推开了老汉为他指引的客房的门，放下背包，身子一仰，面对着死寂的暗夜，他分不清自己的眼睛是睁开的还是闭着的，更不知道自己是活着的还是死去了。

他万万没有想到，与田心的如此巧合，却又分开的如此顺理成章。

我们已经定好了套房，请勿打扰。

请勿打扰啊。

这就是结果了吗？结果相等于结局啊，两年情深，一朝缘浅吗？

“不行，我要去找她，什么都没商量过，仅 20 天，就把我随便给换了吗？”

王杉彻底忘了 20 天前他与田心分开时的结束语是多么的理直气

壮："你滚，滚得越远越好。"

而今他把第二次分手的焦点归结为什么都没商量过，关于婚恋男女之间的主权归属问题，他显然是一个白痴。

"哎，不能怪她呀，总结起来，一路走来，自己在一个痴情至极的女孩面前所表现出来的安全感，确实是令她太大失所望了。"

"是哪一次已经忘了。"

王杉用自言自语给他大脑的回忆旁白着。

"王杉！来一个！王杉！来一个……"台下的同学对王杉这个在校园里很活跃的学生会副主席的表演才能太崇拜了，搞得王杉每次召集学生会成员扩大会，总是要带上一两个节目。

一个女同学在台上报幕：今天，我们的王杉同学给大家带来一个哑剧小品《指挥家》，下面有请王杉同学上台。

台下掌声一片。

"啊，就这样给报幕啦。"王杉顿觉匆匆，赶忙把一束鲜花道具交给报幕同学说：

"快，我要上台了，麻烦你一会在我表演到向观众谢幕时，找一个女同学走上舞台，把这束花献给我。就这样，我要上台了。"

王杉戴上假发便上台去了。

舞台背景 LED 大屏幕，随着王杉走向台前，视频呈现出维也纳金色音乐大堂交响乐队的全景画面，舞台的灯光瞬间暗了下来，一束追光灯投在穿着燕尾服，手指上轻巧地夹着指挥棒的王杉，一副神气十足的交响乐团指挥与大屏幕中的乐团融为一体。

王杉的目光左右扫视了台下的观众席后，深深地向台下的观众鞠了一个躬，接着面带微笑地又鞠了一个躬，这一个鞠躬只有他自己知道，是应他女朋友约定，每次上台表演，必须要给她鞠一个专属她的鞠躬，他刚才目光扫视台下时已经发现，那个身穿扁嘴猴品牌套装的女孩就坐在台下前三排。

王杉转身，面对着交响乐团，他的两手微举，乐团各就各位，随着指挥棒在他的手上划出优美的各种弧线，起伏，音响响起了《蓝色多瑙河圆舞曲》的优美动听的旋律，此时台上的王杉，仿佛就是拉脱维亚指挥大师马里斯·扬颂斯。

一场舞台上只有王杉一个人独台戏的交响音乐会被他娴熟和优美的指挥下让台下的同学们身临其境，沐浴在热烈和愉悦的气氛之中。

几分钟后，旋律在他指挥棒干脆有力的划线中停了下来。

这时，王杉的哑剧表演技艺正式进入高潮。

指挥家走下指挥台，与首席提琴手拥抱，绝妙的拥抱技艺，从前面往后背的一双手，让台下的观众看上去，仿佛就是真实的两个人在热烈拥抱，堪称惟妙惟肖，绝伦至极。

与首席提琴手拥抱之后，指挥家走上指挥台，向乐团做了一个谢幕的手势之后，转身向台下的观众深深地鞠了个躬，台下的观众一片掌声。

就在这时，他的同班同学胡蝶手捧一束鲜花，跑向舞台，站在王杉的面前，向他鞠了个躬之后，把手里的鲜花献给了他。

王杉接过鲜花，向台下的观众做了答谢的示意后，走下指挥台要与胡蝶拥抱。

就在王杉拥抱胡蝶以表谢意的当儿，演出前事先装在他背后的腰带开关神不知鬼不觉的被他扭动了一下，他的裤子因宽带瞬间滑落到了他的脚面上，露出两条白净净的大腿，这突如其来的变故，让台下的观众一片哗然，让喜剧达到高潮。

胡蝶哪里想得到有这一出，松开王杉的拥抱，站在他的面前，先是目瞪口呆，之后两手立刻掩住了脸，娇羞娉婷。

这时，王杉高超的哑剧肢体语言全部发挥到了他的脚上，手上和面部表情上，引爆了台下观众的一阵又一阵掌声。

可是，王杉丝毫未察觉到居然有一股伤害悄然袭向田心，也因为这台哑剧，让她锁定了胡蝶，也因此，让她不假思索地跳进醋坛不能自拔。

王杉不知此时自己为什么要回访这段历史，但他很清楚，为了剧情需要，他被田心的误解真是冤死了。

王杉认定自己在田心面前当了屈死鬼是铁板钉钉了。

哑剧与胡蝶，《化蝶》与胡蝶，超薄贴身与胡蝶，哪一个环节中，上苍再给他十张嘴，他在如此爱他的田心面前都无法解释的清楚，更何况二十一世纪的女孩喜好拼心碎呢。

王杉深深的叹了口气，看着眼前的暗夜，内心一片黑暗。

“我既然屈，我为什么要选择屈到底呢?”王杉曲了个腰，坐了起来，坚执的执念火焰仿佛在他的胸间燃起。

“不行，既然今天已经碰到她了，我必须要找她解释清楚。”

“此时她在干什么呢?”

“还能干什么，不行，说什么也不能那么容易就把我给换了，才二十天不是吗?”

“哎，难道爱是无界，爱是浮云来去多少回啊?

“难道真的现实如此醒目，情感如此刻骨吗?”

“不行，我得去找她!”

王杉在孤单的自虐里，对白是自言自语。

王杉在不大的古镇中很快找到了田心入住的莲影酒店。

他挺着胸走进酒店大堂，径直走到服务总台，底气十足地对总台的服务小姐说：

“请问小姐，我要找一位今晚入住你们酒店的田心小姐，请您帮助查一查她住在哪一个房间。”

真如田心所说，他是一个冒失鬼，什么钟点了，一个孤身男人，到酒店询问一个女孩住在哪一个房间，这不明摆着要遭拒吗?

“对不起，先生，我们酒店必须保护住店客人的隐私权，对不起，我不能帮助您。”总台小姐直面拒绝了王杉的诉求。

“那么，您可以告诉我田心小姐是入驻你们这个酒店吗?”王杉退而求其次，想证实田心是否入住的就是她在的士车上流露出来的入住莲影酒店。

“先生，无可奉告!”

王杉在无可奈何中被酒店的保安叫离酒店大堂。

田心确实入住莲影酒店。

田心抛开王杉之后，没走上几步，眼眶里已情不自禁地涌出了泪水，簌簌地从面颊上流了下来，滴落在百年的青石板地面上。

走到莲影酒店门口，她以最大的克制力抑住了泉涌般的泪水，走进酒店服务台，透出哽咽的声音办完了入住手续，到了房间把行李一扔，便疑是银河落九天了。

她瘫坐在地毯上哭过了一阵子之后，便爬到了床上，找来了手机，向她的闺蜜寒姿拨去了电话。

“寒姿……”因哽咽说不出话来。

“田心，你怎么啦？住进酒店了吗？”电话彼端的寒姿，一下把心悬在嗓子口上，她在紧张中提高了声调对田心说：

“田心，你怎么啦，碰到坏人了吗？快说啊，不怕的，在古镇我们有同学，我的朋友也住在你入住的酒店里呀，怎么啦，快告诉我……”寒姿敏感地把新闻上常出现的女孩子夜间遭袭的事件有机地套在了闺蜜田心的身上。

追问中，无应答中，田心把手机扣在耳朵上，只有哭声传给电话彼端的寒姿。

“快说啊田心，你急死我了。”寒姿潜意识中，内心已跟 110 连上了线，等待一触即发。

“我碰到他了……”田心伴着哭声抛出一句没头没尾的祈使句给寒姿。

寒姿哪里听的明白，心从 110 那抽了回来，声调降了八度后说：

“你碰到他了，他是谁呀？会让你哭成这样。”

“他是王杉，他也来古镇了。”

“哦，是他呀，吓死我了。”寒姿解除警戒，松了口气接着说：

“很正常，想念，却不想见的人，大凡初始失恋都这样，继续哭吧。”寒姿摆出一副教父的神态，把带有嘲讽的口气传给电话彼端的田心。

“不要这样好不好，寒姿，你不能安慰安慰我吗?”

“安慰?有什么好安慰的，我一听到王杉这个名字，我真想抱起行李箱向他砸过去。”

这种路见不平两肋插刀的少年时的同学升级为青年时的闺蜜足以使田心此时得到安慰，

寒姿见田心没有反应，停了停后继续说：

“你说，像王杉这种男人还值得留恋吗?还值得让你深情流泪吗?我帮你盘点他一下好吗?你看哦，他当着你的面，叫胡蝶给他献花对吧，献花也就罢了，还当众把裤子脱下来露出两条白漂漂的大腿接受她的献花……”

“他不是把裤子脱下来的，是自然掉下去的。”田心打断了寒姿的话，立刻纠正了寒姿的歪曲。

“好，就算你认为不是脱下来的好不好，那么，当天刷屏的朋友圈的那些照片，那些视频能说明那是剧情需要的脱吗?好，就算是剧情需要好不好，《化蝶》也是学院行为好不好，护理胡蝶也是情理之中好不好，那么，我问你，那一包超薄贴身又怎么解释呢?我跟我男朋友寥寥三年热恋，不，苦恋，我敢叫他去帮我买超薄贴身吗?”

这义愤填膺的对王杉一顿数落，足以勾起田心的爱恨情仇，她立刻抛开通过这二十天来，从仇恨中又反弹回来的怀念，即刻加入到寒姿的声讨阵营中来，找来了一句呼应寒姿的话说：

“是，这个王八蛋。”

“对了，这个定义很恰当，王杉就是一个十足的王八蛋。”寒姿在田心的基础上加重了语气。

“那么，你说我现在该怎么办？”田心立刻讨教。

“在静谧中拾起回忆，在取舍中扬帆起航。”寒姿的话似乎很高深，田心一时悟不出来，忙说：

“听不懂！”

“我们的祖国幅员辽阔，地大物博，而且有着茂密的原始森林，那么，我们为什么要在一棵树上吊死呢？”

田心看到寒姿如此文青，开始有点急了，提了提声调对寒姿说：

“哎呀，别舞文弄墨了，直说！”

“让痴情突围！”寒姿直说了一句。

“让痴情突围？能说具体点吗？”

“你应该清楚，你的痴情横遭王杉遗弃没错吧，那么，你此时应该毅然决然从你的痴情中振作起来，从痴情中突围出去，把身后的往事霍然斩断，忘掉那两年不幸的痴情，用如焚的肝胆，从被王杉没谱的情感统辖中，突回到你自己靠谱的家园中去，用很简单，极干脆，特果断，巨坚决地处理掉你对他的痴情。”

“你是说从此头脑中不要再留下他的任何遗骸，包括对他嫉恨的那一面？”田心仿佛开悟，大大地向寒姿走近了一步，传到彼端的声音显然亮嗓了许多。

“对，你知道什么叫失恋吗？失恋其实在男女之间是共存的，你被男人一踹，男人被你一踹，人生就是这么公平。”

“哦……”田心在拉长的语气中，脑际立刻闪过前面拒绝王杉时说的一句话，她停了停回寒姿说：

“我明白了……”她把顿悟的信息通过语气透给彼端的寒姿。

寒姿听了她没有任何底气的话后反问说：

“你明白什么?”

“我刚才拒绝他送我去酒店时说：‘对不起，我的男朋友再过一个小时就来了，我们已经定好了套房，请勿打扰。’这算你说的人生就是这么公平吗?”

“你太有智慧了田心，说得太有杀伤力了，今夜画角鼙鼓齐鸣，金戈铁马并举，这就是你的痴情在突围，加油！耶!”寒姿反客为主，激动不已。

寒姿停了一下换了一种语气抢先说：

“其实，普天下的男人，何止就他一个给你一辈子，优秀的男人又何止他一个呢?问题是在这个问题上，往往都是我们女人贱，一旦情感被男人全面突破之后，接下来那些上了锁链的情感就主动的交给男人全面管辖了，甚至顺从地让男人把你引入痴情的后花园，且心甘情愿于行云流水之间，赤裸裸地让男人虚荣地欣赏着你对他的依恋，直到有一天，你的痴情因被他完全石化，那时的你，首先顿时化作倾盆雨，唱起了长恨歌，可是，一切均为时已晚。“

田心知道寒姿之前有过一段类似于田心现在的经历，所以对她的笠翁啰嗦不以为然，并且内心里用了常理两个字对她的高论加以批注。大凡女人的酒量多因失恋而与日俱增。

田心顿觉就是给寒姿一个晚上的时间，她也是会滔滔江水连绵不绝的。她当着彼端寒姿的面，打了个哈欠顺口说：

“好了，待我明天收纳下眼前古镇的如画风景，在静谧中……”田心又打了个哈欠，话锋被寒姿抢了过去：

"在静谧中突围，带着自己的灵魂与肉体穿越。好吧，祝你在古镇开心百分百，byebye!"

累了，真累了。

田心放下手机，拉下眼帘，手脚摊开个大字型。

是啊，我怎么就不知道突围这两个字呢？

突然，她从床上一跃而起，立刻扭动房间的灯光，快步走进洗手间，站在洗手台的镜子前，注视着镜子里说不上是什么表情的女人。

对视了很久，她当着镜子里那个与她对视的女人的面，开始一件一件从外到里褪去了穿在她身上的衣服。

浴缸的水声一会静一会动。

田心从洗手间走到窗前，拉开窗帘的衬纱，一轮明月挂在暗蓝的天空，旁边没有一点云朵，陪衬它的满天星斗，忽明忽暗。窗户外，视角的低处，明月清辉下的一大片一大片古镇屋面的黛瓦和相隔于黛瓦之间的马头墙，宛如一匹匹整装待发的战马停在窗户的前方，依稀可见。

好吧，趁着月华风轻，何不穿越。

王杉被莲影酒店的保安叫离之后，垂头丧气地回到了他的住处，颓然地坐在床沿上，仿佛他的脖颈因为头部的负重而低垂着，内心检索着自己究竟还有哪一股元气可以补充上来。

最后，他从背包里拿出了新买的，用以补偿给二十天前他跟田心吵架时，因他而起田心自己摔得粉碎的，还没有找到机会送到她手上的那部新手机，看了一眼后，放到了枕头的旁边，然后掏出自己的手机，重复着这二十天来与田心之间没有对答的微信聊天，王杉深知，这是他思念田心的唯一的精神寄托了，纵然田心没能回他任何一条微信。

王杉开始深情依恋。

“甜甜，你还是不回我呀，都二十天了，再过两天就是你的生日了，记得两年前你生日的这一天，我闯入了你的内心，一晃，就要过第三个年头的生日了，我多想再过两天，咱们还像两年前一样，每逢你的生日都在一起过，你当着我的面吹蜡烛许心愿。”

一条微信发出去了，王杉继续写：

“你记得吗？那是第二年，你过生日的那个晚上，同学们都散去了，你依在我的怀里问我说：‘你知道我许的什么愿望吗？’我一时语塞，猜了好几次都没猜准，后来你提示我说：你常在我面前哼的家乡的山歌，其中的三句呀，我顿时茅塞顿开，我用山歌回答你：我俩结交定百年，我俩一起过生日，一过就是一百年。”

又一条微信发出去了，王杉继续中：

“可是，甜甜，你必须告诉我，今晚分手时，你告诉我的是事实吗？其实，我一点都不信我耳朵听到的从你嘴里说出的一切，我坚决不信的。你知道吗？我到你酒店找过你，被保安赶出来了，我现在主意已定，我一定要找到你，我必须找到你，我当着你的面我向你解释过往的一切，甚至，我都可以当着你的面把我的心剖开，让你看到我的心里只装着你。其实，分开的这二十天，从那天我们吵架开始，每天晚上，我就拿着手机要向你做解释和道歉了，可是，等我的这二十天，只有属于你手机号码的这部手机倾听着我日日夜夜的倾诉呀。”

王杉顿觉自己的眼眶湿了，看手机屏幕的视线模糊了起来。他用袖子擦了一把涌出的泪，静了一会，继续写道：

“甜甜，我这次是专程要到你的家乡桂林寻找你的，虽然你没有告诉我地址，但是，我相信我一定会找到你。如果找不到你，我就葬身于漓江，让漓江水每天诉说我对你的思念吧。”

王杉发出去的一条又一条微信，除了上苍让移动过往的电波起起伏伏之外，没有任何人知晓王杉的痴情与坚执。

他仍坚持着写：

“甜甜，我好想你呀！”

“甜甜，来到梦里听我解释好吗？”

“甜甜，我好孤……”

夜已很深了，移动公司不辞辛苦，帮助王杉传着一条又一条微信，最后，手机在王杉的恍恍惚惚中，从他的手上滑落到了他的床上。

第二章

心猿意马

Capricious

田心在深度点评之后，其中把关键的一段评注放到了心底：嗯，长长的脖颈下面的完全可以用“红杏出墙”这个词来囊括的信息——深 V，配合那张美容，已经足以构成寒姿说的“让痴情突围”这场战役没开打之前的胜券在握了。

王杉在恍恍惚惚中便睡了过去。

他感觉来到了一处山清水秀，风景如画的地方，这个地方似乎只有在电视的画面中才出现过，他静静地站立在旷野之中，放眼望去，`一座座奇峰在绿草如茵，金谷遍野中拔地而起，万峰峥嵘，山峦迭起，千姿百态，有奔腾如烈马的，有虎踞似怪兽的，有像雄狮那样长鬃飘蓬，有像高耸入云的宝塔，有像凌空的巨斧，有像削天的宝剑。奇峰起处，一江碧水九曲于万峰峥嵘之间缓流而过，碧水青山相映之美，宛如人间仙境。

王杉对此感慨不已，他揉揉睡眼，清新心田，才知道他寻找田心的家乡桂林，原来就在脚下了。

遇龙河？听田心说过，遇龙河水平如镜，坐在竹筏上，可以静心览尽桂林山水甲天下之美，好吧，我此时双脚已无力行走了，就乘竹筏北上吧。

王杉不呼自应，心想间，只见一竹筏出现在他的面前，二话没说筏工便让他坐到竹筏上了，竹筏行走了起来，仿佛不在水面上行驶，而是腾云驾雾，飘然向前，脚下的水，映着山，映着云，群峰叠耸之中，绿树丛生，田野纵横，村庄错落，遇龙桥，犀牛望月，穿山古寨，五指山，双流口，骏马凌空，众多美景尽收眼底。

王杉行走间，感慨田心生长于如此之美的山水间，真是好山好水出美女呀。仿佛一股爱恋之情暖暖袭来，不禁呓语一声“甜甜”。

就在王杉暖心爱恋之时，筏工告诉他该上岸了。

他问筏工，上岸之后，我该往何处去呀，只见筏工脸一沉回说：

“先生奇葩，此行的目的你难道忘了。”说完，当王杉再想问他什么时，只见眼前一股青烟起处，筏工便不见了。

王杉恋恋余味，检索此行的目的，顿觉踌躇原地，茫茫然了起来。

突然，远处飘来了歌声，这歌声真是再熟悉不过了，对，是刘三姐的山歌，他的田心高兴时常在他面前哼起的曲调。

王杉振作了一下精神，洗耳恭听了起来：

山中只见藤缠树

世上哪见树缠藤

青藤要是不缠树

枉过一春又一春

田心？甜甜？

“对，是我的田心甜甜唱的。”

王杉立刻向着歌声传来的方向跑去。

但是，跑起来的时候，仿佛自己的脚被什么沉重的东西缠住，每跨一步就觉得特别费力，举步维艰。

他奋力坚持着，歌声越来越近，近到就在他的耳边，他连忙停了下来，喘气中抬头一看，哇，这不是大榕树吗？

眼前巨大的古榕遮天蔽日，树高参天，树围庞大，硕大的树冠仿佛覆盖百丈土地，盘根错节，枝繁叶茂，气根如老人胡须在风中飘拂，树干有的贴地而生，有的斜出如飞龙破雾。

王杉此时已经明白了，眼前的千年古榕就是田心常跟他提起的她家乡那棵当年阿牛哥和刘三姐对歌，抛绣球，定情终身，后被人们誉为婚配神灵替身的大榕树了。

耳边的歌声还在继续，但是，如此近音却找不到唱歌的人儿，入耳的歌词清晰极了：

竹子当收你不收

笋子当留你不留

绣球当捡你不捡

空留两手捡忧愁

绣球，绣球，田心，甜甜。

王杉的双眼配合着全身的灵动，四处寻找唱山歌的田心。

突然，在大榕树的树干后面，走出了一个女孩，边唱边走，走到离王杉几步远的时候便站立在那儿，对着王杉莞尔一笑，便赶忙把腼腆的脸儿转向一边，把女孩内心不可告人的娇羞秘密留给对面的王杉。

王杉顿觉心里砰砰作跳，呼吸急促，两眼紧盯着一身扁嘴猴套装包裹下站立在他眼前的田心以及田心手上抓着的他渴望已久的那颗绣球。

就在这时，田心缓缓地又转过脸来，腼腆地看了王杉一眼后低下了头又唱起了前面的山歌。

王杉顿觉恍然大悟，随后他也向田心应对起了山歌：

连就连

我俩结交定百年

那个九十七岁死

奈何桥上等三年

歌声刚落，只见田心把她手上的绣球向他抛来，在空中荡起一道美美的弧线。

王杉立刻伸出双手去接，可是，就在刹那之间，空中伸出一只长满黑毛的大手，抢先在空中接去了绣球。

王杉激愤之中朝着接绣球那个人看去，只见那人一身古装，五大三粗，满脸胡须，一只手上握着一把大斧，另一只手紧握着田心抛出的那颗绣球，但见王杉瞅他，傲气十足地举起绣球在王杉面前晃了晃说：

“哈哈，绣球归我了。”

“你是谁，绣球是我的，绣球上面绣着‘爱你，杉树’，不信你看看。”

“爷爷是李逵，不，是李鬼，现在改行了，专为女孩报一情之仇，路见不平，拔斧相助。你以为她会把绣球抛给一个见异思迁的花花公子吗？你做梦去吧！”

“李鬼爷爷，你听我说，我是很爱田心的，我矢志不渝，我至今还爱着她呀。”王杉见这个拦路抢劫的盗贼与他硬拼只会当他的斧下鬼，王杉选择知趣地欲与他论起理来。

李鬼哪里容他解释，提了提大嗓门说：

“那是过去，现在你爱的是胡蝶，来呀，看斧……”

话音落处，只见亮晃晃的大斧朝着王杉呼啦啦地劈了过去。

王杉见势不妙，立刻躲闪了一下，没差点脑门开花，惊恐中，他大声地喊叫了起来：“田心快来救……”话还没说完，斧峰已经落到他的脖颈上了……

王杉吓的从床上一跃而起，惊恐之中，一口接一口地喘着粗气，潜意识地伸手摸了一下自己的脖子，脊背上掠过一阵寒噤，他定了定神后，开始叩问自己怎么做了如此之离奇的梦。

他抬眼看了一眼窗外，东方已经透白，再从床上摸出手机一看，屏幕已经显示7：38，他已顾不得回忆刚才梦中的情景，无心追究为什么做这样的噩梦，快速地冲进洗手间，匆匆忙忙中洗刷了一下，然后抬眼对着镜子理了理一脸憔悴之后，便换了件衣服赶忙下楼去了。

王杉是执意要找到田心，一定当面向她做解释的。

他穿过几条街，拐过几个弯之后便来到了田心入住的莲影酒店。到了门口，欲推门径直往里走时，不料与昨晚赶他离店的保安撞了个满怀，警惕的保安两眼立刻盯住他，对他的警戒写在了脸上。王杉见此，立刻知趣地退了出来，心想，站在门口等田心出来也好，她总是要从这个大门走出来的，正好也可以由此证实她昨晚所说的男朋友是真还是假。

王杉拿定主意后，立刻躲到酒店大门靠内侧的花园中，通过树阴和一丛三角梅阻挡住从酒店大堂以及大门可以直视的角度。

结果，谁知道，王杉弄巧成拙，他所隐藏的位置正是酒店自助餐厅正面的位置，从餐厅隔墙的玻璃往外看，整个花园一览无余。

田心经过闺蜜寒姿的开导，加上一天旅途的劳累，一觉睡下去直到第二天八点了才醒过来，她立刻下床，拉开窗帘，哇，窗外，东边的太阳已经挂在天边，红色的朝霞和浓密欲滴的紫色云朵，掩映着东方的曙光，这些鲜艳绚丽的色彩，瞬息不停地正在变幻着。

好心情从今天开始？

田心看了一会镜子中与她相对视的女人之后，便转身从她双肩包的角落里搜出了她偶尔使用一两次的唇膏，然后又走到了镜子前面，把口红抹到了自己的双唇上，抹完之后，开始从正面，两侧认真的点评起镜子中的那个女人：

嗯，还好，一字眉，脂膏一样白净的鹅蛋型脸庞，杏仁般的大眼睛，一个略微向上翘的线条秀美的鼻子，脑后一束青春四射的马尾结，左右两边的发际线恰到好处地让脸庞更加突出女孩子们把它叫做美容的主体部分，最关键的是那一抹口红，唤起了隐藏在单纯背后偶尔出现的浅笑倩兮，美目盼兮。

田心在深度点评之后，其中把关键的一段评注放到了心底：

嗯，长长的脖颈下面的完全可以用“红杏出墙”这个词来囊括的信息——深V，配合那张美容，已经足以构成寒姿说的“让痴情突围”这场战役没开打之前的胜券在握了。

田心热情的对着镜子中看她的女人笑了笑，转身去找今天要穿的外套。

打开行李箱，要穿什么呢?

上下翻了翻，仿佛每层叠着的咧着扁扁的嘴与她相视的扁嘴猴无言的告诉她：

我是你唯一的选择。

是啊，一年到头都与它相依为命，似乎除了它，别无选择。

田心脑际很快略过王杉常在她面前做的扁嘴猴的鬼脸，但一闪即逝。

亭亭玉立的身段，显现在了通往一楼自助餐厅的电梯内装饰玻璃的镜面上，镜面上，与田心一同站在电梯轿厢内的两个男人，眼球似乎没有离开她，她用低头看手机的眼角窥视了镜子中与她组合成一张组合照片的身边的那两个男人，帅气！潇洒！她绝对肯定。

不是吗？其中一个给她伸手按住电梯门夹板，另一个示意她："小姐请！"

田心到了自助餐厅取了餐饮食品之后，选择了光线极好的，可以看到外面花园的座位坐了下来，内心持续荡涤着前面电梯轿厢里一情一景的感慨，寒姿说的没错：我们的祖国幅员辽阔，地大物博，而且有着茂密的原始森林，那么，我们为什么要在一棵树上吊死呢？

啊！他怎么出现在那。

田心漫不经心地一边吃着早餐一边欣赏着玻璃隔墙外面的景色时，突然王杉闯入了她的视线，他站在一丛三角梅后面，从三角梅枝叶的破洞中朝着酒店大堂大门那个方向注视着什么，他的背向正好对着酒店的自助餐厅，田心从自助餐厅往外面看，王杉的背影一目了然。

他来啦，他是来偷窥我的吗？

偷窥我什么呢？

明白了，他肯定是为了昨晚分手时我说的那句话而来的。

不行，我不能让他看见。

田心立刻端起盘子离开了刚才的座位。

座无虚席的餐厅让她一时选择不到合适的位置，她站在中间观望着。

刚才电梯轿厢里的那两个小伙子向她送去了秋波，她回眸一笑立刻腼腆地转身躲过了灼热的两对眼眸。一桌之隔的一个老外似乎看出她在寻找座位，立刻把一句美音很重的英语："小姐，早晨好，你可以坐在我对面的椅子上。"送给了她。

田心还了一句 thank you 之后便走了过去，落座在老外的对面。

“你也喝小米粥啊，中国的小米粥真好喝，我每次到中国旅游，都要喝上三碗。”老外看着田心碗里装的跟他一样的小米粥，便通过中国的小米粥与田心这个中国东道主示好了起来。

田心不失所望，用极娴熟的英语回说：“小米产自我们中国的北方，现在南北物产流通频繁了，所以，在南方的餐桌上便有了北方的小米粥。”

这不是他乡遇故知，老外能在这个千年的中国古镇遇到英语说的如此流利的中国姑娘，顿时口若悬河了起来。惹得离他两桌之遥的那两个前面送过田心秋波的小伙子赞叹不已，听着田心与老外不明不白的对话，仿佛感叹相见恨晚且不幸与高颜值擦肩而过的悲催。

“请问小姐，古镇哪些景点最好玩呢?”老外把最关心的问题向田心提问了起来。

田心虽移坐在老外对面，通过从高台到她座位的距离足以避开了王杉回头能够看到的可能，但她的大脑已被他的出现占据了思维的全部，她心不在焉地回说：

“可以百度一下吗?”

“百度？黄姚古镇也可以百度吗?”老外有点惊讶地反问。

田心看了一眼窗外似乎聚精会神地朝着一个目标看的王杉后拿起手机百度了起来。然后为老外进行了汉译英的解说。

“哦，原来黄姚古镇有很多悠久的历史文化遗产，我为你们中国人骄傲啊。”

“我们的祖先很伟大，我们的后现代中国继往开来。”田心以礼相对。

老外看了田心一眼后说：

"我冒昧地请求小姐，你可以当我的导游吗？或者不叫导游，我们可以一起去游览景点吗？这样我就可以不当哑巴了，不是吗？"

正中下怀，不是王杉等待的就是证实昨晚我说的话吗？

老外，他是个老外，绝对的逼格切入，痴情突围不是吗？

田心顿时喜形于色，立刻一口应允了老外的诉求，热情地说：

"正好，我这次来古镇，也是一个人，那么，我们就结伴而行吧。"

"那么我们首先去哪儿呢？"老外用了我们二字，田心内心瞬间略过天赐良机，立刻捡起了百度上搜到的古镇石板街这条最古老的千年古街作为她与老外将要进入"我们"这两字结伴同行。

"我们先去古镇石板街吧，然后再去带龙桥，龙爪榕，迎秀街，你看……"

"那么，我们出发吧！"

老外他乡遇故知，故知却是一个美若天仙的美女加翻译，与田心并肩走出餐厅时，心花怒放，笑容满面，而田心如同演员上戏，背好了台词，定位了表情即刻入戏，而这场戏，观众只有一个，他就是猫在大门侧向花园中偷窥的王杉。

双开的微波感应门如同戏台的大幕，随着田心与老外的出台便向左右拉开了序幕。

"啊，是真的呀，而且还是个老外。"摄入王杉眼球的画面瞬间让他的心凉了半截。

"才二十天啊，难道真的无巧不成失恋吗？"他顿觉双脚无力，便蹲了下来，两手抱头，内心涌起了阵阵隐痛。

一枝三角梅的枝叶似乎不忍看到王杉的悲切，被他身子挤压之后的枝叶反弹到他的脸上，带刺的枝叶仿佛唤醒了他痛定思痛的神经，进而如同暴雷掠过天空，瞬间他狠狠地抓住刺痛他的三角梅枝叶，发了疯似的从内心爆出一股莫明的力量，他把三角一折再折，然后握紧被枝刺刺伤后滴血的双拳，狂嚎了起来：

“不行……，我必须把她夺回来……”屏出力量的呼喊让他的手臂颤抖着，双颊绯红，面目狰狞，失态的他足以惊天地泣鬼神了。

他立刻冲出小花园，向着酒店正面的街道狂奔而去。

晴朗的早晨，整个古镇石板街沉静在朦胧的倦意中，似乎连炊烟都懒得升腾，一股淡淡的腌菜清香融进弥漫在未曾退去的晨雾中，除了如此之早来到古街的田心和老外之外，这古街旁边的山，水，以及久居在这里的人们仿佛都在睡梦中，等着每天站在马头墙上的喜鹊把他们唤醒。

田心一边不厌其烦地一路帮助老外翻译着许许多多从国外带进中国的乡土人情的比对，一边牵挂并关心着这场以突围为契机，以报一嫉之仇为目的的戏，是否台下只有一个人的观众又会有什么样的观后感她在所不惜。

王杉，王杉，感慨万千了吗？

王杉，王杉，这纯属虚构的情节应该足以能够套牢你这个东方不败了吧！

自拍的手机上一个熟悉的身影一闪即逝。

是他，不错，是他，跟上来了。

只可惜碍于中国人的颜面，田心此时好想挽住老外的臂膀，一展情投意合的丰彩送给台下全神贯注的看戏人。

田心不敢，也不可能，因为只是借刀杀人，刀是无罪的。

拐过一条街，来到了表征古今中外文化的，经过现代人用混搭手笔重塑过的一条古街，其古字也许只有那些斑驳的粉墙乌瓦的铺面外壳和路面上的石板条可以呈现其古韵之外，其他的现代元素也许只能对游客说，古往今来是什么意思了。

老外不停的拍照，田心紧随其后。

“喂，小姐田，在这古镇也有西洋的面包蛋糕，你快看那。”

老外转身召唤田心向前面三四步远的一家现代味很浓的名字叫做“甜心”的西点店看去。并指着门面上挂着一块手写的英语牌子后说：

“你看，上面写着‘甜心西点店告诉您：为什么西洋饮食文化被中国人所喜爱，请进店体验西点制作过程’”。

新鲜，绝对新鲜，这个类似于让中国姑娘穿着婚纱头上盖着一片红盖头，坐在洞房的鸳鸯床上等待着新郎到来的中外混搭的古镇西点店，还真不失其时空创意。

田心不禁忘乎所以，在感慨多于参与中随着老外进店。

原来是一个纯西点制作的实体体验作坊，墙面上张表的各式西点制作步骤与房屋空间中放着的几张制作台成了一目了然的体验必经流程。

“可以吗？小姐田，这个我很会，可以让我教你做一道地地道道的美式蛋糕吗？”老外的热情如春风吹拂大地，暖意进行时，如同这个门店的字号“甜心”。

“甜心”？不会是连锁吧，C 市有过一家呀。

田心的脑际略过她生日的那天，王杉为她策划了开心 23 小时，不知道他怎么发现的 C 市“甜心”西点体验店，那一天，他为她安排了两个小时的甜心蛋糕制作。

“小姐田，可以吗?”老外的追问拽回了她被“甜心”二字的锁定。

“哦，这个……”

退出？尽快退出这家店面？不详的回忆实在太多了。

就在她转身的一瞬，门外的那个影子如同幽灵，一闪而过。

王杉，王杉，怎能怪我！

你手中的杯盏，我悲伤的眼睑，你我都扛住了灯火阑珊了吗？我背叛的容颜，你尽失的江山，不是一马还一马吗？

田心毅然回首，大声的冲着老外说：

“Let's go!”

然后举起双掌，与老外对拍了一个“耶”。

店老板看到眼前的两位中西派对，喜从心起，鼓足了热情，走近老外和田心后说：

“欢迎欢迎，看着你们的爱情让我想唱《再活五百年》啊，你们来一个‘伦敦燃情之夜’吧。”店老板可算的上是一个极品生意人，察言观色之后就讨顾客喜欢的说。

老外听不懂汉语，便侧过脸问田心：“他说什么?”

田心想了想后翻译说：“欢迎我们的中西混搭之旅，他给我们选择了一款蛋糕品种叫做‘古镇混搭之旅’。”

老外听了之后非常高兴，立刻举起手臂张开两个手掌等待田心拍掌来个“耶”。

两人击掌之中老外说上了一句“very good”以示同意。

一路跟踪上来的王杉选了蛋糕店门面玻璃展示架隐蔽处冲着展品的间隙往里看，看在眼里，又声声入耳，一腔怒火中烧。

王杉在大学英语选修科目几乎在及格线上挣扎，田心则是通过了英语六级，因此，里面的对话，他的耳朵只能摄入汉语和最基本的英语基础语句。

他听到店老板的“伦敦燃情之夜”再加上老外的“very good”之后，内心燃起的火焰足以让他把门面的甜品展示架推倒，冲进店内对老外来一个“拳打西门庆”。可是，他还是选择了忍，他内心清楚，此时打跑了老外，一样也跑了田心，最后鸡飞蛋打。

店老板把田心和老外安排在一张作坊台后，拿出了制作原料摆在台面上，便开始介绍“伦敦燃情之夜”蛋糕的制作工艺与步骤了。

店老板指着台面上的配料后说：“咱们这个蛋糕的特色就是三层组合的，中间的一层就叫甜心，甜心的伟大之处就在于在生日之夜，就是燃情之夜情人点上蜡烛，在美丽的烛光中，许上自己的美好心愿，内心寄托无限的爱意，切下第一刀，把第一块蛋糕送到情人手上，情人品上第一口蛋糕，中间一层的甜心可谓甜到心里……”

店老板的一番中文解说听的老外一愣一愣的，可是田心听得再清楚不过了，在这之前她与王杉一起过第二年生日时，那家连锁店的店老板同出一个版本一样解说过。

田心的内心泛起一种莫名的悲恸，她无法回答老外那张直逼她翻译的笑脸。

门口的王杉无力举起脖颈上的脑袋，虽然两个拳头握的咯咯作响，却也无可奈何花落去了。

田心心不在焉地站在店老板陪同下的作坊台边上，内心却已是“行宫见月伤心色，夜雨闻铃肠断声”了。

而老外却是精神百倍，顺着老板解说的五个步骤，专心致志，一丝不苟。

一个小时之后，一盘可人的生日蛋糕做成了。老板看着摆在作坊台上已经成型的蛋糕，告诉田心和老外，下面是最后一个步骤了，就是给蛋糕写上字。

他拿过一只像大笔一样的咖啡奶油压枪笔，对着田心和老外说：

“来吧，你们俩想一句最能感动对方的词句写在蛋糕上吧。我出门一会就回来给你们打包。”

“好，交给我吧。”老外当着田心和店老板的面争了个先。

老外闭目沉思了五秒钟，对着低头站立对面的田心说出一句“I love you China”。

此时的田心，早已触景生情，积压在内心悲恸如同即将喷发的火山，只待能量突破地表，只见她两颗豆大的泪珠已经垂在眼角，蓦然间，她转过身子一只手掌掩住将要哭出声音的嘴，急速地向门外跑去。

在门外揣摩着如何冲进去找老外论理的王杉，不知道田心突然之间的感情变故，只见她不顾一切地冲出门外，以为是要去门外解急，便认为时机已到，先发制人，先让老外知道他与田心20天之前是何等的相亲相爱，以此让老外主动退出，之后等田心回来了，他再做从长计议。

王杉拿定主意便快步走进店里，反客为主地站在老外对面，看见老外全神贯注地猫着腰写着 I love you……三个单词，二话没说，一把夺过老外手上的咖啡奶油压枪笔，把作坊台上的蛋糕移了个方向后，在上面继续写上中文：我心中的甜心。

老外见此，怎么半路杀出个程咬金，目瞪口呆地耸耸肩，无奈地看着王杉完成这五个汉字。

王杉写完，傲气十足中夹带着杀气腾腾，冲着老外说："看的懂吗？我爱你，我心中的甜心。"

老外面对这突如其来的变故，丈二和尚摸不着头，一脸憨厚的耸肩摆手。

I tell you：I love you，center of sweetheart.

王杉的英语充其量也就是个初中一年级，他按中文单字的排序进行了直译，老外哪里听得懂他表白的直意，按字面听之后以为王杉说我爱中心夹心的甜心蛋糕，然后回王杉说：

"是啊，我爱田心的呀？"

王杉听的似懂非懂，隐约中单词是说我爱甜心。

真是的，不知廉耻的老外。

王杉停了停之后先用中文对老外说："喂，老外，我可告诉你，刚才那个女孩田心可是我的女朋友，你懂吗？"

老外哪里听的这么一长串的中文，耸耸肩摆摆手表示听不懂。

王杉看着老外不开口应答，以为他耍赖，便剪断截说：

"田心是我的女朋友，你的明白。"

老外还是不懂。

“女朋友就是未婚妻，是我的，你的明白。”

王杉这下可急了，怎么对上一个风马牛不相及的人，正好，门外走进一拨五六个组合的游客，他立刻拱拱手，对几个游客说：

“各位兄弟姐妹，是这样的，这个老外夺了我的女朋友，今天被我遇上了，我是想告诉他，叫他退出。各位，谁会说英语，帮我翻译一下好吗？”王杉一脸虔诚。

中国人的女朋友被老外夺走了，炎黄子孙肯定是两肋插刀了。游客中的一位女孩便站了出来说：“先生，我帮你。”

“好，那你帮我翻译吧，谢谢了。”王杉满脸堆笑。

他把脸转向老外后说：“你现在的女朋友是我原来的女朋友，懂吗？”

“You now girlfriend is my old girlfriend，understand？”

老外听后莫名其妙，辩解说：“不可能，我现在的女朋友怎么可能是你过去的女朋友。”

王杉反击：“我刚才从你们俩住的酒店一直跟踪到这，这是你们俩做的蛋糕。”

人赃俱获，翻译女孩看了一眼他们俩做的蛋糕及写的字，确是事实。转过脸问王杉说：

“具体点，什么酒店。”

“莲影酒店。”王杉提供证词。

翻译女孩的表情严肃了起来，组织了一下语言对老外说：“这位先生指证，你的女朋友是他原来的女朋友也就是未婚妻，两件事可以证明：一，他是从你们入住的莲影酒店跟踪到这的，二，你们俩在蛋糕上写了，‘我爱你，我心中的甜心’，美国先生，你说，这位先生的指控对吗?”

翻译女孩用英语对老外说完，转过脸又对王杉重复了一遍中文。

王杉直点头称是，也博得了翻译女孩一伙人的连续称赞：

“嗯，不愧是法律系的高材生。”

老外这是总算听出来了，连忙解释说：“先生们，女士们，你们都弄错了，我的女朋友在英国伦敦，刚才那个小姐田，是我在酒店早餐自助餐厅刚认识不到三个小时的结伴同行的旅行者，这个蛋糕上写的字，前面三个单词是我写的，我本来要写‘我爱你中国’，可是这个先生抢了我的咖啡奶油压枪笔，他自己写上什么，我也看不懂。”

真相大白，王杉自知错怪老外，立刻向老外作了揖，又向众人作了揖，连声说着对不起，便夺路向着刚才田心跑去的方向追去。

田心朝着来路狂奔而去，急速奔跑后的喘气分解了她的泪腺不断生成的泪水，她想马上跑回酒店，拿着行李离开这该死的无处不在的总是无时不刻地勾起她一次又一次回忆的地方。

王杉，王杉，求求你远离我好吗？求你了，求你不要无所不在好吗？

田心怀着报一嫉之仇的想法想在甜心西点店气一气王杉，她万万没想到，非但没有气着王杉，反而让心中挥之不去的王杉死灰复燃，狠狠地伤了她自己一下。

难道连锁店的企业老板都从失恋出发，一定要把每一家店都做成曾经的爱恋博物馆吗？

曾经在这与王杉……现在还在这与王杉……

投射到老外脖子以下的男人的身段，那双拿着咖啡奶油压枪笔的手，写出来的“I love you……”，分明是王杉在写，不是吗？“you”后面就是他用中文代替英语字了，他英语很差，写英语总是几个英几个汉交替着，但她喜欢，有特点，也是最能让她暖心的中英混体字。他肯定还会在中文字的上方画上一粒足球，因为那粒足球牵引他走进她心田并且荡起了爱的涟漪的球，不是吗？

“对不起，是王杉干的。”几个足球队员围在田心几个正在举行足球场生日 Party 的女生周围，其中一个男生用谦卑的口气对女生们说着。

一个突如其来的惊吓让围着一盒蛋糕做生日 Party 的七八个女生目瞪口呆，遭劫的场面非常惨烈，飞溅到她们脸上，身上的蛋糕碎片和奶油，还有飞到一旁躺着还在燃烧的蜡烛，她们脸上惊魂未定的表情，这一切均构成了如同爆炸现场的劫后余生。

“是我干的，是我的头顶球顶歪了正好砸中了你们的蛋糕。”王杉低着头诚实地挺身坦白。

接着，他抬眸看了一眼头上戴着纸皇冠的生日主人之后说：

“我赔你。”

“用什么赔呀，王杉。”其中一个球员直指王杉。

“你们等着，我去买一盒赔你们，你们一定等我回来。”话音还没落下，他转身向着球场的大门跑去了，留下的背影：高个，很瘦，但很匀称，男人味很足。

大家等不了他蛋糕的到来，纷纷都回宿舍去了，一个空空如也的莫大的足球场就剩下她一个人。

他真的买来了一盒蛋糕，站在她面前，凄凉的生日 Party 的收场不言而喻。

他硬是拉她坐下来，完成了吹蜡烛和许愿。

她心里很乱，五味俱全，那个晚上她许了什么愿从来就没有想起来过。

那盒蛋糕，那粒足球，后来延续了一年。

应该就是明天了，第三年的生日就在明天。

蛋糕，足球，还有他？

田心不知道自己怎么回到酒店。

她到了房间，快速地收拾完行李，便拖着行李箱走到了酒店服务总台。

“我要退房。”

“小姐在我们这住的不满意？这么晚了还要换酒店吗？”

“不，我要离开古镇。”

“自驾来的吗？”

“不是，是搭车来的。”

“这样啊，现在这个钟点古镇可是什么车都没有了，搭私家车可是不安全的，小姐不如再住一个晚上，明天一早离开。”

田心转身看看大堂玻璃隔墙外面，似乎已是晚幕时分了，一切都变得昏暗起来，西边乌云密布，雷阵雨一会肯定会来。

与她站立的地方两步远的大堂保安，不知是自言自语还是专门为她而说：

“古镇这呀，精神失常，也不叫精神失常应该叫另类一族的人，更确切地叫失恋的人还是蛮多的，前两小时，就来了一个小伙子，硬说他女朋友住在这，一定要见到她，闹了好一会……”

精神失常？是！

另类一族？是！

失恋的人？也是！

他找上门来了吗？是为了告别这两年吗？是为了解释吗？为什么一路跟着呢？

还是想见他的啊！只是有一种放不下？

怎么就把手机摔碎了呢？他的朋友圈，他的微信，他所能让她看到他的一切都随着那个手机消失在这个世界了，她为什么对他就一无所知了？

房间好黑啊，每周到学院旁边的河边，天一旦黑下来，他就会把她搂在怀里，他知道我怕黑。

王杉，杉树，杉树，我原谅你，你还像原来一样帮我赶走黑暗吗？

“想突围，没门！没门……”

“哈哈，你被包围了，你被黑暗包围了。”

伸手不见五指，好黑好空旷的地方呀，这是哪儿？对面发声的那人说什么？是对我说的吗？

“真是！你不是想突围吗？你睁眼看看，这黑暗，包围你的黑暗，能突围的出去吗？”

“你的声音好像我的杉树吔，干嘛对我那么凶，不做朋友做同学不行吗?”

“来呀，激光闪电，快给我上。”

哇，瞬间大地一片闪动的阴冷蓝光。

看见了，看见了，阵前那个拿着长枪，穿着盔甲，恶狠狠的那人不正是我的杉树吗? 虽两年了，今天才第一次见到他的恶相呢。在他的背后，在我的周围，天哪，层层叠叠包围住我的扁嘴猴。

“王杉，你这是干什么?”

“没干什么，你不是想突围吗? 你有所不知，痴情的属性是什么吗? 痴情就是默默地……默默……默默是没有激情的，没有激情能够行动吗? 还想突围，让痴情突围，没门!”

他怎么知道我要让痴情突围?

“来呀，小的们，给我上!”

“你们想干什么? 王杉你想干什么? 不要占着你是属猴的，扁嘴猴就会听你的。”

“没干什么，我们只是围住你，因为你是我的，哈哈，小的们，把她给我围紧了……”

啪，又是一道铺天盖地的激光闪电，这次还伴着雷声，好响。

“别围了，我喘不过气了，别……”

在惊吓中挣扎，田心才知道原来在做一场噩梦。

窗外，雷鸣电闪，古镇每晚都来一场雷阵雨。

“寒姿，是我。”田心拨通了闺蜜寒姿的电话。

“这是干什么啊，都几点了?”寒姿慵懒中接过田心电话。

“我做梦了。”

“睡觉做梦这不是很正常的吗？别吵我了好不好，都几点了。”寒姿抱怨了起来。

“你听我说寒姿，我梦见他了，看来我是没有能力让痴情突围了，我感觉全世界的任何地方都有他的影子在包围我。”田心从一整天的感受得到的结果经过总结后告诉寒姿。

“我可以想象的出你的一整天是怎么过来的，可是，你说你到古镇静心，这我相信，但是，我想问你的是，你到古镇静什么心呢?”寒姿单刀直入。

“我也不知道，我现在特别乱，寒姿，你就直接告诉我嘛，你是个医生，我求你了。”田心主动寻求心理指导。

“对不起，我不是心理医生，我是学外科的，但是，作为闺蜜，我可以把我的观点告诉你。”

“好，你说。”

寒姿单刀直入：“你现在回答我，你，王杉，胡蝶三个人，你在这三个人中间扮演着什么角色呢?”

“过去的恋人，现在的第三者。”田心迅速回答。

“错，你现在的角色是备胎!”寒姿斩钉截铁。

寒姿停了停接着说：“他来古镇跟你是偶然相逢吧，既然相遇在一个只属于你和他的小小古镇，他向你做解释自然成为必然，解释之后呢?”

“另外，我问你，你知道他现在和胡蝶怎样了，你可否清楚呢?”

“怎样了?”田心似乎很关心，迫不及待地期盼寒姿回答。

“说不定都有孩子了。”

“都有孩子了?”

“我随便说说，捕风捉影吧，只是从超薄贴身联想的。”寒姿似乎想收回这个敏感话题。

他对我要求过，那天晚上，他带着我去参加他在C市的老乡同学聚会，聚会中我们都喝了酒，在回校的路上，他对我说，酒店也是可以住的，他可想和我一起住一回……

田心陷入了沉思，她完全忘了电话彼端的寒姿手机还扣在耳朵上，许久了没再说什么，然后像是跟寒姿说又像是自言自语：

“看来明天我得离开古镇了。”说完，她慢慢地把手机从耳朵上放了下来。

“随遇而安吧，随缘，有缘即住无缘去，一任清风送白云。”电话彼端寒姿的声音在田心放下的手机中，如同收音机的声音，向房中的空气扩散着。

田心在剩下的后半夜中感觉自己在一条类似于前面跟老外走过的石板古街一样的胡同中转悠着，似梦非梦。

胡同长长的斑驳粉墙上，隐隐约约中留了字迹非常工整的黑色字词，虽然许多文字都看不清楚了，但诸如命运、爱情、芳心、随缘还是耀眼夺目，不过具体的内容似乎一点都不连贯，让她读起来如同读她自己的心，不连贯也读不懂。

似梦非梦在透过窗子内的晨光中慢慢淡出，那条胡同随之消失在白色的房间吊顶天花上。

今天离开吗?

离开就是结局，他，也就随着离开永远消失了。

留下来，干脆跟他见面?

见面?听他表白如何与胡蝶走进命运的胡同，一手帮助胡蝶拿着超薄贴身，另一手扶着胡蝶一拐一拐地走，然后循着随缘的法则，道一声随遇而安的别?

没有答案，还是离开吧。

田心扭开床头灯，随手抓过什么时候放在床头的一本书《有梦不觉人生寒》，还是翻到于丹写的目录上，几次拿起，似乎每次都停留在目录上，真我出发，真命气象，真如山水，真如人性，真品人生……真，都真了两年了，仿佛还是亦真亦幻，不是吗?

田心起床草草的梳洗了一下，与洗手台镜子中憔悴到不忍一睹的女人对视了两眼，随口说出了一句安慰那女人的话：随遇而安吧，便随手抓过床头那本于丹写的书，拉开门向自助餐厅走去。

“服务员，服务员，快来，不得了了，不得了了……”，走廊的中间，一个男子猫着腰站在他的房间门口直呼服务员，神情慌张。

田心算是路过了，走近一看，只见那男子脸上头发上往下滴水，穿着的T恤被水喷过后贴在身上，可谓狼狈不堪的样子。

“小姐，快来帮帮我。”男子伸手用手掌抹了一把脸后向田心求助。

“怎么啦?我可以帮你什么呢?”

"快进来，不得了了，一会儿水就要漫到房间地毯上了，我不知道这水在哪儿关。"男子把田心领进哗哗直喷水的洗手间里。

一台全自动多功能马桶，从马桶内斜着向正面喷出一道水柱。

田心一看，这马桶与她房间的马桶一样，她赶紧侧过身子，躲开向外喷的水柱，伸手轻轻地压了马桶边上的一个开关，喷水便停止了。

"没事了，可能酒店没把功能水压调好，让您受惊了。"田心礼貌地说了一句，转身向门口走去。

男子从失魂落魄中回归了常态，毕恭毕敬地把田心送到门外，向她道了好几声谢谢。

男子的这一劫，因可笑倒让田心阴霾许久的心一下子阳光了起来，她走了两步，又回眸看了一眼目送他的男子，内心荡起一道笑：嘻嘻，有这么笨的男人，多功能全自动冲水马桶的洗阴器开关都不懂。

虽笨，感觉这帅哥好面熟，好像在哪儿见过。

田心带着笑意和回味走到自助早餐厅取了食品，便选了一个座位坐了下来。一边吃着东西，一边翻开于丹写的《有梦不觉人生寒》，阅读了起来。

"小姐，可以坐在您的对面吗?"前面与田心碰面的那个帅哥见田心也在餐厅用餐，讨好地对田心打了个招呼。

田心见有人跟她打招呼，立刻抬眸看了一眼对方，这不是刚才那个笨的出奇的帅哥吗？好面熟，他修整完边幅似乎更面熟，哦，想起来了，韩国明星宋仲基。

"你好……"文雅点好不好，收住嘴。

田心有点激动地想对眼前的帅哥说：你好像韩国明星宋仲基吔，但出口的瞬间被自己早先界定的修养收住了后面没说出来的话。

“你好，刚才发生的事，再次感谢你的帮助。”

“没什么，举手之劳。”他好有修养，里外合一，田心回答之时，内心略过倾慕的涟漪。

“我叫戈阳，戈壁滩的戈，太阳的阳。”

“哦，戈先生好，我叫田心，农田的田，心脏的心。”

“田小姐好，认识你很高兴。”

“哈哈，这家田园风格的酒店还是很上星级的，只怪我笨，高级的奢侈品还不懂得用，让你见笑了。”

“戈先生过谦了。”这个“宋仲基”第一印象可真好，田心说完感觉眼眸有点难收回，盯着戈阳一口啃着馒头一口喝着小米粥的那副特显美感的吃相。

“田小姐，我真的不理解，抽水马桶有必要做的那么复杂，功能那么多吗？一大排开关，不知道按哪个好，前面我猫下身子，只轻轻地碰了一下其中的一个开关，一股水柱直往我脸上喷。”

田心听着，止不住嘴角向上扬了起来，怕笑出声来，忙提起一只手掌先掩住了嘴。

“你觉得我很可笑是吧？”戈阳看着田心笑意的眼睛。

“喂，田小姐，你别笑我哦，我想问你，喷上来的那水柱是用来干什么的呢？我怎么想也想不明白了。”戈阳问完，怕田心介意他深究问题，立刻补充了一句。

“别见怪哦，我是学医的，职业习惯吧，总喜欢深究一些问题。”

怎么回答？怎么回答？与一个男人说敏感名词，说出来真羞死人了。

田心看了看左右桌坐着的人，灵机一动，用她的六级英语水平回了戈阳一句英语说：

“那叫洗阴器。”

戈阳重复了田心的英语：“洗阴器？”接着喷饭，勾到桌子下面的头冲着脚下笑个不停。

笑过之后，抬头看着田心，提起右手冲自己脸上打了一个巴掌。

“我怎么这么笨呀。”

因为一台全自动抽水马桶，让田心和戈阳的初次见面如同故交，仿佛如胶似漆了起来。

“哈哈，不说了，不说了，吃饭说抽水马桶，太不雅了。对不起哦，田小姐。”

戈阳首先退出了话题，他把话锋一转，说：

“田小姐来古镇多少天了？”

来古镇多少天了？多少天？仿佛一年了，度日如年不是吗？

“刚来两天。”

“我来一周多了，古镇还真不错，是个静心的地方，听说许多来过这里的旅人们都有一种感受，说古镇让人静心，而后让人穿越，通过这一周的感受，确实在这里可以静心地思考一些问题，如果说穿越，确切地说，应该是一种感悟吧，是觉悟的升华。”戈阳口若悬河，主动把自己的感受与田心分享了起来。

“田小姐安排几天的旅程呢？”

“嗯……这个……”田心似乎回答不上来。

“我去过丽江，去过海南三亚，今天来过古镇，当然桂林不用说了，是我的故乡，相比而言，各有特色，丽江嘛，确实是疗伤的地方，海南三亚呢，是释怀的地方，桂林就不用说了，自己的故乡，久别之后回来，总觉得灵魂顿觉清新；而古镇确实是静心的地方，你在这呆上几天，当你看惯了这八百年的风雨之后，你会忽然感悟，哎，人生为什么要为一些擦肩而过的人与事动容呢？那么，接下来，你便会在静谧中拾起回忆，在取舍中扬起风帆。”

戈阳如同一个推销员，不管对方喜欢还是不喜欢，向她推销着他自认为的古镇。

田心似乎没有被古镇的品质所吸引，但对面坐着的这个男人话语中确实有几句精典，“当你看惯了这八百年的风雨之后，你会忽然感悟，人生为什么要为一些擦肩而过的人与事动容呢。”是啊，为什么要动容呢？

她突然感觉，对面坐着的这个男人形象瞬间高大了起来，对他立刻有一种肃然起敬的感觉。

他的话听起来好有味啊，似乎在哪儿听过，但没有面对面聊这么贴切。

“你是一个心理医生吗？”田心没边没岸地忽然问了戈阳一句。

“嗯，是医生，外科医生，谈不上心理医生的心理研究。”戈阳口气很谦逊。说话间，他看到田心在桌面上放的一本书后接着说：

“你读于丹的书？”

“嗯，喜欢她写的东西。”

“《有梦不觉人生寒》，我读过，书中的几个‘真我’让人的心胸在开阔的同时又继续走向宽广。”

哇，这男人，宋仲基的颜值，马云的心智呀。田心的眼眸忘了不该一直盯着人家，被戈阳对视的眼眸击了一下，立刻溃败转眸。

“你的这本书可以让我翻一翻吗?”田心的眼眸转移到了戈阳放在桌面上的一本书，她仿佛感觉这本书的书名在哪见过。

“这是台湾肆一写的，应该说写的很好。”说完顺手把书推向田心。

“《想念，却不想见的人》，对，书名的这句话寒姿昨晚提到过。”田心拿起书，与自己的内心对白了起来。

“这本书是写给女孩读的。”

“你也读女孩子读的书?”

“哈哈，一个男人不读懂女孩，如何做一个好男人呢?”

好暖，田心在宋仲基上加了高颜值之后又加上了暖男。

戈阳停了停说：“台湾肆一在《想念，却不想见的人》一书中写了一些女孩在爱情上的挣扎与渴望，这在当前女孩爱拼心碎的时代里就显得更有可读性了。”

女孩在爱情上的挣扎与渴望，说我吗?

田心以戈阳的鼻梁为中心，重度地审视了这眼前的如同神仙一样的男人。

戈阳看到田心沉默不语，且两眼直视自己，便不好意思了起来，说：

“对不起，我当着一个初次见面的女孩谈论爱情……哈哈，对不起，对不起。”戈阳说着立刻把头勾了下去，用笑声掩饰着自己的不好意思。

“戈先生，你多心了，我蛮喜欢你这个话题的，你刚才说，女孩在爱情上的挣扎与渴望，那么，我想问，应该怎样让挣扎与渴望达到平衡呢?”

“这个……首先应该寻找挣扎的诱因，其次研究渴望的诱因，在爱情中，广义地说在女孩失恋之后……”

“小姐，先生，对不起，我们餐厅的用餐时间已经到了，请你们到大堂的休息厅继续聊好吗?”

“哦，对不起，我们马上走。”戈阳的话被服务生打断后，立刻起身，跟田心一起一前一后地走向大堂。

“戈先生，你今天安排去什么景点呢?”田心内心忽然略过想跟他同行的意念。

“哦，来古镇这些天，我不是来看景点的，是来静心的，所以，都选择茶社，咖啡屋，亭台楼阁，水边，静静的一个人坐坐。”

“可以带上我吗？我还想继续听听你的高论。”

“哈哈，谈不上高论。”戈阳停了停后继续说：

“这样吧，我这几天常在前面一个湖心咖啡屋坐着，田小姐如果不介意，就一同前往吧。”

“好吧，谢谢你哟。”

两人一前一后来到大堂，田心看那射进大堂的阳光，内心轻松地略过一道阳光，古镇的阳光真是和谐。

第三章

生死之恋

Love Of The Life And Deeath

“误……误会吗？我他妈是二锅头。”王杉边说边举起瓶子上写着二锅头的酒瓶在戈阳面前晃动了两下，两眼拼出两道凶光。突然举起左手，一个拳头击向戈阳的大颧骨上，接着，脸转向田心，垂着头对她说：

“甜甜，结束了，我该向西天……走……走去了，我在奈何桥……桥头等你。”说完，转身踉踉跄跄地向门外走去。

田心和老外的真相大白于田心西点店之后，王杉穷追了田心，最后还是无功而返。然而，虽无功而返，但是他一意孤行要找到田心的底气似乎增加了许多，他料定，仅凭田心这二十天时间，以及她从小喝着刘三姐和阿牛哥喝过的缠绵的漓江水长大的女孩，红杏出墙对她来说那是天荒夜潭，她对爱情的至真至纯绝对是贤齐孟光，孟姜女的铁心加忠贞不愈。

王杉的内心刷过阴到多云，进而多云到了阳光明媚。最后他在阳光明媚中策划了一出他自认为完全可以挽回田心指责他在胡蝶面前脱裤子的耿耿于怀三个月之久的痛彻之心。

他策划好了之后，立刻到了街上买来了大头麦克笔，然后从包里取出了两件白色 T 恤放在桌面上，开始在 T 恤上写上“我爱你，我心中的甜甜”几个大小不一的字，写完之后，一件穿在身上，另一件绑在头上，最后他走到洗手间的镜子前，检索着明天在田心酒店门口上演爱到深处的一幕。

看着镜中的那个男人，王杉赋给那个男人一个坏坏的笑后随口而出：“甜甜：我这爱恋难道不能让喜马拉雅山的千年积雪融化吗？甜甜：我爱你，很爱很爱你，很爱很爱，亲爱的，我的甜甜，真心很爱、真的……”

王杉撼动天宇的爱恋似乎感动了镜子中与他对视的男人，他深情地流下了眼泪。

王杉选择了西边的天空还挂着下弦月的时候来到了莲影酒店，这次他选择了靠出入酒店路口的墙角，他认定，这个角度不会被田心发现，甚至可以在田心走到路口时，他从后面冲上去一把狠狠地抱住她，当她转身回过神时，街面上的路人，为他的举动而动心的旅人，一定都会举起手机相机为他和田心拍下千古永恒的“婚纱照”。

田心和戈阳双双走向门口时，除了早晨令人陶醉的阳光和古镇无处不在的古韵之外，两人因为全自动抽水马桶而链接的好心情均写在了脸上，特别是田心，昨天酒店大门口的微波感应门为她开启时，她打心里就把自己定位成演员，而今天，仿佛冥冥之中她分明是在体验寒姿的“一棵树吊死”的突围学说，当然，她早就肯定过全世界女孩的追星梦绝不能用红杏出墙去定义的，对此，她身边如此巧合地在这个失恋季中出现宋仲基的模仿秀，而且在心智学上有如此造艺的文青，相信任何一个女孩都不会放过的，而此时，王杉的形象不管是好的还是劣的，似乎已经在她的精神层面上用荡然无存全部概括了。

不幸的是，在酒店大门口的微波感应门开启之后，与戈阳一起双双走下酒店大门的台阶之时，田心不小心滑了一下，瞬间一屁股着地，真是乐极生悲，当田心站立起来时，刺痛的脚踝让她靠一只脚吃力地支撑着身子，另一只脚点地支撑着平衡，脸上露出极度难受的表情。

戈阳见此立刻说：“啊，疼吗？怎么办？”戈阳的语气在紧张中充分展现了一副暖男的神色。

“没什么，一会就好了。”田心扭曲的脸，尽最大的努力抑住疼痛。

“要不我扶你回大堂休息一会，可以吗?”

“没事，前面的静心咖啡屋很近的，我可以走，咱们还是到那吧，我还要听你分享肆一的书呢。”田心趁戈阳搀扶她时，顺势抓住了他的胳膊，因为身体重力的分解，她感觉轻松了许多。

“行吗？可以走吗?”

“行，没事，一会儿就好了，咱们走吧。”

“那么，你就挽着我的胳膊吧。”

“好，没事，一会儿就好，谢谢你呀，戈先生。”

田心靠着戈阳的搀扶，一瘸一拐地向着酒店的围篱大门走去。

毋庸置疑，这摄入王杉眼球的眼前的一身扁嘴猴的田心，挽着一个身材匀称高挑颜值颇高的帅哥青年人身上，昨夜酒店的一日夫妻还用说不百日恩吗?

王杉联想中顿觉两脚无力背靠着墙壁慢慢瘫软了下去。

戈阳扶着田心，很快走到了离酒店围篱大门不到 20 米远的三面依湖一面挨街的静心咖啡屋中，选定了一处可以眼观湖面全景的位置坐了下来。

“啊，真令人心旷神怡呀。”田心完全忘了脚痛，面对着四周如此的美景感叹了起来。

“你先坐着，我到服务台点两杯咖啡，顺便再要点点心，早餐时，我们俩光顾聊天，你肯定没吃饱。”戈阳献上殷勤。

“停停停，慢着慢着，戈先生，我见此美景我太激动了，你帮我照一张吧，自拍照不出如此美景，来，用我的手机先帮我照一张，我要赋诗一首发给我的闺蜜。”

“哈哈，你好多情呀，好吧。”戈阳接过田心的手机，认真地选择人景纯美的一瞬。

手机的屏幕，美丽的湖景映衬出一个纯美的女孩。抬眸一笑百媚生起，亭亭玉立，怎不逼人风雨飘摇？当戈阳按下快门时，田心的丽姿，特别是那美丽的黑色眸子表现出来的一种令人难以忘怀的深情直击他的眼球，以致于他把手机递还给她时，瞳孔乃留下了一往情深，并且瞬间使他对她说“你看可以吗”时，声调立刻搭上了自然呼应深情的情感附加值。

戈阳到服务台要了两杯咖啡及几款点心，回坐到田心的对面，面对面中互相抬了抬嘴角，两对眼眸相互交换着一见钟情。

服务生把两杯咖啡和几款点心一一摆在了他们俩的台面上，戈阳看着田心从他脸上移向台面上欣赏那几款精美的点心时，顺口说：

“喜欢吗?”

“没想到古镇还会有这么精美造艺的西点，啊，这蛋糕我好喜欢，小巧玲珑，你看上面的奶油小花，跟真的一样，好美呀。”田心说完两眼一直注视着蛋糕，然后感慨中无意地说：

“哈哈，我要许个愿才可以把它给吃了。”

“什么，还许愿?”戈阳见田心双手合十，做许愿的样子。

田心见此，腼腆地说：“嘻嘻，今天正好是我的生日。”

“啊，你的生日？等等等等，田小姐稍等片刻，稍等片刻。”戈阳说着立刻站了起来，向服务台跑去，然后站在服务台外神情急迫地问服务小姐：

“请问小姐，这有大一点的蛋糕吗？八寸的就行。”

“先生，我们这供应的都是小点心，大蛋糕是要预定的。”

“哦，有生日蜡烛吗?”

“有，先生要?”

“是，给一盒吧。”

戈阳拿了生日蜡烛转身来到田心身边，立刻把蜡烛插在蛋糕上，然后一根一根地为田心点燃蜡烛，边点边说：

“实在对不起，要早知道应该为你预订一个大的。”

戈阳的这种暖意让田心大受感动，她看着他的举动，脸上闪动着光彩奕奕的笑，看着戈阳为她点燃起蜡烛，合十的双掌轻轻拍打着，陶醉在无限的满足中。

就在田心和戈阳情投意合的时刻，只见王杉踉踉跄跄地从门外走到了他们俩跟前，他上身穿着一件写了“我爱你，我心中的甜甜”的T恤，头上扎着一顶分明是用白T恤扎成的帽子，帽子的前面额头的上方也写着同样的字。手上拿着一瓶喝了过半的酒瓶，重重地往他们俩坐着的台面上一放，二话不说，扑通一声，在田心的侧面冲着她跪了下去，接着就是叩下重重的三个响头，叩完之后缓缓地站了起来，由于用力过度，叩破的额头鲜血从鼻梁两翼直往下流，他举头长长地嘘了一口气后说：

“甜甜，算……算我欠……欠你的，我已无……无话可说，为……为……为了这份情，我……我特别前来给……给你叩……叩头赔……赔……罪。”

面对这突如其来的变故，田心不知所措，目瞪口呆中仿佛全身发抖了起来，说不出一句话来。

戈阳更是莫名其妙，这眼前究竟发生什么呀，他张口结舌。

王杉向田心靠近了一步后，拉过她的一只手，把从口袋里拿出来的一部手机放到她的手掌心上，接着说：

“甜甜，这二……二十天，我该向……向你解释的，都发……发到你……你的微信中……中了，我……我对天发誓，我……我没……没有做出对……对不起你的事，你……你……你知道吗？我很爱你。”

说到这，他伸手抓起桌面上的酒瓶，举了起来，喝了一大口后接着又说，其声调起伏在由小声暴发为近乎嚎叫中：

“我很爱你，我他妈的很……很爱你，你知道吗？”

最后说出“你知道吗？”时，他的脸转向了一直站在一旁不知所措，瞪大两眼看他的戈阳。

戈阳见王杉冲着他，立刻说：

“先生，你误会了。”

“误……误会吗？我他妈是二锅头。”王杉边说边举起瓶子上写着二锅头的酒瓶在戈阳面前晃动了两下，两眼拼出两道凶光。突然举起左手，一个拳头击向戈阳的大颧骨上，接着，脸转向田心，垂着头对她说：

“甜甜，结束了，我该向西天……走……走去了，我在奈何桥……桥头等你。”说完，转身踉踉跄跄地向门外走去。

不知从何而来，却又无从寻旧处。塘水无波，高墙不语，刚才的这一切，仿佛就像午后的一场白日梦，此时的田心，已是泪流满面，心里砰砰直跳，她多想向王杉追去，可是，不停地发抖的双腿，已无法让她迈开脚步。最后，她哭出了声音。

站在一旁被王杉猛击一拳的戈阳，两眼直冒金星，不知如何是好，在束手无策中见田心痛不欲生，情急之中，他伸手拉起田心，搀扶着她，在不断的絮絮叨叨的安慰声中，把她送到了酒店的客房。

他让田心坐下之后，倒了一杯矿泉水送到她的面前，就在这时，一阵手机铃声突然响起，瞬间打断了他对田心的倾情安慰，他从口袋里拿出手机一看，是他女朋友寒姿打来的。

“寒姿，什么事呢?”

“哦，这样啊，好吧，那么，我一会儿就走吧。”

“好，好，见面了再说吧，放心。”

戈阳放下电话，走到田心身边，语重心长地对田心说：

“田小姐，请允许我叫你一回田心，说起来，从早餐开始，我就隐约地发现，你有过一段不寻常的过往，鉴于我们初次见面，我不好点破，我的一个朋友，几乎跟你一样，想念，却不想见的人。其实，两人之间的分手不难，不过是一个挥手说一声珍重。关键的问题是，你们是否真的分手，如果说了分手之后，手却还紧紧抓着不放，那么，你一定要知道，想念，一定要去见，知道为什么吗?因为虽然他离开了你，但你却从没有离开过他，也或者是，他的离开，并不是带走了什么，而是留下了什么，反过来，他也是，所以才有前面的壮烈成仁。”说完见田心没有什么反应，停了停后又继续说：“田心，清醒一下思路吧，别忘了他刚才递到你手中的手机肯定有他要对你说的话，你千万要认真阅读一下他给你手机中所说的话，想办法在不大的古镇中尽快找到他。”

“一会儿我就要离开古镇了，希望你好好的，衷心地祝福。”戈阳说完，便转身离开了田心。

戈阳离开之后，田心拿起一直都抓在手上的这部王杉递到她掌心的手机，点开之后，王杉的头像，昵称依然，寄托着万重深情与爱意的昵称甜甜，每出现一次，仿佛每次都在讨伐着她内心对王杉的辜负与不公。

王杉的数条微信中，对于有胡蝶字样的，她似乎特别在意。

“甜甜，总算熬到头了，胡蝶她爸妈从国外回来，今天把胡蝶从医院接走了。

我的过失总算在她爸留给我的一个恶狠狠的瞪眼中划了个句号了。其实，我非常理解，一个富豪的家庭好不容易培养成一个能歌善舞的女儿走向舞台正要创造当红的时光时，却毁在我的手上，所以，给我一个瞪眼已是宽容了。

在这飞来的一劫中，更确切地说是我两头为难最终报应的一劫中，我多想你一直在我身边安慰我啊，现在事已完结，你又在何方呢？难道你还要让我再承受失去最爱的人这一劫吗？甜甜，明天，我就要奔赴你的家乡寻找你去了，苍天有眼，有情人终成眷属吗？祈愿！”

……

“杉树，我的杉树，我一切都明白了，我爱你，杉树，求你驻足，我就去找你，踏遍青山无觅处，如果要去奈何桥，我随后就到，我的杉树。”田心在眼睛被泪水挡住视线，眼前一片模糊中给王杉发出这条微信后，在拨去的电话无应答中，她立刻冲出门外，向着街上狂奔而去。

几条古街道，没有。

不多几家酒店客栈，没有。

只有往西去的大巴了。

小姐，见过一个在白T恤上写字的男人来这买过票吗?

先生，见过一个类似疯子一样的男人在这上过车吗?

先生……小姐……大叔……大妈……大姐……

“有的小姐，他是你什么人，又醉又疯，但又觉得清醒，拿出学生证后检票员才让他上车了的。”

“请你告诉我，他往哪个方向!”

“这个……往西路的班车?我也不知道。”

西向，知道了，杉树，你说向西走到西天的尽头，我随后就来，我的杉树。

古镇向西路的班车有很多路，田心在茫然不知所措中搭上了一辆往西之后再向北开的车，是通往鹿县的车。

夜幕降临时分，田心到达了鹿县，走出车站停车场，她抬眼望了望夜幕下的车站门口，内心顿时涌起一阵欣喜，脸部的表情如同经过热锅煮熟的狗头表情，一层不变，似乎已经固化的两眼，发直，无神，特别是那副露齿而笑的表情，让人望而生畏。

“小姐要坐摩的吗?”车站门口齐排停着十几辆摩的，见人就问。

田心立刻回答。

“师傅见过我杉树了吗?”

答非所问。

“小姐是来旅游的吧，要不要找酒店宾馆，我的最便宜。”

“你好，见到我杉树了吗?”

“小姐，要一片西瓜吧，本地瓜很甜。”

“你好，见到我杉树了吗?”

田心继续向前走去。人行道上，路上耸立着的路灯，路灯四周闪烁着摇曳的橘红色光晕。在渐渐浓重起来的雾气中，灯光开始神话般地闪耀着，许许多多金龟虫，白蚂蚁围着路灯飞旋，不时地撞击着湿涔涔的路灯玻璃。迷雾使一切物体变了样，把它们从大地上移开，举在大地之上。田心的灵与肉，如同路灯摇曳的光晕，如同金龟虫，如同白蚂蚁，似乎已分离为各自独立的部分了。

路灯下与她擦肩而过的结伴而走的几个小伙子，不约而同地回头看一眼紧跟在他们后面的田心。

“这女孩，长得好水呀，看她的问话表情，是不是一个疯子呀。”

“跟上来了，好漂亮呀。”

“小心，桃花癫，黏上你，让你扛她一辈子。”

几个小伙子转弯拐进了一个马路的拗口大排档中，田心随后跟了进去。

“小姐想吃点什么？柳州螺蛳粉，还是桂林米粉。”

“你好，见到我的杉树吗?”

“小姐，你说什么，杉树，这不，桌子边上那棵就是杉树呀。”粉店老板听的似懂非懂，回答时也就答非所问。田心可是当真了，忙追问了起来：

“杉树在哪儿，在哪儿。”田心眼睛四处搜索了起来。

“老板，你没看出来，这女孩是个癫姑。”刚走进大排档的小伙子轻声地对老板说着。

突然，田心口袋里的手机响了起来，她立刻伸手从一左一右的裤袋中取去了两部手机，同时扣在了左右耳朵上。

“嘻嘻，杉树，你来电话了呀，我总算追上你了。”

“什么呀，田心，我是寒姿，你在哪儿?”

“骗人，你不是寒姿，你是杉树。”

噢买嘎，田心怎么啦，寒姿在无语中背上仿佛略过一阵寒噤，转瞬她的脸立刻阴沉了下来。顺手拍了一下正在驾驶着车子的戈阳，小声地说：

“戈阳，我的判断，田心已经精神分裂，快，把车停在路边。”

说完，她又转向对电话彼端的田心说：

“田心，你在哪儿呢，我马上就来，你等着我，我一会儿就到你身边，你别走动可以吗?”一副紧张的神情。

“杉树，你在哪儿，我好想你呀，我好害怕呀，你快来呀!”田心边说边哭了起来。

“来，快来，戈阳，你跟她说，赶快，你把自己当成王杉，模仿王杉。”寒姿在万分紧张中把电话递给了戈阳。

“怎么说?”戈阳如临大敌，跟着寒姿也紧张了起来。

“你说：甜甜，我一会儿就来，你可以告诉我你在哪儿吗? 仿王杉说话语气。”

“说，快说!”寒姿引言，叫戈阳仿着说，仿佛箭在弦上，十万火急。

果然见效，彼端的田心平静了许多，她说：

“杉树，我也不知道呀，怎么办呀?”

“别急，别急，甜甜乖乖，别急，你把手机给你旁边的人听电话可以吗?”戈阳听着彼端嘈嘈杂杂的声音后，急中生智，哄起了田心。

田心真的按戈阳的意思，把手机给了她身边那个粉摊的老板，老板接起电话“喂”了一声。

“老板你好，我的友女今天受精神刺激，神经好像出了问题，求你行行好，帮个忙，一：你一会把她的手机调到位置共享，二：马上帮助我打110，让警察先把她控制起来，求你了。”

“好，你那友女确实说话颠三倒四有点精神失常，请先生放心，我把电话先给她。”

“杉树，你什么时候来呀。”

“甜甜好乖，我一会儿就到了哦，乖乖别动就在那别动哦，你把手机给老板，她会告诉我你在哪儿，我一会儿就到，听话哦。”

戈阳几秒钟用了几个乖，惹得寒姿醋意大发，戈阳电话刚放下，一阵粉拳打在了他的肩上。

“来了，鹿县，柳州向北，阳朔向南。马上走，正好顺路，过了柳州一拐就到了。”寒姿看了手机上的位置共享，心口上的一块石头落了下去。

戈阳今天是应寒姿要求，从古镇出发到了林市接了她之后，刚刚进入宾市，这到鹿县大约一个半小时的路程。

“老实坦白，今天是不是跟田心暧昧了。”寒姿坐在副驾上捡起刚才戈阳电话里不到一分钟夹带了那么多个乖字，站在醋坛里开始向戈阳发难。

“哎呀，怎么可能呢?”

"要不眼窝下面怎么会青紫了一大块，你没对田心暧昧，王杉会打你嘛？坦白从宽，抗拒从严。"寒姿故弄玄乎。

"哎，怎么说呢，故事已经铺满一条路了，要早知田心是你闺蜜，我怎么也要为你扛着暧昧，把田心领到你的身边。你看现在，你急了吧。"戈阳应声挑逗了起来。

其实寒姿听了戈阳一路上对自己指桑骂槐的故事，知道他一直很爱着自己，只是通过他跟田心的艳遇，让戈阳轻松开车赶路就是了。

戈阳叹了一口气说：

"爱情啊，真是感慨不一，说什么，举杯望明月，哪他妈有明月，全都是但愿人短暂，千里共疲倦。"

"好了，别臭贫了，一贫起来就收不住，又贫又怨，一口文艺腔，没有我让你在娶我之前到古镇静心，能碰到田心吗？"

两人在互相挑逗和对爱情的感慨中来到了鹿县。

噢，天啊，寒姿看到这鹿县眼前的一切，夜雾弥漫，街面上空无一人，不禁内心搐动了一下，潜意识中，双手合十，抬头向着上苍祈愿了起来：

"苍天有眼，保佑我们的田心安然无恙啊。"

戈阳一手抓着手机上派出所和粉摊老板给他的位置共享，转了几个弯便来到了田心被收留下来的派出所。

两人走进派出所，只见田心躺在接待大厅的长坐骑上，卷曲着睡在上面，寒姿立刻走过去，轻轻地抚着她，眼眶一湿，两颗豆粒大的泪珠从脸上滚落到了田心身上。

戈阳在派出所值班民警的指导下，做了前后情况的笔录，交验了身份证之后，准备领田心上车，即刻把她带回。

可怜的田心还在呓语：

“你曾是我的全部，这痛的领悟为什么今天才到来，杉树，我的杉树……”

戈阳问寒姿，她在说什么？这算疯话吗？

“还能说什么，说出来的话一点没疯，来，把她搀扶到车上吧。”

寒姿扶田心转身坐了起来，田心张开慵懒的双眼，看着眼前的寒姿，似乎一点没有反映。

“田心，我是寒姿呀？认不出来啦，我来接你的。”

“寒姿，你来啦，你来干什么，叫我突围吗？都怪你，还我杉树，还我杉树……呜，……还我杉树……”田心看似清醒又感觉一口疯语。

“戈阳，你还站着干什么，快上呀！”面对田心的疯话，寒姿急中生智。

“田小姐，我是戈先生，我们要带你回家。”

“戈先生？戈先生是谁？”田心傻笑地对着戈阳。

寒姿站在戈阳身边，伸手掐了一下戈阳的屁股，小声地说：“叫你表现了，快呀。”

“哦，甜甜乖，我们回家。”

田心听到有人叫她甜甜，立刻警觉了起来，眼睛四处寻觅着什么。戈阳见状，补充说：“甜甜，杉树叫你回家。”

田心朝戈阳对视了一会儿，突然，她向戈阳扑了过去，抱住戈阳。

“杉树，我知道你不会丢下甜甜的，甜甜是你的。”

天啊，寒姿垂首无语。

“甜甜，我是戈阳，我们带你去找你的杉树……”

“杉树，叫我甜甜的，只有杉树，就是杉树。”

寒姿抬脚重重地踩了一下戈阳的脚趾，轻声地说：“认了吧。”

“甜甜乖，杉树这就带你回家噢。”

连哄带骗，田心总算被寒姿和戈阳弄到了车上。

田心絮絮叨叨，左一句杉树，右一句杉树，寒姿和戈阳无语，看着东方透白，希望曙光快快破雾。

田心因为这两天疯这疯那，在车子颠簸中很快就睡着了。寒姿很清楚，只要把她弄回家，慢慢开导，或者想办法找回她的王杉，就能让她平静康复了。

“睡着啦?”戈阳见后座两人没有动静，右手拧了一下厢内后视镜，看了田心已经歪着睡过去了，寒姿两眼没目标地看着窗外消逝的景物。内心盘算着下一步田心的日子。随口回说：“睡着了。”

“还好赶的及时，要不就废了，戈阳内心不禁为美人惋惜着。”

“带回去后先让她到我那吧，慢慢引导慢慢调理能控制得住就好了。”

“靠边停一停。我坐到副驾座位上，好让她伸展着睡。”

寒姿给田心戴好安全带，跟戈阳并排坐着。

“你说就这两天时间，怎么地她就精神分裂了呢?”寒姿转头向后坐上看了一眼躺着的田心后说着。

“你还不清楚吗？她的过去就像你这样，一直处在隐形精神分裂中，当刺激正好切中触发点时，隐形精神分裂就立刻进入显形精神分裂。我不是告诉过你了吗？”

寒姿随手把手上捏了很久的一团餐巾纸往戈阳脸上扔了过去。她气愤地说：“说谁呢？”

“开着车呀，车上坐着田心好不好，要是就咱们俩，车子落入山崖我也在所不惜吧。”

“好了，别闹了，咱们说正经的吧。”

“王杉离开田心时，说了很绝别的话，之后给了田心一部手机，说是……王杉说什么我那时没听清楚，那时，我的内心正为如何让王杉解除误解而找法子呢。”

“手机？”

“对，手机！”

“停车，靠路边停车，快！”

戈阳揣摩中把车靠路边停了下来，侧过脸叫寒姿下车立刻去搜田心的口袋。

“还好，两部手机都在，走吧。”

寒姿拿过两部手机，选了其中的一部看了起来。

未接电话，没有。

短信，乱七八糟的，没特别内容。

微信，一整溜，全部都是王杉发的，时间均在昨天之前。

寒姿静静地读着每一条微信，不禁一串泪珠挂在了她的脸上，进而泪流满面了起来。她长长地嘘了一口气后自言自语地说：“哎，不可多得的男人啊。换了是我，也是会精神分裂的。”

“怎么啦?”戈阳侧过脸看了一眼悲情楚楚的寒姿。

“太悲壮了！壮烈成仁啊，田心的精神分裂和来到这个地方源自昨天王杉给她的那部手机的微信。”寒姿把头转到后面看了一眼田心后继续说：

“现在关键的问题是要找到王杉。”

“手机上有记录吗?”

“有，电话、微信都有。”

“那么，赶快拨通他的电话呀。”戈阳似乎很急。

寒姿拨了王杉的电话，应答是不在服务区。

再拨，一样的结果。

王杉啊，王杉，你会在哪儿呢?

难道真的会……

寒姿抓着手机，深深地叹了一口气，无力地把头枕在坐骑的靠背上，闭上眼睛，内心不禁一阵感慨：问世间，情为何物，直叫人生死相许啊。

“哎呀，累死我了，总算到家了。”戈阳把车子停在了城区进入环岛的停车带上，打开车门，站在路旁释放着一路的疲劳。

寒姿转过身子向后座看了一眼躺在座椅上的田心，可能是车子状态的改变，只见她动了动身子，随后突然跃起，睁着大大的眼睛似乎在辨认着什么。寒姿见状，立刻打开副驾门转向后座。坐在了田心的旁边。

“田心，我们已经回家了。”

“啊，杉树回来啦，杉树呢?”说着向寒姿扑了过来，抱住寒姿。

片刻，似乎发现了什么，立刻松开寒姿，向后退缩而去，睁着滚圆的眼睛直勾勾地盯着寒姿看。

“田心，我是寒姿呀，你看，他是你昨天认识的戈先生，记得吗?”寒姿向田心移近了一点后，指着驾驶座上转过身子的戈阳说着。

田心直勾勾地与寒姿对视一会儿后，突然扑向寒姿，扒在她的大腿上呜呜地痛苦了起来。

这一哭，让寒姿紧绷的神经放松了许多，她明白，田心的神经还没彻底崩裂，有救。她向看她的戈阳使了个眼色，叫他靠近过来商量。

“怎么办，把她送回家还是直接送她去医院?”寒姿转过脸对着戈阳耳边说着。

“还是送她去三湾神经病医院吧，正好那个医院有一个医生是我的同学，让她先诊断一下再说吧。”

“好，就这么办吧，回头跟你同学先说一声，此事要保密，人家还是一个姑娘呢。”

戈阳心领神会，立刻上车调转方向，直奔三湾医院。

田心呜呜的哭声中伴随着一句又一句地呼唤她的杉树。

很快车子开进了三湾神经病医院的大门，寒姿搀着田心，戈阳在前面带路，向着他同学的诊室走去。

“到了，我先进去通报一下。”戈阳转身跟寒姿说了一声，便自个儿推门进入他同学的诊室。

“赖子臣，给你送来一个美女。”说完伏在他同学赖子臣的耳边耳语了起来。

“你小子什么时候当人贩子了，能不能贩一个正常的女孩给我呀，什么意思，还女朋友的闺蜜呢。”他的同学赖子臣不以为然，大声地回应戈阳。

“你小子小声点，就在门口了，听见了，就不好对付了。一会儿可要见机行事，对我多用点暗示。”戈阳神秘地对子臣说着，以防田心一会儿不配合。

“放心吧，叫进来吧！”赖子臣拍了拍戈阳的肩膀，一副胸有成竹的样子。

赖子臣医大毕业后就在这个医院工作了，五六年的工作经验足以让他得心应手地对付每个神经病患者。

戈阳走近寒姿，示意她把田心带进他同学的诊室。

“田心，走，我们去问一个帅哥，听说那个帅哥知道杉树去哪儿了，咱们进去问问他吧，好不好呀？”寒姿连哄带骗，把田心搀进诊室。

田心听说有王杉，表现的即愿意又顺从，一脸痴呆地让寒姿搀扶她进了诊室。

田心一进门，呆直的眼眸与赖子臣的眼眸对在了一起。仿佛花痴对迷情，谁也不肯转眸。

天哪，不会吧，天上掉下一个林妹妹吔，赖子臣缓缓地从座位上站立起来，身子略略前倾，面部表情如痴如醉。

戈阳站在赖子臣身旁，立刻朝着他重重地踩了一脚，顺口说：

“这女孩是来找她的杉树的，你不是知道杉树在哪儿吗？快告诉人家呀。”

赖子臣这才回过神来，朝着戈阳狠狠地瞪一眼，嘘嘘忍痛中立刻坐回到坐诊的椅子上，坐下之后又感觉不对，立刻又站了起来，侧过脸对戈阳瞪了一眼后，气鼓鼓地对着他小声地说：

“等着，一会儿让你吃两颗镇静药。”说完绕过桌子走到田心前面，柔情蜜意地对田心说：

“哦，小妹，你的帅哥叫什么杉来着？”

“杉树，”一旁的寒姿立刻接上。

“对，杉树，嗯，杉树。”一边说一边小心翼翼地伸手欲翻田心的眼皮，田心见此，立刻举手推开，对着赖子臣狂嚎：

“你想干什么？流氓!”田心条件反射中后退了一步。

“哦，田心不怕，怎么可以这样对待我们的田心呢，哦，别急，别急，我来问他。”寒姿挽着田心的手安慰了起来。

“哦，大夫，不，帅哥，我们家小妹是来问你，她的杉树在哪儿?”

赖子臣的脸立刻从戈阳耳朵的一侧转向寒姿，随口说：

“是这样的，她的杉……杉，哦，杉树，一两天，哦不，十来天吧，就会回来了，你就先回家等着吧。”赖子臣张开手掌一边说一边做掐指盘算的样子，如同一位算命先生。

“尼玛，成巫师了。”戈阳握拳在赖子臣宽阔的胸膛上垂了两下，提高了嗓门，装模作样地说：

“那好吧，我们先回家了，你可要尽早叫杉树赶紧回来呀。”

说完，拉过赖子臣的胳膊，凑近他的耳边后，对他耳语了起来：“记得，一会儿准备好药，等我电话告诉你地址。”

三人离开诊所，寒姿连哄带骗，好不容易让田心在半推半就中愿意回她父母家。

赖子臣把一行三人送出门外，看着他们离去后，便回坐到他的诊位上，迅速从他的口袋中拿出一个皮夹子，从中取出一张照片。

“天哪，原来是她呀。”

“林妹妹呀林妹妹，你真的是从天上掉下来的吗？”

一副贾宝玉式的花痴，在一阵痴情、痴笑、痴心妄想中，他从座位上站立起来，神采飞扬中在诊室内渡起了方步，伴随嘴里念念有词：

“失恋者，感情专一，属纯情一辈，上品也。”

对着田心的照片一阵花痴之后，坐回到座位上，提笔开始给田心开起了药方子。

田心的家住在漓江岸边，在离阳朔城区一江之隔的城中村中。属于独栋民房建筑，青翠欲滴的凤尾竹围着四合院，与村落合体中依山旁水，景色美丽悦目，舒展自然。田心是这个四合院的独生女，她的父母视她为掌上明珠，特别疼爱于她。

戈阳把车子停在了田心家的门口，招呼着寒姿和田心下车，之后在寒姿示意之下按了田家的门铃。

出来开门的是田心的妈妈。

“伯母，田心回来了。”戈阳彬彬有礼地冲着田心妈妈说着，脸部表情带着几分尴尬。

寒姿是田心的闺蜜，戈阳自然就是田心家的常客了，田心妈妈见到戈阳，立刻招呼了起来：

“来，快进屋，快进屋。”

田心站在她妈妈跟前，驻足不前，一脸傻笑。寒姿急中生智，圆合了起来，说：

“伯母，田心刚回来，我们几个高兴，喝了点酒，你看她就醉成这样了。”

“是，喝多了点。”戈阳在一旁帮腔。

田心妈妈半信半疑，招呼他们一行进屋后便给他们倒茶去了。

寒姿把田心搀到田心的闺房，田心在床沿上刚刚落坐下来，便开始朗朗了起来：

“杉树呢，杉树在哪儿呀?”

田心妈妈端着茶水走进女儿的房间，看到田心的神态，不禁心里立刻疚紧了起来，她扯过戈阳的衣袖，拉到外屋后对戈阳说：

“你快跟伯母讲真话，田心这是怎么啦?”

哪里能瞒得过做父母的眼睛，戈阳只能把两位老人拉到里屋，一五一十地把田心发生的一切说了出来，然后又好好地安慰了老人一番。

正说话间突然门外有人敲门，田心爸妈立刻前去开门。

戈阳一看，进门的不是别人，正是赖子臣。只见他手上拎着一小包药，见到田心爸妈，毕恭毕敬地连声叫着伯父伯母，好不殷勤。

“我是专程给令爱送药来的，是解酒药，解酒药。”他见戈阳站在两位老人身后，加重了语气，并拉出戈阳助阵：

“对吧，戈阳，解酒药。”

“啊，解酒药？你送药来了？”田心妈妈先是一愣，脸上瞬间略过一阵阴霾，瞬间她感觉不对，立刻脸上从尴尬速转热情堆起了笑容。

“快，快，赖……子快进屋。”

“不，伯母，赖子臣。”

“哦对，赖子臣快进屋，哎呀，我这田心呀，娇生惯养，一出门就乱了，喝酒喝成这样。”

站在一旁的田心爸爸扯了扯田心妈妈的衣袖小声地说：“人家是医生！”

田心妈妈见此，狠狠地踩了一脚田心爸爸的脚面，小声地在他的耳边说：

“老晕头，那天媒婆带来跟我们家女儿提亲的就是他呀，你老眼昏花了呀。”

赖子臣感觉田心爸妈对她不够热情，进屋时又转过头对田心爸爸不知是示好呢还是自我表白：

“伯父放心，令爱就包在我身上了。”

“哦，对，对，包在你身上，包在你身上。”田心爸爸故作糊涂，立刻互和了起来。这也算是家丑了，如何可以外扬呢？更何况媒婆一再强调小伙子的职业在公务员之上，是个大医院的医生，他对田心能够如此不介意，也算是天赐良缘了。

还是赖子臣药方子的作用，田心服过药之后，不到半个小时，就睡过去了。

就在这时，田心的表妹江映红闻讯赶来，寒姿把她拉到一边，希望她这几天在表姐田心身边，多加照顾。

田心爸妈为了赖子臣与女儿的巧遇，强作欢颜，在赖子臣面前默认了女儿是喝醉酒，相互之间互和着。

田心睡下后，寒姿、戈阳、赖子臣三人和两位老人告别之后离开了田心的家。

到了门外，戈阳如释重负，瘫坐在驾驶座位上，想着这两天发生的事情如此巧合，不禁为这天荒夜潭感慨了起来。

赖子臣心存异想，内心还在为着那个天下掉下来的林妹妹浮想桃花，挤上戈阳的车说是让戈阳送他一程，实是希望戈阳的女朋友寒姿能够从中帮助他喜结良缘，寒姿一开始就看出来赖子臣的心思了，她自然为之高兴，也为了闺蜜尽快康复。能有赖子臣这样如此对口的医生，寒姿自然是顺水推舟了。

然而，凤凰振于山林，鸳鸯戏于潭渊。

寒姿到了家里，盘点着这两天的意外，冥思着接下去田心的日子。

什么病对她从事的医生专业来说似乎都有一个结果，可是，田心的精神分裂被列入的精神病她还真的是束手无策。今天还好有一个戈阳的同学两肋插刀，要不此刻也许还陪在田心身边，看着她发癫呢。

赖子臣似乎若无其事，她对田心的病真的有把握医治吗？

如果没有戈阳的介入，就没有田心的这一劫吗？但凡爱恋中的男男女女都有这样的神经质不是吗？一年前，因为戈阳跟他邻居的女孩双双出国进修，自己不是也差点当了田心的鼻祖了吗？

寒姿躺在床上，相继打开了被她收走的田心的两部手机，开始研究起田心和王杉的前前后后，最后她确认，解铃还须系铃人。那么，王杉现在在哪儿呢？真的会为爱殉情吗？几次打他电话，从不在服务区，还一直是渺无音讯啊，寒姿不敢往深处想了。

王杉，王杉，请让我代表你的田心，用我的名义发一条寻人启事给你吧：

“王杉：我是寒姿，田心的好朋友，闺蜜。”

“昨天，你离开田心之后，接着她就步着你的后尘追你而去了，因为行走的方向不同，所以没能追上你，也因此，她发生了精神分裂，还好在好心人的帮助下，我们得以把她安全接回家里，她现在在她家接受治疗，治疗情况如何，我们也不得而知，对此，请你收信后尽快回复吧，顺便告诉你，让你误解的男人正是我的男朋友戈阳。另外，你收信后可以来电联系我，我的电话是133XXXX6653。”

寒姿写完微信发出去了。

这种无形当着有形来操作的结果，寒姿从盼望王杉的出现，最后落入了一种虚无缥缈的精神寄托。

王杉昨天确实坐上了一辆朝着西向路线出发，终点站是大新县的德天瀑布景区，巧的是这辆大巴在中途车子出现故障时，王杉就趁此下车，独自一人沿着一条山路走去。日落时分，他走进了一道河谷，一股自残的力量让他勇往直前，他相信，黑暗就在前方，他就是向着黑暗而去的。

夜晚的山谷显得格外阴森，满月清辉之下的黑暗教人见了心悸，似有似无的看似凶恶的物形，悄然无声，错杂交横的黑影，摇曳的树丛，鬼域般的阴惨，坟墓似的寂静，似曾灵动的幽灵。神秘树枝的垂拂，古怪骇人的秃树身，临风瑟缩的丛丛野草，对于这一切，对于王杉来说，似乎已经在所不惜了，他仿佛觉得自己的灵魂已经和那黑暗凝团在一起，黑暗下的任何侵袭，是他的渴求，他多么希望快速走进无边无际，没有任何灵动的黑暗啊。

十里走完了。

二十里走完了。

黑暗为什么还没到来呢。

啊，终于到来了，原来走进黑暗就一步之遥。

就在王杉又向前跨出了一步时，他顿觉眼前一黑，接二连三地感觉身上、脚上，身体的各个部位受到了钝击一般，一阵剧烈的疼痛，但这种疼痛似乎一会儿就消失了，他庆幸终于走进黑暗了。

一只猎狗从几十米远的树丛里狂奔回来，向着正在往树林深处走去的主人狂吠了起来。仿佛有什么话要跟主人说一样，使劲地咬着主人的裤脚，意指赶紧跟着它去察看前面它发现的东西。人犬朝夕相处，主人自然心领神会，只是今天他的伙伴怎么如此反常，往前奔了几米，便又回过头吠叫几声，一副急不可耐的样子。

这只狗的主人叫万孟可，在这个风景秀丽的山谷里已经居住近一年了，这只猎狗是他唯一的伙伴。

猎狗冲着一个躺在溪流边的人狂叫着，叫了几声后又转过头对着万孟可叫了几声。

万孟可看见了，立刻急步赶上前去，天哪，是一个人，死人吗？潜意识中，他用手指查勘了那个人的呼吸，心跳，似乎还有一息尚存，他看了看周围，他是从溪流与另一条河谷汇集的山崖上滚落到这儿的，好在一丛小树挡住了他的身体，要不就落入溪水里去了。

万孟可取下身上背着的水壶，慢慢地扶起他，从他嘴里灌进了一口水。

由于身体移位的疼痛，只见他嘴角轻轻地抽动了一下，一副极度痛苦出现在他的脸上。

他就是王杉，昨晚深夜，从一条小山谷中，一脚踩空落入这个大山谷中的。

王杉躺在用数条小木棍搭造的，看上去非常粗糙的床铺上，嘴里时不时地说出呓语：

“甜甜，黑了。永远只有你了。”

“再也没有别人了，只有你。”

万孟可见他有动静，便拿过被子把他的背垫高了起来，小心翼翼地用汤勺盛上米汤，一勺一勺地从他微微张开的嘴里喂了进去。

一会儿工夫，他慢慢地睁开了眼睛。

“怎么，黑暗消失了。”

王杉在似梦非梦中定了定神，看到眼前一位陌生人喂他喝米汤。

“小伙子，怎么一个人来到这个道谷呀，是走迷路了吗?”万孟可见王杉醒了过来，内心不由自主地升腾起一股喜悦之情。

王杉没有作答，两眼直勾勾地盯着床铺正对着的草屋土墙，表情木然。

万孟可见此，接着说：

“没关系，调养几天就好了，到时候我告诉你一条出山的路。”

出山的路，需要吗？如果能指明一条通往黑暗的路，永远黑暗，再没有光明的路就好了。

王杉的眼睛没有离开草屋的土墙，内心略有所思，没有在意救起他的万孟可对他的好意以及救命之恩。

猎狗从门外进来，在万孟可脚边用身子蹭来蹭去，时不时地冲着他吠吠几声，万孟可心领神会，收了喂完米汤的碗，转身走到门外的灶台上，提起一个竹篮子，跟在猎狗的后面，向着离草屋二十几米远的草坡走去。

猎狗在一片草坡上隆起的一处坟堆边蹲坐了下来，回过头看着它的主人走过来。

万孟可走到坟堆跟前，蹲了下去，从竹篮子里拿出一碗粥、一碟腌菜和一双筷子放在了坟前，然后转过身子，坐在了坟堆旁边的一块石头上，从竹篮子里拿出旱烟，便抽了起来，那只猎狗挨在他的身边蹲坐着，目视前方，略有所思的样子极像它的主人。

王杉被万孟可喂下一碗米汤之后，元气恢复了许多。

这是什么地方？救起他的陌生人是谁?

王杉忍着身上的疼痛，下了床移步到屋子的门口，挨着门边向外看去。

二十来米远的草坡上，一座坟，那个陌生人坐在坟堆旁边，狗依偎着他，一口一口青烟从陌生人嘴里吐出，飘向空中后散开。

那个陌生人很沧桑，花白的长发拢到后脑后扎成一束马尾，花白的山羊胡子没有修过，配着身上穿着的那件印着中国脸谱的T恤，让人感觉从那副沧桑中分支出了老文艺范儿的味儿。

王杉的出现进入了万孟可的眼角，他转眸看了一眼王杉后，便从坟堆前收起了墓主人吃过的残食，装在竹篮子里后，朝着草屋走去。

王杉见他走了过来，向门外迈了一步，手依然扶着门框。

“哦，我叫王杉，不好意思打扰您了。”

“没什么，我叫万孟可。”语气不冷不热。

说完，万孟可从竹篮子里拿出了那碗粥和腌菜，放在了用石块磊起来的用来当饭桌用的台子上，然后自个儿地坐在了桌子边上，开始喝起那碗粥，喝了一半，便端起剩下半碗的粥放在地上，蹲在身边一直举着头盼望早餐的猎狗迅速低下了头，开始吃起万孟可剩下的半碗粥。

万孟可走到饭桌旁边的锅台上，提起锅盖，从里面拿出三条红薯，顺手递给站在门边上的王杉后，另一条扔到猎狗的旁边，还有一条便顺手塞到自己嘴里吃了起来。

他边吃边跟王杉说：

“往前走，顺着前面分支河谷的一条小溪，逆流而上，大约 30 里地，就有人烟了，继续往西，就是国境 238 界碑，哪里有个旅游区叫德天瀑布旅游区，如果想在我这再多歇两天，你就歇着吧。”似乎一点不考虑听者是否听了进去，一口气说完之后，顺手拿过靠在门边的一把锄手和桌面上的竹篮子，绕过草屋向前走去，忠诚的猎狗尾随其后。

一块不大的土地，种植着红薯，还有一些蔬菜，红红的朝天椒在这块绿色土地上显得色彩很突出。

王杉一瘸一拐地紧随其后走到了这块土地上，他在一块平整的石块上坐了下来，看着万孟可挖起地下的红薯，然后收起红薯后开始刨地，平整，播下他看不懂的什么种子，接着，万孟可在种子面上撒上细土之后，走到王杉坐的石头边上，与他并排坐在一起。

万孟可从腰间解下旱烟袋和烟枪，装上一抽后递给王杉，王杉顺手推了推，嘴角向上扬了扬谢绝了万孟可的好意。

万孟可转过脸，即刻把烟嘴塞进嘴里，开始抽了起来，他吐了两口烟后，对王杉说：

“为了女人吧？”

奇怪，他怎么知道，王杉完全忘了他身上穿着一眼就让人看透缘由的白色涂字 T 恤。

“嗯。”王杉诚实回答。

“如果身后还有牵挂，那就 不必了。”万孟可吐出一口烟后，随后吐出一句话。

身后有牵挂吗？

是啊，牵挂还是有的，在家里盼他毕业的父母，还有她……

万孟可见王杉没有说话，又吸了一口烟后继续说：

“有一种爱叫放手。”

有一种爱叫放手？长长的二十几天，我可是从没放过手呀，就是昨天……

万孟可见王杉略有所思，便站了起来，不知是对王杉说还是对自己说：

“有一种爱叫守候啊。”说完，他走到瓜地上，捡起了几条红薯放到竹篮子里后，朝着天空看了一眼当空的太阳，便沿着草屋的方向走回去了。

有一种爱叫守候？

这句听起来很清晰，记得他和田心一起在一本叫做《一生只为你守候》的书里读过，其中有一句就是“有一种爱叫守候”，那天是田心首先对着他朗诵的，王杉内心仿佛略过一抹共鸣。

万孟可走到了草屋门口，把红薯放在地上后，回过头去打开了锅盖，从里面捡起两条红薯装在碗里后放到竹篮子上，提着竹篮子转身向着坡地的那堆坟走去。

与清晨一样，他来到了那堆坟前，全部的动作与清晨没有什么两样。

王杉从红薯地里尾随了过去，走近了才知道，这个坟的主人叫雨楠，从墓碑上写着的四个字“爱妻雨楠”中可以看出，她是万孟可的妻子。

王杉总算明白了，有一种爱叫做守候，守候着那份人鬼情未了的日日夜夜。

王杉冲着墓碑，低下了头，内心默默地叫了一声楠姨后，便盘腿坐在了坟堆边上，似曾与墓主人要聊什么。

河谷的天，过了中午，太阳就落到大山的背后去了，明亮的河谷瞬间向阴森跳跃了过去，此时的天和地形成了强烈的对比，河谷顶部的天显得更加蔚蓝，谷底与蓝天笼罩之下，更显得多了一层阴沉沉。万孟可抬头看了看天空，朝着猎狗吹了个口哨，便向着河谷的深处走去了，王杉腿脚不灵，望着他们远去的背影，便坐在桌子边上，面朝着前方坟堆的方向，两腕支着下巴，静思着什么，他的耳边响起了田心的声音：

我们的爱
如一只断了线的风筝
飞到了遥远的天际
天际下
我不顾一切地追逐，追逐……
然而，它还是越飞越远
越飞越远
可是，亲爱的
我的一生，已注定属于你
我的一生，已注定只为你守候
我心甘情愿为你画地为牢
只要你还能看着我渐渐老去
看着我渐渐老去，老去

夜幕降临时分，猎狗大风先出现在王杉的面前，它站在远处朝着他看了一会儿，转头在坟堆上转了两圈后，跟着万孟可回到了灶台边上，乖巧地趴在那，伸长舌头，喘着粗气。

万孟可手上提着一只野兔回来，接下去他开始生火烧水，给野兔开膛去毛，切块下锅，最后他把加工好的两大碗兔肉以及蒸好的红薯一并放在桌面上，站在桌子边上看了一眼后，走到草屋里取出一瓶白酒，分盛三碗分别摆放在王杉面前，自己面前，还有一碗摆在王杉对面的空位置上。

万孟可端起酒冲着王杉说：

“你什么时候离开，我也不知道，今天，我们两口子就算薄酒迎宾了。”说完，喝了一口酒后把碗放在面前，夹了一块兔肉放在王杉面前的碗里。

王杉见状，立刻端起酒碗，也大大地喝了一口。

就这样一来二去，万孟可碗里的酒一会儿便见底了，他把空碗与空位置上的那一碗酒对换了过来，又喝了起来。

天空的月亮越过了河谷的山峰，河谷顿时亮了起来，月光的青辉播撒在这两个有着各自不同经历的男人身上，仿佛周围的山野为他们隐藏起内心的凄楚，浑然失色。

“我在这里已经快一年了，只为守护着她，今生今世就这样守着她吧。”万孟可酒过三巡，自言自语起来。

就是守候坟堆里躺着的那个人啊，快一年了，真是人鬼情未了啊，王杉的内心不禁泛起钦佩，举起酒碗，对着万孟可喝了一口。

“我的一生，注定只为她守候，我心甘情愿为她画地为牢，而我，会在牢里和她厮守一辈子。”万孟可举起酒碗，不知是对王杉说着还是对着挂在头顶上的月亮说着，还是为王杉对面空位子上的那个人说着。

王杉低头看着反射在碗里的月亮，月亮变成了一个舞台，舞台上，田心自编自导的毕业舞蹈，独舞《心誓》，王杉为独舞配乐旁白：我欲与君相知，长命无绝衰，山无陵，江水为竭，冬雷震震，夏雨雪，天地合，乃敢与君绝。田心霓裳羽衣的舞姿，袅袅婷婷……

王杉辗转反侧，田心总是在他的眼前一幕一幕，来了过往，过往了又来。

“杉树，抢答题呵，请听题！”田心的两片嘴唇用力撅着，看上去显得很调皮。

“如果甜甜先死了，那棵杉树会守候在她的坟堆旁边吗？抢答开始！”

“乌鸦嘴，我的甜甜怎么可能会先死呢？”王杉脸一沉，显然拒绝回答。

“零分，答非所问。”说完，转身子，背着王杉。

“什么答非所问，难道我说的不对吗？”

突然，她转过身子。沉下脸冷冷地对王杉说：

“是不是，你根本就不会守候着我。”

“你和蝴蝶出演双人舞《化蝶》，就足以证明。”

田心见王杉无言以对，接着又说：

“明白我为什么出这个抢答题了吧？知道你为什么得零分了吧？”说完转身扬长而去。

王杉忽然坐了起来，眼前的黑暗迎接他的迷迷糊糊，身边万孟可酒后发出的鼾声四起，声声入耳，王杉断定田心没有放过他的造梦空间，二十几天了她没有放弃，刚刚又来到了他的梦里了。

王杉急匆匆地下床，走出屋外，借助于月亮通过天上的白云反射到河谷的光，她找到了万孟可白天用过的那把锄头，拿起来便快步向着万孟可爱妻雨楠的坟堆走去，走到坟前，二话没说，冲着坟头跪了下去，连叩三个响头后急促地对墓主人说：

“楠姨：我和我的田心跟你做伴了，你就同意了吧。”

没等回答，也等不来回答，王杉很快在雨楠坟堆旁边堆起了一堆新坟。

这一顿早餐是王杉煮的，等到万孟可走出草屋，王杉已经把两碗粥、两碟腌菜和两双筷子分别放在了两堆坟前了。

“对不起，我没有经过您的同意。”

万孟可依旧坐在他昨天坐过的那块石头上，猎狗大风还依偎在他的脚边。

一口一口的烟从他嘴里吐出，脸侧向那堆旧坟，内心跟坟里的人说：让我先说吧。

“我和她有一个女儿，大约比你小两三岁吧，现在还在 C 市歌舞剧院上班。”

他停了停，重重地吸了一口烟，吐出去时显然伴随着叹气，烟雾离嘴的速度很快。

“冲动容易守持难啊。”

“我和她，算垂暮之年了，了却了女儿的牵挂，这青山绿水本来就是离魂归宿，你年纪轻轻，芳心未艾，又何苦呢？”万孟可语重心长地说着：

“我，我……”我怎么向他倾诉呢？

有必要吗？儿女情长，长辈们见多了。

确实，他开口了。

“一年多前，河谷的上游突然传来‘轰隆隆……’如闷雷一股的长鸣声，我警觉地向上游看了一眼，顿时心惊肉跳了起来。

“雨楠，快跑，快往高处跑。”

“她非但没有往高处跑，反而向着还在河里捕鱼的我跑了过来，就在她伸手拉我上岸的当儿，巨大的洪峰朝着我们盖了过来，天地分离，各自旋转着。”

“坟堆坡下的那个位置，几棵遍体鳞伤的树，把她挡在了那里，身上还在滴水的猎狗大风，使劲地叫唤着主人快快醒来。”

“她永远地走了，走了，走了。”他的语音越来越轻，他抬头看着天空，竭力不让自己的眼泪滴落下来。

片刻，他端起坟前的那晚粥，向着草屋的方向走去，步履蹒跚。

王杉紧随其后，跟在万孟可的身后回到草屋前的桌子边上，悲壮回旋在他的心间。

“再过几天就是她的周祭了，我想回城一趟，我女儿说，她要专程来道谷跟母亲祭奠，我要去接她。

他啃了一口红薯后说：

“要不你就跟我回城吧，碧海情深，还是上岸去吧。”

“不了，我去刨完那块瓜地吧。王杉从碗里抓起没吃完的红薯，伸手拿过门边的锄头，朝着瓜地的方向走去。

走了几步，他在通往瓜地和通往坟地的三岔路口停了下来，朝着那堆新坟看了过去。

“今生今世化作翩翩起舞的蝴蝶，不正是我们吗？甜甜。”

坟头，两只彩蝶拍打着翅膀，翩翩飞起。一会儿，两只蝴蝶化作一对霓裳羽衣的舞者，

天空传来田心的声音：

“杉树，托起我，拉住我的手……”

“化蝶不正是我们吗？甜甜……”

“小伙子，我走了，明天回来，这套衣服是我穿过的，款式老了点，没关子，你把身上的衣服换下来吧，应该穿好几天了吧。”

“谢谢万老前辈，路上小心。”王杉接过衣服，目送着万孟可向河谷外走去。

第四章

为爱痴狂

Crazy For Love

正在江映红坐定抬眸看一眼田心时，只见田心的脸一下沉了下来，瞬间眼泪夺眶而出，接着就哭出了声来，再接下来，又是一声一声“杉树”的呼唤。

田心的病情在赖子臣的精心医治下，基本处于稳定中向着好的方向发展了，在没有受外界刺激时，她每天在家里只做两件事，一是在她的房间不停地画着一棵又一棵的杉树，画好了之后，就往墙上贴，贴过一层又一层；二是在她的闺房旁边的花厅里，呆呆地坐在她一年多前种的一盆杉树旁边，痴痴地看着，一看就是一上午。

每天陪伴她的表妹江映红，除了按时给她吃药外其他就是保证她每天的这两件事不被干扰，日子倒也平稳的一天又一天地过下去了。

但是，田心的这种状态，可是把她的父母给愁苦了，他们怎么也不会想到，从小把女儿拉扯长大，又送她去上了大学，正当她毕业可以成就事业的时候，偏偏出现了这等事情，所以，他们每天急在心头却也束手无策，而且这种病发生在未出嫁的女儿身上，又不好对外张罗，真是不知道如何是好。

江映红每天八九点准时到达她表姐家里接应赖子臣，赖子臣也因为这个天上掉下来的林妹妹，每天不辞辛苦，本来一次可以给田心配半个月或一个月的药，他却为了天天能见到田心，找借口让自己每天为田心配上两次药，对此，让田心的爸妈，还有田心的表妹江映红备受感激，特别是田心的爸妈，看到赖子臣对女儿如此献殷勤，多少让愁苦的内心分解给了天设地造的缘分，进而把赖子臣看成是未来的乘龙快婿，让他自由进出，甚至是在给田心煮点心吃的时候，一定要留给他一份。

江映红跟往常一样按时到达她表姐家。她打开院子的门，等候赖子臣的到来。

比平常晚了十分钟，赖子臣出现在门口。见到江映红在等他，立刻先给她打起招呼：“江映红，实在对不起，今天晚了点，你等急了吧。”因为发胖的体态加上宽脸厚嘴唇，点头哈腰起来更显憨厚和诚实。

“没有，只是今天想跟我表姐一起到西街逛逛，我看她的病也快好了。”

“哦，逛街啊，可要小心啊。”

“为什么？”

“不过，也没什么，有我在呢，你们去吧。”

“你也去啊！”江映红两天前听她姑妈跟她说过，以后可以让表姐多接触赖子臣，让她病好的更快一点，所以江映红有了邀请赖子臣一起去逛街的意思。

“不了，你们去吧，这个是给你表姐写生用的，让我送上去吧。”赖子臣每天想见田心，总是可以找到许多恰如其分的借口，他把手上拿着的一叠复印纸，还有一盒水彩笔给江映红看了一下，转身上楼去了。他走到楼上，看到田心还是跟往常一样，她每天都在观察或者画她花厅里的那棵杉树，只是他不知道，田心每天哪里是在写生，而是她那颗疯癫的心只记得她的杉树，也就是王杉，这个秘密没有任何人告诉过赖子臣。

“哇，你表姐太专一了，又在观察杉树了。”

“嘘，小声，别打搅她，这时候要是打搅她，她马上跟你急。”

“哦，好专一啊。”赖子臣小心的感叹着，跟在江映红后面，悄悄地走进了田心的闺房。

天哪，顿觉眼前一亮，他田心闺房的一道天下无双，独一无二的风景线让他霍地感叹不已，这几天没进她的闺房，居然满墙贴满了她画的杉树了，奇迹啊，奇迹！一种色，一种形，一般大小。

“哎呀，她太专一了，可喜可贺啊，真是泉对石，干对枝。吹竹对弹丝。山亭对水榭，鹦鹉对鸬鹚。五色笔，十香词。泼墨对传卮，神奇韩幹画，雄浑李陵诗啊。”赖子臣不知从哪里搬走了笠翁对韵，文不对题地感慨了起来，可是，江映红一句也没听懂。

江映红看到赖子臣两手反剪在背后，如同李白赏碑文，倾情欣赏着田心贴在墙壁上她每天画的杉树，说：“你怎么那么多之乎者也呀，谁都听不懂。”

“哎呀，你表姐太专一了，那边看完实物，这边画，而且只画杉树，君不见杉树，杉之风骨，乃树之风范也。君不见，杉树参天，杉树傲雪……”

“谁在说我的杉树，你是谁?”正当赖子臣有感于杉树之风范时，田心出现在闺房的门口，她伸直脖子，嘟着嘴手指直指赖子臣的鼻子说着。

赖子臣见田心站在门口冲着他说话，那只纤细的手指，那张可爱的嘴，那副表情，那款生气的模样，实在是太可爱了，他顿时春心荡漾地笑眯眯地回说：“一睹小姐对杉树如此情有独钟，孌人自当以杉树为楷模，树我杉树之风范……”

“又说我的杉树，你快出去。”田心哪里听得懂，只听得赖子臣一连说了好几声杉树，一下就恼了，立刻逐他离开。

江映红内心清楚，立刻拽了拽赖子臣的袖子，叫他赶快离开。

赖子臣面对着有一股病态之美的林妹妹，怜悯心翟然升起，连忙冲着江映红说：“当仁要让，当仁要让。”

然后快步走到楼下，见二老站在楼口迎接，立刻对二老说：

“令爱无碍，令爱壮志凌云，已立杉树之参天，顶天立地之壮举，胸怀宽广，心智已然乃康复之前夜才为之啊。不治定可返秀于倩身，令尊大人，忽念忽念耳。”

田心爸妈听了半天不知道他说什么，在一知半解中只知有一个“不治”二字顿感不祥，一下把心提到嗓子口上后连忙问：

“我女儿没治啦。”

“非也，非也。”

“啊，要飞呀，飞什么意思，要离开我们……”

“伯母，我是说田心快好了，对不起，我攻读的是中医，

中医多半是文言文，习惯之过，习惯之过，对不起，让二老受惊了。”

“哦，无妨无妨，知之知之。”田心爸爸还是读了点诗书，立刻与赖子臣之乎者也了起来。

三人寒暄了几句后，赖子臣先行告辞了。

“哎，这孩子还是很有礼貌的，他刚才说了半天什么来着，我一句没听懂。”田心妈冲着田心爸问了起来。

“大概的意思是说咱女儿满房间画的都是杉树，她是树立杉树的高大胸怀志向，这个心智不是病人会做得到的，他的意思是说咱们闺女的病已经不用治就会好起来了。”田心爸断章取义。

“那就好，那就好，哎呀，她爸呀，你说这是不是天赐良缘啊，咱们女儿是为他而病的?”

正说话间，江映红领着她表姐从楼上走了下来，说要带着表姐上街去走走，二老因为听了赖子臣说女儿不用治就会好起来了，所以就满口答应让江映红带着田心上街去了。

田心离开家门，如笼中之鸟放飞于天宇之中，高兴的眉开眼笑，以致走在跨过漓江的彩虹桥面时，又是跳又是唱，毕竟毕业于舞蹈专业，她跳起来的舞步，轻捷又飘逸，边跳边说：

“来一个法阿拉贝斯克切凯弟体系，嘻嘻，好看吧，如燕展翔，我跟杉树一起跳过。”

“小心汽车，表姐小心……”

“来一个法巴朗塞，嘻嘻，好看吧，如午夜的流云在月光下飘荡，我跟杉树一起跳过。”

“来一个波西雄·德·勃拉，是俄罗斯学派的，好看吧，如诗如梦如幻，我跟杉树一起跳过。”

“来一个热泰·昂·图尔囊，是俄罗斯学派的，好看吧，如激情的山风，穿越万山丛林，我跟杉树一起跳过。”

“来一个格朗·弗韦泰，是俄罗斯学派的，好看吧，如寻觅一个清透灵魂的疆域，我跟杉树一起跳过。”

“田心姐，别跳了，堵车了，堵车了，警察要来了。”江映红看到桥面上堵了许多车，刹那间许多旅人慢慢聚集着围了过来，举目观看越跳越欢的田心，急的江映红满脸通红，不知如何是好。

“姑娘，别拉她，哇，跳得太好了，舞姿太美了，绝对专业，别拉，别拉，让我拍几张。”一位旅客举着相机，边喊边拍着，猫着腰一会进一会退地不断在抓拍精彩一瞬。

许多旅人也纷纷举起手机，一边赞许一边拍着。

“这青山绿水间，这桂林山水甲天下的人间仙境之中，这一幕不是仙女下凡吗？不会是印象刘三姐中的那个女孩吧。”

“田心姐，快走，警察来了。”江映红使尽浑身力气，总算拉着田心挤过人群，向着桥的另一头狂奔而去。

到了桥头，两人伏在桥头的石栏杆上，互相喘着粗气，突然，田心很流畅地说出一句话来：“映红，我们俩怎么啦，累成这样。”她说完，伏在石栏杆上不停地喘着气。

“表姐，你……”江映红顿觉伏在她旁边的表姐田心看她的眼神一下鲜活了起来，陪伴她近一个月，除了念念有词的“杉树”“杉树”之外，从来就没有说过像刚才说的这么流畅的一句话。

江映红立刻警觉了起来，惊讶地说：“表姐，你好啦。”

“什么好了，我怎么啦?”田心看着江映红，疑惑的目光投到她的脸上。

“表姐，你在马路中间跳舞，你……”

“什么跳舞……”

“没有，我随便说的，咱们走吧，逛街去吧。”江映红察觉到田心瞬间出现的奇迹，突然内心掠过一抹欣喜，但究竟怎样，还是等会找个空跟赖子臣和寒姿汇报吧，所以她立刻收住了嘴。

两人轻快地走进主街道，江映红留心观察她表姐的言行举止，感觉表姐仿佛已经脱离了之前的呆木。

丁字形的街面，迎面是一家肯德基，KFC 三个 LOGO 和那个版刻的胡子老头形象，映入了江映红和田心的眼帘。

“表姐，肯德基，我们进去吧。”江映红在田心面前拍着手激动了起来。

“好久好久没来吃肯德基了，咱们进去吧!”

江映红没等田心同意，便拉过她的手径直往店里走。

“表姐，你坐着，我去排队点单。”江映红把田心安排在一个座位上后，自己便跑到餐台点单去了。

一会儿，一大盘餐品放在了田心面前，江映红高兴地边说边落座在田心的对面：

“烤翅，汉堡，还有你喜欢的薯条，咱们今天吃个痛快吧。”

正在江映红坐定抬眸看一眼田心时，只见田心的脸一下沉了下来，瞬间眼泪夺眶而出，接着就哭出了声来，再接下来，又是一声一声“杉树”的呼唤。

驳得邻桌的许多人，不约而同地往她们俩身上看了过来。

“天哪，这是怎么啦，怎么办？怎么办？”江映红不知所措，立刻坐到田心旁边，一边不停地安慰着田心，一边打电话给寒姿。

“寒姿姐，快，江滨街肯德基，越快越好，越快越好，赶快来呀，田心姐……”江映红紧张之中喉口哽咽了起来。

“戈阳哥，一点都不能怪我呀，再说，姑爷姑妈看着我们俩下楼，他们都同意我们出门的呀，你说对吧姑妈。”江映红在惊恐未定中对开车送她俩回来的戈阳辩解着她带着田心出去逛街的经过，说着说着，便哭了起来。

“哎，江映红，你刚在车上陈述的说你表姐在马路上跳舞，后来你怕警察抓你们，拉着你表姐跑着离开，后来你突然感觉你表姐什么病都没有了，这个过程你再陈述清楚一点好吗？”戈阳、田心妈、田心爸，还有江映红四个人在后院热议着江映红陈述的奇迹。

江映红又一五一十地细细陈述了一遍。

“这样，江映红，一会儿你上楼，等你表姐睡着了，你向寒姿姐陈述一下前面发生的过程，这是不是叫亢奋刺激呢？是不是田心的病快好了呢？”

“上午赖医生送药来时跟我们说过，叫什么不治……”田心妈闭目思衬着，一时想不起来。

田心爸立刻接了上去说：

“不治定可返秀于倩身。”

“什么不治定可返秀于倩身，听不懂，这样吧，我马上找赖子臣去。”

戈阳转身急步向门外走去。

“走，她爸！”田心妈突然想到了什么，拉着田心爸尾随戈阳后面也冲着门外走去。

“去哪儿呀，老太婆，这么急匆匆的。”

“走吧，去了就知道了。”

两人一前一后，到了大马路上，拦了一辆的士。

上车坐定之后，田心妈抓住的士司机座椅后面的防盗栏上，轻声地说：

“司机师傅，去青石路木棉街5号。”

“哦，老大姐去找胡大医师啊。”司机听说木棉街5号，立刻把田心妈此行的目的道了出来。司机停了停又说：

“那个胡大医师呀，远近几百里的人都知道他，老中医加上易经大师。”

“哦，你们都懂啊。”

“怎么不懂，就我帮大师拉过的客人一年下来不少于二十个。”

田心妈被司机这么一说，后悔自己为什么早些日子没有来找他，真是有眼不识泰山啊。

“到了老大姐。”司机招呼了起来。

“他爸，付钱吧。”

田心爸妈下车抬头一看，有年头的一块金扁悬挂在一个小四合院的门檐上，金扁上写着六个大字：“乾坤致宁诊所。”

冲着金扁的气势，不要进门，一目便可了然了，诊所的医道绝对是华佗医圣传承，姜子牙神道传世。

门厅的大门是开的。

田心爸妈见此，顿觉如临天君宫殿，不禁肃然起敬了起来，两人在满怀希望中走进了大门。

进了大门，田心妈走在前面，进到正厅，她抬眸定睛一看，大厅中一位长者正坐在红木长桌内侧，他见门外有人进来，略压了压脑门，两眼从扣在鼻梁上的老花镜间隙向冲着走到他面前的田心爸妈看去。

这个长者看上去瘦骨伶仃，黑色汉装高领子整齐地紧紧立在脖子上，宽阔的前额和双颊微微发青，眼皮在他扁平的老花镜后面眨得很快，鼻子下面蓄着精心修饰的小白胡子，尖形的下巴留了一撮山羊胡须，让人一看，立刻想起孔乙己。

田心爸妈见此，立刻向他打起了招呼：

“胡老中医好，受小女姨婆恩指，都说胡老中医医术高明，三命通会神机妙算，早已远近闻名，所以，今日替小女前来问医求药，还请胡老中医抬爱啊。”

“岂敢岂敢，老妹过奖，鄙人只是受祖上恩宠，传承上古医道子平真传罢了，何谈高明二字。”田心妈听说上古医道和子平真传二字，眼睛立刻朝着厅堂挂满锦旗的墙上搜了一圈，顿时把医治好女儿的希望寄托在了对面的胡老中医身上。

“刚才老妹说为小女而来，敢问……”胡老中医一口地方腔说话间，一对眼眸从他吊在鼻梁上的老花镜缝隙中与向田心妈的眼眸碰了一下，她条件反射地挺了挺腰，立刻接话：

“是这样的，一个月前，小女突然间神志不清，疯疯癫癫，不知此病因何而起，也请医生调治过，可是不见有效啊。”

胡老中医听完，静思了片刻后，把右手抓着的念珠往桌面上重重一放，在萧静的厅堂中发出的声音如同法官的惊堂木，田心的爸妈顿时随之挺了挺腰，肃然起敬了起来，一副洗耳恭听的神态。

胡老中医清了清嗓子后说：

“老妹子啊，你家闺女的病已听媒婆简言，所以略知一二，子平五星早有定论，行年命带桃花，痴者桃色也，乾痴娶，坤痴嫁，莫非冲喜之缘啊，勿烦勿惊啊。”

田心爸妈哪里听得懂这些博古之语，赶忙把坐在木沙发椅子上的屁股向椅子的外沿移了移，挺直了腰说：

“胡老哥哥，能不能说的简单一点呀。”

胡老中医看到田心妈表情的急剧变化，他把两臂支开撑在桌面上的姿势改为让上身靠在太师椅的背上，一副从容不迫的神情回说：

“简单？”他闭目冥思了一下继续说：

"简单就是两个字：推拉。"

"什么？推拿？让小女去做推拿?"田心妈把地方口音很重的推拉音听成了推拿，一脸疑惑不解了起来。

"是推拉，不是推拿。"

"是推拿，不是推拿，那是什么?"

"是推……拉，不是推……拿。"胡老中医加重了一下语气。

"是……"田心妈转脸看着田心爸，越发糊涂了起来。

胡老中医无奈地摇了摇头，然后站了起来，做了一个推的手势后，又做了一个拉的手势，这才让田心妈恍然大悟了起来。但是推拉是什么意思，田心妈还是一头雾水。

田心妈微微张着嘴，在胡老中医面前表现得一脸痴相，她与胡老中医对视一会儿没得到进一步明示之后，把脸转向田心爸，希望他能提示提示。

田心爸那里知道，揣摩了一下，立刻从口袋里摸出一盒中华烟，从中抽出一支朝老中医送去，之后又毕恭毕敬地为他点上烟，然后小声地冲老中医说：

"推……"

胡老中医吐出一口烟后说："推嘛，就是把令爱推给男人，拉嘛，就是把令爱喜欢的男人拉回家里，一个就是嫁出去，一个就是招回来，乾痴娶坤痴嫁，命带桃花也。"

田心妈听了之后，脑筋总算来了个急转弯，略有所思中神神秘秘地对胡老中医来了个长长的"哦……"

田心爸仿佛茅塞顿开，站在田心妈身边，伸手拉了拉田心妈的衣袖，对田心妈示意着什么。

田心妈立刻明白，她赶紧从口袋里搜出了一个事先准备好的红纸包，毕恭毕敬地放在了胡老中医的桌面上后，拉着田心爸的手，道了几声谢后，便冲着门口走去了。

田心爸妈在怅惶中回到了家门口，正当他俩要推门进入时，赖子臣正从里面走了出来。

田心妈见此，立刻开口说：

“子臣要走啊，田心吃药了吗?”

赖子臣往门边上靠了靠，礼貌地给两位长辈让出了一条路之后毕恭毕敬地说：

“吃过了，吃过了。”

田心妈却驻足不前，靠边上站在赖子臣对面后，她示意田心爸先进屋去。然后转过脸对赖子臣说：

“子臣啊，感谢你对我们家田心的关照，噢不，呵……对呵护，走吧，伯母想送送你，也想跟你多聊几句。”说完，她转身与赖子臣并肩走着。

“伯母，那是应该的，应该的。”赖子臣谦诚至极。

“子臣啊，其实伯母很喜欢你，你的职业医生，太高尚了，还有你对待长辈，特别对待我们家田心，就跟对待家里人那么好啊。哎！你看见了吧，我们家田心从小娇生惯养，我现在实在是操心啊，你看现在她长大了，大学毕业了，下面就要嫁人了，这一嫁，如果没有一个能够宠她娇生惯养的人，那该怎么办呀，这个病，我倒不怕，有你这样的医生给她治疗，肯定是会好的，对不对啊……”

“肯定会好，肯定会好，伯母说得对。”赖子臣打断了田心妈的话，恭维了起来。

“哎呀，只是现在她还疯癫，她肯定是会好起来，只是辜负了她姨婆的一片好心啊，都怪我们田心没有这个福分啊……”田心妈说到这，伤感了起来。

赖子臣见状，立刻安慰说：“伯母，田心福满乾坤，福满乾坤，其实，贾宝玉如果紧紧抓住天上掉下来的林妹妹，红楼梦不就要改写吗?”他把恭维引申向自己的意愿，借了红楼梦的贾宝玉，在田心妈面前好好地包装了自己。

田心妈听了赖子臣这么一说，霍地驻足侧过脸认真地端详起赖子臣来，这是缘分吗?

赖子臣顿觉不好意思了起来，忙说：

“子臣才疏学浅，伯母不必见怪，小生比喻错误，比喻错误，田心不是林妹妹，福寿千秋，福寿千秋，她是薛宝钗，薛宝钗，也不是，也不是，她是……”赖子臣立刻联想到贾宝玉林黛玉薛宝钗的结局没有一个是好的后，面对着田心妈的目光，紧张了起来，田心妈见此，立刻打断了他的话说：

“哎呀，伯母是可怜你每天又要工作，又要一天来回两次给田心配药，伯母心里真的过意不去啊。”

“过意得去，过意得去，伯母能给子臣这个机会，子臣荣幸，子臣荣幸。”

“这样你看行吗子臣，伯母呢，内心感觉实在是过意不去，要不，你就搬到伯母家来住怎样？我想好了，你呢，就住在田心闺房隔壁的花厅里，那间正好是你伯父平时在那午休的地方，有阳台，空气好，这样你就省得一天跑两次了，下班时把药带过去，早晚也好配个药给田心，你看怎样呢?”田心妈绕了一大圈，总算把胡大医师的“推拉”落实到位了。

赖子臣一听，这不是天赐良缘吗?他二话没说，立刻答应了下来：

“子臣不才，能够得到伯母如此抬爱体贴，零距离医治令爱肯定更好，肯定更好，只是……这……这……”赖子臣内心在心花怒放中装模作样地显摆了起来。

“好了，就这样吧，伯母这就给你收拾房间，今晚晚一点你就搬过来吧。”说完，瞟了一眼满脸堆笑的赖子臣，转身离开他回家去了。

赖子臣沉浸在喜从天降之中，呆若木鸡似地站在原地一动不动，其神志不亚于他诊治中的桃花痴病人。

田心妈回到家里，到闺女屋里瞧了一眼，只见女儿还在画着杉树，再看看满墙贴满杉树画画，不禁内心一阵酸楚袭来，背过女儿叹了一口气后，给陪在身边的外甥女江映红使了个眼色做了个手势，示意她到旁屋说话。

“映红，你今天替姑妈收拾一下这个房间吧，然后呢，等你表姐睡觉的时候，你就帮姑妈到街上家纺店买一套床上用品回来，四件套外加一床被子，然后再到图片店铺买四张各式的萌宝宝图片，知道吗?”田心妈说完，随后从口袋里拿出几张百元钱塞给江映红。

江映红一头雾水，忙问道：

“姑妈，你说四件套和萌宝宝图片是……”

“傻姑娘，就是你到乡下姨婆家去参加你表哥婚礼时，洞房里面的那些呀，知道了吗?”

江映红脑际立刻略过乡下表哥洞房花烛夜的情景，一脸疑惑中又反问她的姑妈，说：

“姑妈，你这是……”

“小孩不懂的事就别问那么多这是那是的，照着去办吧。”

“对了，买回来后，就按你乡下表哥房间一模一样，把床铺好，把画贴好，照姑妈说的去做噢。”田心妈说完，转身下楼去了。

次日上午八点左右，江映红照常在这个时间来到她姑妈家照顾表姐田心起居吃药。

当江映红推进田心的闺房时，田心正在做她每天必做的事情，先是到她闺房的洗手间装完一壶水，然后到旁边花厅去浇杉树，接下去就坐在床沿上看着杉树发呆。

江映红放下背包，正准备倒水给表姐服药时，只听见田心在花厅大声的唧唧了起来：

“你是谁，你说谁……”

什么你是谁?江映红一听感觉不对，立刻赶到花厅，只见床上一个男人还在那甜睡打着呼噜呢，走近一看，这不是赖子臣吗?

说时迟那时快，田心叫了几声赖子臣没有见回答后，她立刻拿起浇花水壶朝着赖子臣的头浇了下去，这冰冷的水瞬间让赖子臣在睡梦中猛然惊醒，一看床前正站着愤怒的田心，举着水壶正朝他的头上浇水呢，顿时，他如见凶神恶煞，惊吓之中一跃而起，迅速跳下床夺路而逃。

赖子臣逃到楼梯转弯口时，这才发现自己光着背，身上只穿一条裤衩，怎么办，回到房间拿衣服吧，可是向后一看，田心正虎视眈眈地站在楼梯顶上，见赖子臣要回头，举起水壶居高临下正好冲着他的脑袋又是一顿浇，而且一边浇一边哈哈大笑，赖子臣见状只好转身就跑，谁知道，他这一跑，田心越发高兴了，拿着水壶马上追了上去。

“伯母快来救我呀，伯母……”赖子臣面对着田心的穷追，在院子里转了两圈后不见田心妈来救他，情急之下他只好向门外冲去了，这一冲，正好与前来看望田心的寒姿撞了个满怀。

寒姿往边上一躲，赖子臣挤身向着漓江边跑去。田心紧跟在后面穷追不舍，江映红尾随其后。

赖子臣这一喊，这下可惊动了田心妈，她心里知道，昨天晚上十点多，她看到女儿睡下之后，就让赖子臣上楼去了，赖子臣可是一个直心肠的人，一任听从田心妈怎么安排都行，心想田心妈能让他进入田家家门，他就已经是向田心大大地跨进了一步了，对此，就已经是欣喜万分了，他哪敢有田心妈的花花肠子呢，所以，进到田心妈为他精心打造的房屋，睡在全新被褥的床上，不到五分钟就鼾声四起了。

就这一夜的工夫，田心妈哪里知道惹出这么大的麻烦来呢。突然她看到赖子臣穷喊着伯母快来救我，她立刻从里屋赶了出来，只见赖子臣穿着一条裤衩，向门外跑去，天哪，这如何是好啊，这云雨之事……真是羞死人了。田心妈立刻联想到昨夜小两口的事去了。

寒姿见此，只好也紧跟在江映红后面，边追边问江映红：

“这是怎么回事呀。”

江映红气喘吁吁中回说：“是这样的，寒姿姐，我也是刚知道的，原来，昨天我姑妈叫我布置那个放杉树花盆的房间，是为了昨晚让赖子臣到表姐家睡觉的，这不，我早晨来了之后才知道的，就发生了这一切了。”

寒姿一听大概明白一二了，他叹了一口气后说：

“哎，可怜天下父母心啊。”

“你看呀，寒姿姐姐，蛮逗的，这个赖子臣，真是秀才遇到兵，有理说不清了。”

赖子臣在前面跑得很吃力，光着膀子，大腹便便，跑起来的姿势如同《熊出没》动画片的熊大和熊二，其可笑的添加动作是，两只手来回轮换着抓住他那因肚大无腰而随时都有可能脱落下去的裤衩。

田心身体轻巧如燕，赖子臣哪里能跑得过田心，跑出门外后，前面就是漓江了，他只好沿着漓江岸边跑，田心紧追其后，只见赖子臣跑不动了，蹲在地上喘着粗气，田心立刻追了上去，二话没说，提起手上抓着的小水壶直往他头上浇水，这一浇，他只好站起来又跑了起来。

不巧的是，赖子臣的前方，一块巨石从山坡上伸向漓江水面，正好拦住了他的去路。这可怎么办，前无去路，后有田心紧追不舍，情急之下，他看了看此处水还不算深不见底，想了想，只能选择爬上栏杆，跳到漓江之中才可以摆脱田心的穷追不舍，谁知道，这一爬，两手抓住栏杆，那条不争气的裤衩，就在他正要往外跳入水中之时，裤衩随着跳水便脱落掉了，天哪，这如何是好，他灵机一动，马上蹲了下去，好在齐腰的水面，保护了春光大露了。

入秋时节，冰冷的漓江水让赖子臣冷得发抖，可是，岸上田心哪里知道赖子臣的苦衷，只见她扶着栏杆，一副得意洋洋眉开眼笑，嘴里还不断重复着“叫你敢占我的杉树房间。”

寒姿，江映红扶着田心妈总算赶上来了，田心妈看到赖子臣在水里泡着，连连打着喷嚏，怜悯之心顿起，她瞪了一眼还在叠叠不休的女儿后，扶着栏杆喊赖子臣赶快站起来走上岸来，有伯母在不用害怕等等，可是赖子臣哪敢站起来呀，田心妈看不出他的难言之隐，寒姿和江映红可是心领神会了，她俩看着清澈见底的漓江水，赖子臣虽蹲在水里，那白漂漂的屁股足以说明他为什么要瞄在冰凉的水里了，寒姿给江映红使了个眼色，立刻哄着田心，跟田心妈一起先行离开了。

江映红示意赖子臣蹲着移向岸边，她背过身子脱下身上的风衣，扔给了栏杆下的赖子臣。

一场由田心妈执导的闹剧终于结束了，寒姿看着田心闺房日复一日贴满墙壁的杉树画纸和放在花厅的那盆足以让她痴呆一天的杉树，再看看花厅贴在墙上寄托着田心妈可怜天下父母心的那四幅萌宝宝写真图片，不禁内心涌起一阵感慨：爱情啊，真是生命的函数啊，它是一个永远不可解的方程式，而人类，偏偏总愿意把自己化成各式各样的代数参与其中，却永远也找不到完全可解的答案。

是啊，这答案在哪儿？不正是王杉吗？

王杉，你在哪儿呢？田心，还要为爱痴狂多久呢？

“已经发出去近一个月的微信了，渺无音讯，真的就这样永远不可能回复了吗？”

“每天三次电话，都是不在服务区呀，不是只有冥界才没被移动和联通的信号所覆盖吗？不会吧？殉情的决心难道王杉真的下过了？”

王杉！王杉！

手机屏幕上，满屏的王杉大头像，颜值颇高，眼睛深沉明亮有神，鼻子和嘴唇的线条足以刻画出他的性格：端正、热情、刚强，应该是赋予责任感的那种。

真是的，为什么微信的头像要选这么严肃的呢？但凡这款头像不是都用在身份证，学生证，工作证，当然还有骨灰盒……

不，王杉，田心现在的表象足以感动天宇了，希望你一有遥感，就马上回到她的身边吧，求你了。

老人都说：夜晚，当人们入睡之后，灵魂就离开躯体了，它会越过原野群山，漂洋过海，找寻它该找到的一切，它的灵气，就叫遥感。

王杉，你有遥感吗？

第五章

道谷之悟

The Valley Of Enlightenment

“王杉同学，你知道什么叫爱情吗?”万纤的目光直逼王杉。

“爱情？爱情嘛……”王杉结巴了起来。

“再想想，认真想。”万纤投过来的目光似乎是今天见面中最温暖的一抹了。

万孟可离开河谷之后，就剩下王杉和猎狗大风相依为命了，荒无人烟的河谷让他感到无比的寂寞和失落，这种寂寞和失落似乎又伴随着几层的茫然，茫然得不知所措，他仿佛觉得自己是从墓穴中眺望这个奇异的世界。

他在草屋的门边挨了一会儿，又坐到石桌旁两腕交叉着让下巴靠在上面抬眸看了一会儿天空，然后他又到万孟可种的瓜地里转了一圈，最后他干脆抱来了一捆禾草铺在田心的坟堆旁边，借助于锥形坟堆的坡度，让身子斜躺在上面，这样斜躺着遥望天空的姿势，上学时，每逢周末，他常与田心到郊外，就是这样他身子枕在她的身上，而她坐着背靠一棵树干，两人相互体味着对方的体温和呼吸。

甜甜，你的呼吸声？

甜甜，你的体温？

王杉屏住呼吸，眉头微蹙，嘴角似闭犹张，两只眼睛朝着碧蓝的不见一朵云彩的天空注视着，这晌午的山谷，除了山风微微吹动着野草的声音，似乎什么都没听见。

时过境迁？

斗转星移？

王杉侧过身子，伸手拿过坟头上立着的一小块砖头大小的墓碑，托举在手上，张大着疲惫的眼睛注视着，“甜甜”两个字是他在泥块上用小树枝雕刻出来的。

甜甜，是从田心而来。

田心，后来被升华为甜甜。

哪一天升华的？是哪一天？忘了。

从甜甜，回到田心？记得，那是前些日子。

"田心"。

是他把手机放到她掌心时说的，说的时候，那个男的为她点燃的生日蛋糕的蜡烛，还亮着的，那时，那个男的尴尬表情形同被当场捉奸。

哎，此恨绵绵无绝期吗？不，应该是此怨绵绵无绝期！白居易没有把"恨"和"怨"搞清楚。

……

"大风，大风……"

"纤姑你看，大风来接我们了。"草屋的后面，传来了万孟可的声音。

摇头晃脑的猎狗大风一会儿扑向万孟可，一会儿扑向万纤，惹得万纤高兴地蹲了下去，抱住大风抚摸着它的头亲昵着。

"大风，大风乖乖，大风总是这么有情有义，都分开这么久了，它对我还是一往情深，对吧，爸爸。"

"喔，万老前辈回来啦。"王杉听到万孟可的声音后，立刻从禾草上一跃而起，随手把田心的墓碑放回原处后，立刻朝着草屋的方向快速地奔跑了过去。

他站在万孟可的面前毕恭毕敬地说：

"万老前辈回来啦，一路辛苦了。"

还没等万孟可回答，站在万孟可身边的万纤先开口了：

"这就是你说的为爱殉情的痴情男神吗？爸爸。"

万孟可瞪了一眼万纤，立刻把脸转向王杉后说：

"王杉，我离开的这两天，你一切都好吗？"

"都好，都好，谢谢万老前辈，我一切都好。"

“来，我来给你们俩作个介绍吧，这就是我跟你提起过的我的女儿万纤，这个是我跟你说起的王杉。”

万孟可话音刚落，万纤立刻伸出手要与王杉握手。

“我叫万纤，见到你很高兴。”一副落落大方的神色。

“哦，我叫王杉，王子……哦不，三横王的王，杉树的杉。”一副谦卑的表情写在脸上。

“王杉大叔好。”万纤注视着用三横王取而代之的“王子的王”，大脑如同电脑修边一样找到了他的原始，应该在其内敛背后与才俊二字相差不远，堪称气度不凡，气宇轩昂。

“什么？王杉大叔？他的年龄跟你可是不相上下吔。”万孟可见女儿叫王杉为大叔，立刻解释了起来。

万纤见父亲说王杉的年龄与自己不相上下后，当即抬眸又认真地审视起了王杉。

倒也是，透过鼻子下方黑色的唇髭和下巴的一撮胡须，不去看眉羽之上几乎覆盖了整个头的蓬乱头发，他那眸色，闪亮的眼瞳和挺拔的鼻梁，特别那张富有类似于被雕刻过的棱角分明的脸庞，确实岁数不大。只是可能是因为这张脸上本应该有的大有发展的前途和精神生活，被他那不幸的爱情断送之后，显得憔悴和苍老了起来，还有他那身又是灰又是黑、又宽又大的汉装套在他的身上，仿佛戏装过的精气神疲搭到了潦倒的地步。

应该是同龄人，单凭他站在她面前的那副发育匀称的，且四肢强壮的筋骨，若有谁愿意去拯救他的灵魂，能让这个浪子回头，说浪子回头金不换绝对再正确不过了。

“纤姑，想什么呢，快把双肩背包放下来呀，重不重呀。”万孟可的话拽回了万纤的走神。

“哦，是爸爸。”万纤被她爸爸一说，顿觉不好意思了起来。

王杉卸下万孟可肩上背的又大又沉的双肩背包后，正要上前帮助万纤卸下双肩包时，与万孟可行了个同手，万孟可见此，立刻让给了王杉。

王杉在万纤的身后托举着她的背包，等待背带从她肩上退出，可是，万纤退出一边背带之后却停止不动了，似乎发现了什么，两眼定睛地朝着她妈妈的坟堆注视了起来，好一会儿时间才松开了另一只肩膀的背带。王杉尴尬地托举着，背包从万纤的背上卸下来之后，没想到，万纤的背影吸引住了他。

好美的身材啊，一身紧贴在她身上的，看上去特有皮草质感的紧身衣裤，淋漓尽致地勾勒出她那纤细的腰肢，曲美的臀部，特别是背上那条从脖颈开始 到腰肢结束的脊椎沟，配上长而挺秀的脖子以及后脑勺向上打着的那束马尾。背着自己站立的脚位，似乎只有在学校排练大厅才见到过。

“王杉，你先把包放在椅子上吧，不要一直托着了。”

“哦，是，我这就放。”王杉被万孟可一说，顿感不好意思了起来，他立刻转身把包放在椅面上。

“纤姑，要不你就把带来给你妈妈祭祀的东西送过去吧，我带着大风进谷去看看我走的时候布下的猎闸子有没有收获。”万孟可招呼着似乎也在走神的女儿。

“好的，爸爸，我这就去做，你放心吧。”万纤答应了她爸之后，便转身对身后的王杉说：

“大叔，来帮个忙吧，把包立起来，扶着。”

王杉伸手把放在桌面上的大包立了起来，万纤正要伸手解开包扣的时候，晾晒在桌子旁边篱笆墙上的两件白色 T 恤夺去了她的目光。

她歪着脑袋顺着 T 恤上的字一字一字慢慢地读了起来。

“爱你，我心中的甜甜。”

王杉见此，立刻松开包向前跨了一步，一手扯下两件 T 恤，一副尴尬的脸看了一眼万纤后，不好意思地回避开来。

绝对情圣所为。

万纤读完，一眸怪异的目光投在一旁扶包的王杉身上，他立刻勾下了脑袋。

“是你的？那些字也是你写的？”

王杉没有回答，仿佛一副犯错的孩子在妈妈面前的乖巧老实。

“嗯，情圣，绝对情圣。”万纤一边感慨一边从包里掏出给她妈妈祭祀的食物，各式各样的品种琳琅满目。

“好了，把我爸用的竹篮子拿过来吧。”

王杉顺从地从门边拿过来万孟可每天装食物给万纤妈供奉的竹篮子，顺手递给了万纤，并帮助她一一把食物装进竹篮里。

“来吧，跟我来吧。”万纤随手抓起篮子，朝着她妈妈的坟堆走去，王杉紧随其后。

万纤走到她妈妈的坟堆旁，蹲下去把竹篮子里面的食物一一摆在了她妈妈的坟头上，摆完之后侧过脸对一直站在旁边的王杉说：

“还站着干什么？选两三样她喜欢吃的给她摆上呀？”

王杉明白，万纤说的她就是田心。

“哦不，这……”

“还这什么，选选选，尽快选。”万纤抬眸自下而上地看着一直怔在那的王杉，语气突显生硬。

王杉感觉不好推辞，便蹲了下去，伸手顺便拿起其中的一个食物。

“啊，这个啊，这个可是很辣的，巨辣，而且怪味，叫怪味鸭脖，她会吃辣吗？”

“这个……不……不知道。”王杉被万纤这么一问，犹豫不决中手上抓着的怪味鸭脖，拿走不是，放下去也不是。

“再认真看看，选出两样你女朋友最喜欢的，这个甜的，这个酸的，这个嘛，酸甜的……”万纤指一种说一种。因为王杉和田心虽相爱两年，但还真不知道田心喜欢吃什么口味的食物，他在万纤的催促中，一时无从下手，不知选哪一种才好。

“不会吧，大叔，眼前这么多款中你都选不出你女朋友喜欢吃的两款啊。这让我太失望了，你知道吗大叔，在我第一眼看到这座坟墓时，你知道我的观后感是什么吗？”

万纤两眼紧盯着王杉，王杉抬眸与她对碰了一下，瞬间溃败了下来。

万纤慢条斯理地说：

“我的观后感就是：天哪，如果白居易还活着，他肯定改写《长恨歌》，其中的主人翁一定不是唐明皇和杨贵妃，一定是你和你的女朋友。”

这分明就是冷嘲热讽不是吗？

情急之下，王杉只好随便抓起两款食物，摆到了田心的坟头上，恨不得立刻钻地隐身。

“好吧，现在开始点燃三炷香吧。”万纤说着，顺手递给了王杉三炷香。

天那，这有完没完啊。

万纤看着王杉接过香的神色后说：

“香点燃了，一会儿你女朋友就会跟你一起翩翩化蝶了。”说话的语调显得有点嘲弄的味道。

点香？化蝶？跟谁化蝶。

“王子，有信心吗？这一乐章，我们就要翩翩化蝶了……”胡蝶穿着霓裳羽衣，一副将要进入舞美高潮的激情，呢喃声伴随之下投给他的秋波，让他惶惶不可终日的失衡之心警惕地透过舞台布幕的缝隙看了一眼台下，田心有没有坐在座位上。

“想什么呢？快点香呀，我妈要开席了。”

王杉略显惊慌失措，左右手分别抓着的香与打火机，打火机的火苗因为手的抖动一直碰不到香头。

万纤点着了三炷香之后，立刻跪在她妈妈的坟头上，拜了三拜把香插在坟头上，接着给她妈妈叩了三个响头。

王杉先是侧过脸看着万纤的一举一动，之后他转过脸面对着田心的坟头默默地站着。

甜甜，甜甜，要下跪吗？

那天给你跪过了，也叩过三个响头了。

王杉脑际略过古镇湖心咖啡屋，田心站在他的面前，桌面上一小盘生日蛋糕上燃着烛光，烛光照亮着三张彼此尴尬的脸庞……

“大叔，把香插在坟头上呀，还站着干什么？”万纤哪里知道王杉的心思。

“哦……”

“哎呦，大叔，奇葩呀，这个墓碑怎么倒着放的呀。”万纤看着王杉把三炷香插在田心的坟头上后，突然发现田心坟头上放着的那块泥巴做的墓碑是倒着放的。

幸灾乐祸，确切一点叫乘兴倒霉。

万纤歪着脑袋尽最大的努力把眼球顺着倒放的墓碑正看着，眼球贴墓碑很近。

“甜……甜。”

“喂，甜甜她情人，哦不，甜甜她男朋友，你说这墓碑上的字干嘛倒着写呀，有人把福字倒着写，意喻福到了，一种祈愿可以理解，而这墓主人的名字倒着写……”

万纤故作玄乎，分明在冷嘲热讽中还带着些许戏弄。

“我明白了，这墓主人的名字倒着写，是造墓的人祈望墓主人到墓中来。但是，奇怪呀？这明明墓主人就在墓中了，为什么……”

万纤狐疑的目光盯着王杉。

啊，墓碑放反啦，该死的，前面把墓碑放在手上看的时候，随手放回去怎么就放反了？

王杉立刻蹲下去，万般尴尬中把墓碑调了个方向。万纤见此，捂住嘴差点当着他的面笑起来。

“我想到坡下走走，让她们多吃一会吧，你想留下陪你的女朋友？”与其说是征询，不如说是嘲讽。

万纤向着坡下走去，王杉只好紧随其后。

坡下，几棵郁郁葱葱，但看上去树皮斑驳的柳树垂下来的柳条随风摇曳。

“看到这几棵遍体鳞伤的柳树了吗？那天我妈妈被阻在这几棵树丛中，要不，我妈妈的尸体得到大海里面去找了。”万纤说着，伸手抚摸着树杆，垂在她脸上的如同断肠的柳枝让她的声音低沉了许多。

“听你爸爸说起来过，你爸爸和你妈妈为什么要到这样荒无人烟的地方旅游呢?”

“不是旅游，说来话长，我爸妈到这个地方，是为了推广此地旅游事业而来的。我爸是一个摄影工作者，或者说是一个摄影艺术家吧，在摄影界小有名气，我爸走过祖国的许多名山大川，发表过许多祖国秀美河山的作品，由此也让许多人冲着秀美山水而去，并在尽情之中景象尽显浪漫。这个地方，首先是我爸只身一人来到这之后才发现的，在他带回许多摄影作品中，其中有一组编辑为一谷一恋的作品，勾起了我妈对她家乡的思念，我妈是生长在这里的壮乡人，身上流淌着壮乡祖先的血，原来我妈祖辈流传下来的一段凄美的爱情传说，叫道谷泪痕，就是发生在一谷一恋中，对此，我爸我妈一拍即合，居然提出了一个伟大的设想，就是利用我爸的一谷一恋的摄影作品为依托，通过我妈祖辈流传下来的传说，编写出一部文学作品叫《道谷泪痕》，并以剧本的形式提供给有心开发这块旅游处女地的能人志士，并且配合当地政府用影视剧的形式再现出来，以此拉动家乡的旅游事业。”

“哇，好伟大的设想与愿景啊，后来呢?”

“这里需要说明的是，我妈是一个文学工作者，或称文学家吧，出版过许多文学作品和剧作，他们俩的设想是有其稳固基础的，后来我爸带着我妈来到了道谷采风，再后来，我妈的夙愿就成了遗愿了，终结在这几棵遍体鳞伤的柳树上，同时，我爸也成了殉情人。”

“哦，原来是这样，所以，你爸守候着一个不死的灵魂。”

“纤姑，王杉，你们俩快回来帮个忙吧。”万孟可站在草屋门口朝着坡下面的女儿和王杉大声地喊着。

“来了爸，你要我们帮啥忙呀?”万纤转身抬头朝着坡顶回应她的爸爸。

“你们快回来看那，我离开河谷时，留下了三处猎闸，每处都捕获了一只野兔，这下爸爸可以好好的招待你们一餐了。”

“好的爸爸，我们俩马上回去分享成果。”

万纤回她爸爸后转身对王杉说：

“走吧，赶快回去，看来我爸今天还是很开心的，我正当心在我妈周年祭中如何分解我爸对我妈的思念之痛呢，哄哄我爸去。”

“好，咱们走吧。”王杉呼应着，两人一前一后朝着坡顶的草屋走去。

走到坟堆与草屋的叉口上时，万纤冲着走在前面的王杉说：

“喂，我妈和你的那个甜什么来着，她们早该散席了，咱们得过去说两句吧，这是对已故亲人的礼节是不是。”

王杉被万纤一叫，停下了脚步，侧过脸朝着田心的坟堆看了过去，坟前的两袋食品在夜幕下依稀可见，似乎原封不动。

我过去说什么呢？田心？甜甜？

“你就把祭品一起收起来吧，我先帮你爸去。”说完，快步朝着草屋走去。

夜幕下，万纤跪在她妈妈坟头前，母亲和女儿相互聊着。

“我这女儿啊，对她妈妈的感情特别深，这大老远的，一定要到谷里给她妈妈做周年祭，哎，死的人一别而去，生的人离愁万种啊。”万孟可一边给兔子退毛，一边在感慨中叹息。

一桌丰盛的酒宴在万纤妈妈周年祭的离愁中展开了，万孟可首当其冲，为爱妻祭情，而王杉作为他们之间的宾客，除了崇敬之情外，还有一份只有她自己知道的寄情。

“荏苒冬春谢，寒暑忽流易。之子归穷泉，重壤永幽隔。”万孟可把盛满一碗的酒举左手中，举头仰望苍穹，说完这四句词句之后，自个儿把手中的一碗酒一饮而尽。万纤看了一眼悲痛欲绝的爸爸，低下了头轻轻地呼唤了一声妈妈，不禁心里一酸，眼眶涌出了泪水，她知道爸爸寄情于潘岳的悼亡诗，抒发着内心对妈妈不幸故去的痛切心扉。

王杉看到万纤两行泪挂在脸上，虽不知万孟可说出的词句是什么意思，但知道他是为万纤妈妈而说的，见此，他立刻端起面前的一碗酒，朝着万孟可和万纤面前推了推，也一饮而尽，她放下酒碗后，先给万孟可继续满上，也给自己满上，接着对万孟可说：

“万老前辈节哀。”说完，夹了一块兔子肉放在万孟可碗里，同时也夹了一块给万纤。

“是啊，我不该在你们面前失态啊，来，王杉，纤姑，难得在这个深谷相聚，我祈愿你们都好好的啊。”万孟可举起酒碗，与两个晚辈又对饮了一碗。

“人生总是有许多来不及，也总是有许多会错过，哎，一切随缘吧。”酒兴起来，万孟可不知是对自己说还是对两个晚辈说，说一句饮一口，又说一句又饮一口。

王杉肯定了万孟可是对他说的，借着酒兴，似乎已不分长辈晚辈，彼此之间借着万纤妈妈周年祭的祭情，转而都为自己祭起了情来。

万孟可感觉自己酒兴将要发作，怕在晚辈面前失态，便当着万纤和王杉的面，饮完酒碗中剩下的酒之后便离席而去了，在蹒跚中向着草屋走了进去，一会，从草屋里传出了几句与前面他说的词句差不多的句子：

“望庐思其人，入室望所历，帏屏无芳菲，翰墨有余迹……”

万孟可走后，酒桌上剩下万纤和王杉，两人似乎接不上话题，月亮从东边的谷壁背后爬到了山顶，播撒下来的清辉让这桌残席蒙上了些许阴郁，两人各自拿着筷子，在桌面上画着圆。

万纤的脑际回荡着她爸爸从屋里传向夜空中的掉亡诗，不禁对她爸爸追随她妈妈的情怀明白了许多。

“你喜欢读诗吗？”

“谈不上喜欢，阅读得很少。”

“你听得懂我爸说出的诗句吗？”

“听不懂。”

“那是潘岳的悼亡诗，他是利用潘岳的诗词抒发他对我妈妈的思念之情。”

“哦。”

“今天我总算明白了我爸为什么不回家的原因了，原来就在潘岳的这四句词中。”

“怎么说?”

“望庐思其人，入室望所历，帏屏无芳菲，翰墨有余迹。我爸借助诗的意境，说出了失去我妈之后回到家里，看着与妈妈朝夕相处的家，留下妈妈的踪影。”说到这，她叹了口气后继续说：“哎，我爸爸没踏进家门已经一年了，每每回到城里看我，只在街上的餐馆或者咖啡厅与我吃一餐饭交谈一两个小时便匆匆地回到我妈妈身边了。现在我理解我爸。”

“真是一位好爸爸啊，今天我在他身上看到了真爱。”王杉感慨中深深地叹了一口气。

“是啊，在我爸的身上才真正读懂了‘在天愿做比翼鸟，在地愿为连理枝’这句山盟海誓为爱成仁的壮烈，我更知道了‘我欲与君相知，长命无绝衰，山无陵，江水为竭，冬雷震震，夏雨雪，天地合，乃敢与君绝’的相爱永恒啊。”

万纤说到这，提起酒碗，轻轻地舔一口后继续说：

“喂，大叔，其实你的爱情故事也够惊天动地的，我在路上听到我爸说了一二关于你和你的女朋友，你可否乘着今夜月华风清，说来让我听听。”

我的爱情故事?

王杉举头看着凝冻在夜空中的明月，端起面前的酒碗，喝了一口后，深深地叹了一口气。

“来，我来陪你喝一口吧，喝完这一口，趁着这夜色阑珊，酒意阑珊，情感阑珊，我为你唱一支歌吧。”万纤说完，举起酒碗与王杉对饮一口后，从放在身边的包里取出了一部手提电脑，她点一点鼠标，一段《转身还有爱》的词曲在屏幕上显现了起来，伴随着电脑播放出来的过门声，她轻轻地吟唱了起来。

万纤在电脑伴奏下唱着这支曲子，屏幕的荧光照在她的脸上，让挂在她脸颊上的两行泪发出晶莹的光，任凭中和了乙醇的泪随意流着，然后滴落。

曲终，王杉醉意十足地问："这支曲子是谁写的？"

"作者万纤，一年前写的。"

"很煽情，有过失恋的人应该都会感谢你。"

"人生自古谁无失，留取丹青照汉鄉。"

"这杯酒敬你，我先干为敬。"王杉端起酒碗，一饮而尽。放下酒碗时，脑袋已经歪垂着，两眼发直地看着对面的万纤。

"不必了，等我为你写一曲《愚痴》后再敬我吧。"

"想唱什么，夜色正阑珊，我的电脑里存了一曲《丝路》，此时你唱正合适。"说完，她点了点鼠标，屏幕上出现了齐秦的图像，她顺手把电脑推向王杉面前后，转身就走，边走边说：

"你唱吧，我要陪我妈去了。"

万纤说完，弯下腰，拿起装着帐篷的包朝着二十米外她妈妈的坟堆蹒跚而去。

走了两步，她回过头看了一眼月光下醉意横生的王杉后说：

"可想而知，你唱出《丝路》只是一时冲动，举杯邀明月，哪他妈有明月？但愿人短暂，千里共疲倦吧。"

什么意思？说谁呢？从今天初次见面到现在，那双世故的眼睛似乎都在鄙视我，外加冷嘲热讽。

王杉顿觉酒兴上头，他站了起来，朝着万纤的背影喊了起来：

“喂，你干嘛对我总是冷嘲热讽……”

“回屋去吧，不懂得爱情，就不要让自己玩爱情，代价很大的。”

我不懂爱情？你懂爱情，我不懂爱情？

王杉蹒跚中挨到了万孟可的床上，和衣躺在了他的身边。

屋内，回荡着均匀的鼾声，此起彼伏。

屋外，月光如霜。

我不懂爱情？

我怎么不懂爱情？

“王杉同学，请你站起来回答问题。”万纤站在课堂的讲台上，一副十足的师道尊严的神态。

大大的教室里，讲台下面只坐三个人，王杉、田心和胡蝶。田心的目光朝着王杉看，胡蝶低着头让一支笔在她的手指间打转转，王杉两眼注视着万纤，感觉这堂课就是为他而开，并且有检视他灵魂的迹象。

王杉站了起来，神色有点慌张。

“王杉同学，你知道什么叫爱情吗？”万纤的目光直逼王杉。

“爱情？爱情嘛……”王杉结巴了起来。

“再想想，认真想。”万纤投过来的目光似乎是今天见面中最温暖的一抹了。

“你不懂爱情？”万纤又逼了一步。

“怎么可能？”

万纤见王杉不承认，提了提声调说：

“你为你的这场不幸的爱殉情，对吗？”

“我为爱殉情？”

“哈哈，你这个殉情跟我爸的殉情不一样，你这个不叫殉情，是叫一时想不开。”

“一时想不开？”

“对，你一时想不开，可是，你后来就慢慢想开了。”

“后来我慢慢想开了？”

“不是吗？夜深人静时，寂寞让你重新思考古往今来，你难道忘了，你一个人站在那座坟堆旁，你的回忆让你迷迷幻幻，墓中葬的是田心，可是化蝶的却是胡蝶，你知道这是为什么吗？”万纤说话的速度很慢，就像刚才离桌时说的一样，那双盯着王杉的眼睛，阴霾中蕴含见面以来一直出现的冷嘲热讽。

“说的对极了，你葬的是我，化蝶的却是她，如果说你对她没有感情，那是假的。”

对她有感情？

舞者与舞台上角色的感情肯定有。

“你把舞台上角色的感情带到生活中了，你现在敢回答我吗？在你葬下我立起我的墓碑的那刻起，你就没有想过她吗？”田心咄咄逼人。

胡蝶坐在一旁见田心如此这般，她看了一眼王杉后说：

“王子，你承认吧，你不辞而别的那天，我还坐在轮椅上，你肯定忘不了，你不是一直在睡前闪过我未来的情景吗？拄着拐杖，一个人，无依无靠，想到这些，你愧疚中摇了摇头，开始数着一到一百的数数，数到一百，你又从头数起，直到你昏昏欲睡。”

不辞而别的那天？坐在轮椅上？

是啊，最后一次见面她是坐在轮椅上。

“哈哈，王杉，你明白了吧？我叫你唱《丝路》，料你唱不出来了。好了，我走了，你们仨去争辩吧。”万纤转身离开了课堂。

“万纤，喂，万纤，别走，你别走呀。”

“甜甜，胡蝶，你们也要走呀。”王杉见到田心和胡蝶相继从她们的各自的座位上站了起来，相向而去，对此他不知如何是好，朝着田心走的方向喊两声甜甜，又朝着胡蝶走的方向喊两声胡蝶，再朝着万纤走的方向喊两声万纤，可是哪一边都不讨好，没有一个人理睬他。

“喊什么呢王杉。”睡在王杉旁边的万孟可被王杉歇斯底里地喊叫声惊醒，朦胧中对王杉说了一句后又睡了过去。

王杉恍恍惚惚中听到万孟可的声音，猛然睁开眼睛，以为万孟可来找他女儿了，定神一看，原来自己在做一场梦。

日有所思夜有所梦？

确实，与万纤初次见面，总感觉她一直揪住他的灵魂不放，甚至走进他的内心深处，专门掏出他不为人知也不愿为人所知的秘密。

不是吗？那双似乎洞察人心的眼睛，那一副总是对他冷嘲热讽的神情。

王杉看到草屋的缝缝隙隙中透进了白光，感觉天亮了，他看了一眼身边鼾声此起彼伏的万孟可后，便悄悄地下床拉开屋门走出了门外。

屋外，新的一天开始的信息映入了王杉的眼帘，东边崖壁山顶血红的朝霞和浓密欲滴的紫色云朵，掩映着东方的曙光。

“吠吠，吠吠吠。”猎狗大风见王杉站在草屋外，伸出红色帐篷窗口的脑袋远远地向王杉打起了招呼，紧接着，那副狗头的旁边多了一个披头散发的女孩的脑袋，朝着王杉这边看了过来。

王杉定神看着。

啊，坟？田心的坟变成了一个红色的帐篷。

怎么可能？

王杉急步冲到万纤的帐篷前面，阴霾的脸外加一对开口责问之前闪动的两眼凶光，沉默横亘在他与万纤之间。

其实万纤在扒掉田心坟墓之前早有对付王杉的心理准备了，随她爸来河谷的路上，听了她爸关于王杉的故事，猜想着他有一番不平凡的爱情遭遇，没想到见面一看，他所创造的爱情文物绝对是一个冲动型的文艺奇葩，当然，被万纤自己隐藏在内心深处的还有女孩子最敏感的第一印象——透过他不堪的表面，深层之处确是一个高颜质的男神。

“嘻嘻，是我干的，你女朋友甜甜的墓是我给扒掉了。昨晚南派三叔托梦告诉我说：你这座无人墓扰乱了他《盗墓笔记》的章法，天下霸唱也说了，墓里没有葬尸体，鬼怎么吹灯呀，所以，命我将它给铲平了。嘻嘻，大叔，不能怪我对不对呀？”万纤解释的有板有眼，态度十分虔诚，加上那一副嬉皮笑脸，顿时让王杉的凶光横遭抒挫，顷刻煞气锐减，站在那目瞪口呆，一句话也说不出来，淡淡的表情找不到起伏点。

“大叔，你别恼，我说的都是真的。”

还能恼吗？秀才遇到兵。

万纤看到王杉沉默不语，立刻从帐篷里爬了出来，然后走到王杉身边，一只手臂勾住王杉的肩膀后侧过脸俏皮地对他说：

“我告诉你大叔，我的破恋比你失的早，我算是过来的人了，我 TM 总算走向爱情发育的开悟期了，我问你，爱情是什么东西？”

呕买嘎，王杉侧耳耳膜的神经几乎全民皆兵招架着来自贴近他耳叶的万纤的樱桃小嘴发出的声音。

爱情是什么东西？

王杉从呕买嘎的神态中立刻向着呕买尬滑去。

万纤松开勾着王杉肩膀的手，走到他的前面，伸展开了一副教父的神采飞扬，说：

“我告诉你吧，爱情是源发于人们头脑中的情感幻想，爱情是人类人性本能的固有冲动。”

说了这两句，她的眼眸不经意地扫过了王杉此时的注意力后继续说：

“是人类智力发育过程中的大不幸，爱情更是丧失了理智的狂热和愚昧，相信某人有所体验吧？”

这横眉冷对不正是说我王某人吗？

王杉从买尬中不由自主地提起精神倾听起身边这个从天而降的哲学大师后面还有什么高论，仿佛万纤此时此刻的口气神韵正是昨晚梦中讲台上她的再现。

“爱情是一门情感大哲学，爱情也是基于性需求中的一个男人和一个女人之间的相互吸引，以至于相互的精神渴望，相信某人从大学的爱情狂热走向今天的这个魂断河谷，不会没有感悟吧。”

万纤边说边在王杉面前来回移步，表现出十足的从容不迫。王杉目不转睛，以她的鼻梁为中心，洗耳恭听。

“爱情促使灵魂在两情经历中不断的进行着追寻式的发问，以及反馈回来的不断闪烁其词的无效回答，从而构成了对自己所谓心上人的无条件崇拜和情感依赖，也因此，两人构建了对立于现实的虚拟情感，从而变成白日梦，其实它只是一种基于性的冥想，一种性欲望的冥想，是一种不假思索的笃信，是一种盲目的迷狂投入。”

呀呀呀，一个小女孩哪来这么说形同于只有奥妙无穷的天书才有的爱情理论啊。

万纤看到王杉的情感变化，便更加滔滔江水。

“有一句话不知道你听没听过，‘若来世已翩翩化蝶，今生又何必信誓旦旦’。”

兵临城下，进攻，不，攻击，万纤发起进攻。

“不过，我完全理解一些人的处境，‘前不见恋人，后不见情侣，念落魄之悠悠，独创伤而泣下’，这个大仙的幽默不无道理，这都造化于一种情感依赖和一种精神渴望。”

“但是，谁又知道在物欲横流面前，在繁花似锦的大千世界面前，一堆甜言蜜语推出的海誓山盟又怎么能扛得住至真至纯时期的‘天地合乃敢与君绝’呢？”

哇，真说到某人心里去了，王杉目不转睛地盯着万纤，木然中已微微张开嘴，全神贯注地听着，堪称渴望爱情新生，一点不假。

“有多少爱可以重来，其实，我最心酸刘若英的等待，你看她每次演绎的神韵气势，像是可以等到天涯海角，天荒地老，海枯石烂，但是，在她音律转调的刹那，那等待又成了什么？过往云烟？

往日情怀?”

“当然，话说回来，基于爱情，像躺在我们身边的我妈和还在屋里与我妈相会于梦中的我爸，他们把爱情看作是一种信仰，是一种信仰之上的信仰，是唯一一种能帮助互相生活下去的精神智能，虽然生活的环境不同，一个在地下，一个在人间，但是他们确确实实为了一个共同的爱的信仰完成着彼此之间，富含可以传承生命之译义的共同遗愿……”

“共同遗愿?”王杉打断了万纤的话锋问了一句。

“是，共同遗愿，因此，有了这个共同遗愿，让他们的爱情基于人类永生爱情的精神之巅，从而有了昨晚我爸悼亡诗的壮烈，有了他为我妈守灵殉情的真实。”

“哎，说多了，其实，我妈著的《道谷泪痕》，用当今人类进步之后的爱情观去看，那更是一部讴歌真实爱情精神信仰的好作品啊。所以，我们不能从一时一刻的冲动中去体验爱情，虽然，爱情是人类情感的需要，它往往对人类的精神与行为，起到一种其他任何东西都替代不了的调节与间接控制作用，但是，它永远只是人类自由表达自己思想和情感的一种方式，一种极具艺术化的方式，是非理性的方式，对此，我们应该适时采用理性，对冲动说不。”

这莫非是上天派来清洗我灵魂的人儿吗?

“谢谢你万纤，那么，我……”

“纤姑，两个人一大早地在那说什么呢？快回过来吃早饭吧。”王杉正想把内心的疑惑要与万纤分享时，被她爸的喊叫声打断了。

“好的爸爸，我想咱们今天就吃昨晚剩的东西，等你起床了我再去加热的。”

“都弄好了，回过来吃吧。”

“好吧。”万纤说完，顺手拉过王杉朝着草屋走去。

“爸爸，吃过饭之后，我想带着王杉到深谷去看一看，可以吗？

万孟可听了女儿的话后，抬头看了看天空后回说：

“好啊，王杉来这里也很多天了，我还没带他去深谷呢，那么，你们去吧，晚些时候我去接你们回来。”

万纤将盛好的一碗米饭递给王杉，相视中抬了抬嘴角。

“哇，好美的山水呀，这不会就是你提到过的道谷吧。”

王杉走在谷底幽深的河床上，体察着暖风如醉，竞收眼底的眼前风景，不禁神已随之荡漾。

“是啊，我们已经进入道谷了。”万纤随着王杉的驻足，站在他的身边一同遥看起道谷周边的风景，吸吮着天下第一大氧吧的清新。

前方两峡相夹的高山，只见座座俊秀挺拔，危峰兀立，或如剑锋利，或如球浑圆，更有不屈脊梁挺立，突兀森郁连绵起伏，山门与山门之间，或是连绵或是断开，足有容纳天地精华之灵气。

王杉看见眼前的一切，不禁感慨地说：“如此灵气的所在，不愧得名道谷啊。”

王杉说完，侧过脸抬眸把内心的疑虑告诉万纤说：

“眼前的一切，道教宫观落址于此应该是再合适不过了，我读过阆苑仙宫概览，其地理地貌略同，但是，我很好奇，这泪痕又从何说起呢？”

“这个还真说来话长，剪断截说吧，根据我妈妈作品的再现，相传，这里有一个通灵山怪存于一处山洞之中，日久修炼成精，有呼风唤雨的本事，但是，修炼成精还能呼风唤雨算是世外天界之功力倒也不足为奇，问题是，在每年的秋令中的一天，山怪唤起阴风苦雨，一夜之间，将这一带的山民村落，家禽家畜，庄稼，还有适龄女孩随着妖风起处，风卷电闪之时，全部被山怪一掠而去。山怪生有一爱女名叫行云，看不惯父亲如此残暴虐民，便只身一人走进道谷，求得道长阻止她父亲的妖术害人，道长体察民情，出招降妖，很快道长便降了山怪，使其改邪归正，可是，在这一过程中，山怪之女行云与道长之徒轻烟产生了恋情，违反了道规，道长一气之下，利用法术，移来寅山辰土，囚禁爱徒轻烟于寅辰之中，永世不得相见，山怪之女行云难断思念之情，终日以泪洗面，日久天长，泪水聚成一道源源不断的道谷河流，也因此，这段情和爱构成了地球上一道美丽的伤痕。这就是道谷泪痕了。”

“哦，好凄美的一段爱情故事啊。”

“更加感动的故事情节应该去读我妈妈的遗作。”

“那么，怎么可以读到，出版了吗？”

“还没有呢，这部作品正待完成之时，我妈妈走了，在我妈离开人世之前，我妈妈看到我长大成人，而且学的是舞蹈艺术，她跟我说，她希望这部作品以舞剧的形式展现在舞台上，她说，这是我们家三合一的自然合力，我爸用图片写真的形式再现道谷，我妈则是用文学作品的形式呈现了道谷的故事，而我是通过灯光之美和舞蹈之神韵把道谷的灵动展现给世人。可是，这都成遗愿了。”

“哦，这样啊。”王杉不禁深叹了一口气，接着他端详了站在旁边还沉浸在缅怀之中的万纤后说：

“喂，万纤，你刚才说你是学舞蹈的?”

“是啊，毕业于S市舞蹈音乐学院。”

“毕业多久了?”

“今年刚毕业，已受聘C市歌舞剧院。”

“啊，这样啊，我们是同行，我是C市舞蹈音乐学院的，也是今年毕业的，但是，我还没有去求职。”

真是他乡遇故知了，居然是同行，万纤为这段巧合不禁喜形于色，立刻伸出双手与王杉面对面地拍合了起来。

“可以帮我吗?”

“帮什么?”

“再现我妈的作品，哦，不不，不谈这些了。”

“好吧，我们继续往前吧，我们还要留下足够的时间返回呢。”万纤让王杉先行开道。

“哇，万纤你看，这汪清泉，清澈见底，再看，水面映照着高悬的谷壁，宛如巨型液晶屏幕，真是美极了。”

“据我妈的作品所说，这是山怪女儿行云要去面见轻烟时整妆用的镜子，你再看看谷底大大小小的鹅卵石，形态各异，成双成对，或在水中静静地躺着，或是娇羞地半露出水面，那是天秀遗落下来的饰品。”

“如此亦真亦幻，好想读到你妈妈的作品。”

“你再静下心来闭上眼睛，听，听。”

王杉照着万纤的提示，闭起了双眼。

是啊，那悉悉索索流动的声音仿佛在心中回旋，宛如一首缠绵的情歌，是行云和轻烟唱起的，他们俩在暖风中牵着手，陶醉于隔世的，属于他们俩的情侣谷。

“我听见了，我听到了行云和轻烟的情歌，我也看见了，我看见了他们俩的情投意合，相亲相爱，漫步在这属于他们俩的世界。我清楚了，你爸妈如此眷念这个道谷，有他们的牵念之处啊。”王杉喜形于色。

“好吧，我们继续绕过这个弯，前面的风景更美。”

“好，我们继续前行，看来，我也是醉了。”

绕过了一个大折弯，仿佛进入了另外一番天地，只见峡谷两边树木茂密了起来，从悬壁斜长出来的千年古树，遮去了天空，天空瞬间呈现一片灰暗，能看到的只是此一处彼一处被分隔成一块块的天，其灰暗的程度有深有浅，谷底下面流淌的水似乎变得墨黑色了起来。

王杉走在前面，不禁耳边回响起寂静之中透给内心不断地疑问和油然而起的砰砰作跳。

这不正是《西游记》里“尸魔三戏唐三藏”的那个深谷吗？万纤不禁提心吊胆了起来。

“大叔，你拉着我的手好吗？我有点害怕，上次来深谷，我爸让我走到山谷拐弯处，他就带我返回了，要不我们回头吧。”

王杉抬头从树叶的破洞中看了看天后说：“不怕的，哈哈，妖魔一般都在夜幕降临时分，不怕的，有俺老孙在，不怕不怕。”王杉故作镇定其实内心也是兢兢惊惊。

突然，几声怪异的声音从悬壁上传来，说时迟那时快，一群野猴有的从悬壁上跳了下来，有的一只手挂在树枝上，有的蹲在树杈中间，它们不约而同地朝王杉和万纤站立的位置看了过来，万纤见此，已被眼前的情景吓破了胆，她转身抱住了王杉，嘴里直喊着大叔，我好害怕，大叔，怎么办？

“不怕，猴子是不伤人的，忘了，要知道这里有猴子，我们出发时带点吃的给它们就好了。”

“对，对，我忘了，我爸给了我一包花生，在包里。”

万纤松开了王杉，放下双肩包，从包里取出了花生，几颗几颗地扔给了身边的猴子，立刻猴子对他俩友好了起来。

“吠吠，吠吠吠。”

这不是猎狗大风的声音吗？大风来了。

万纤听到大风的声音，立刻转身朝来路看去，果然不错，真是大风朝着她迎面扑了过来，万纤立刻蹲了下来，抱住了大风的头。

“你跟我爸一起来了吗？他呢？”

善解人意的大风立刻朝来路狂叫了起来，意思是万孟可随后就来。

果然，万孟可在小树丛中露出了头来。

“我知道你们肯定会往深谷深处走去，怕你们迷路，所以我和大风就来了。”

“爸爸，深谷只有一条路，迷不了路，倒是刚才被这群猴子的突然出现，还真吓得心惊胆战了起来。”

“不用担心，猴子是很善良的，如果每次来，带给他们一些吃的，它们就把你当朋友了，远远地就来迎接了。”

“万老前辈，你常来吗？”

“常来，我可是它们的贵客呀。”

猴王似乎听到万孟可的声音，立刻从崖壁上跳了下来，朝着他走了过去，在离他三四步远的地方蹲坐在那，一副邀请他坐下来聊聊的意思。

“好了，我带你们进到深谷的最深处吧。”

万孟可说完，向猴王挥了挥手，猴王领着它的同伙们，立刻为他让开了一条路，让他们仨向深谷走去。

真是大自然的鬼斧神工，越往深处走，所见的景物越发突显其灵性和生命，越发让人一往情深，留恋于绿水，敬仰着高山。

“哇，爸爸，你看前面，一道飞天神瀑。”

“啊，直冲云天的一线天。”

万纤和王杉急步赶了过去。

一道银光在头顶飘洒而下，漫长的流程，烟雾四起，朦胧了峡谷，模糊了天空。

“这是一位少女思念她的心上人流下的泪，一年四季，年复一年，问莲根，有丝多少，莲心知为谁苦。”万孟可站在两个年青人后面，抒发着他不知是第几次站在飞天神瀑之下的感慨了。

万纤和王杉轻轻伸出双臂，静静地闭起双眼，用手掌去捧起飘落的水雾，内心略过一份感伤。

夜已很深了。

王杉两眼紧盯着手提电脑的屏幕，荧光照亮着整个屋子，他被万纤妈妈剧本《道谷泪痕》中的剧情所感染，不时提起手抹去眼眶中涌出的泪水，行云和轻烟撼动天宇的正义以及指天为誓为爱决绝的一幕一幕仿佛就在眼前。

还是支持手提电脑电力的三个充电宝实在不忍看到王杉对着荧屏落泪成珠，退出了这煽情又伤情的共享之夜。

爱是沧海遗珠，爱是不竭天瀑，道谷泪痕不正是乃敢与君绝的真实写照吗?

王杉轻轻地推开草屋的门，仿佛目送着楠姨为他讲完一夜的故事后回到了她永居的地方。

天空的繁星，眨着眼，下弦月照亮着坟堆旁那个红色的帐篷。

生离死别，梦若在，心就在。

第六章

邂逅相遇

Meet By Chance

胡蝶见王杉没有立刻表态，又接着说，说话口气仿佛刨根到底让他毫无退路。

“回来了就别走了，我现在的情况只能往编剧或编舞方向发展了，如果有你在身边，再现本子就不难了。”

敲门声，一声，两声。

万孟可拉开草屋的门，只见女儿万纤背上背着一个背包，站在面前。

“爸爸，今天我要回C城去了。”

“啊，这么早啊，爸爸送送你。”

“不了，你看今天天气很好，我一个人走没问题。”万孟可看着站在面前的女儿，头上戴着一顶鸭舌帽，一身户外装，一副假小子的模样。女儿这一年确实长大了。

“我跟王杉道个别，顺便拿走手提电脑。”

说话间，王杉已站在草屋的门口，他从万孟可的身后挤到前面后说：

“万老前辈，让我跟万纤回C城吧，请你们给我一次尝试的机会，我来帮助你们完成姨姨的遗愿吧，请你们相信我。”

说完，他径直走到万纤妈妈的坟堆前，站在坟头上鞠了三个躬后说：

“姨姨，读了你的作品，让我深受感动，对此，我向您保证，我王杉将不遗余力的去实现您的遗愿，当遗愿实现的那一天，我再回来看您并向您报喜，我一定让您含笑九泉。”

从小不曾流过眼泪的万纤，此时已是泪流满面，她拉过王杉的手，向她妈妈深深地鞠了个躬后转身对她爸爸说：

“也请爸爸放心，我们启程了。”

万孟可紧闭着双唇，拍了拍王杉的肩膀，内心寄予殷切的希望和由衷的感激。

“爸爸多保重，过一段时间我再回来看您。”

“谢谢万老前辈这些日子以来一直对我的关爱，谢谢了，多保重，再见了。”

蓝天白云下的芦苇草，渐渐由近及远地隐去了离别人儿的身影和相互挥别的手。

机场的大巴还是把王杉带回到了C城，车窗外飘着毛毛细雨，临近子夜的街道，昏暗路灯下的马路，除了穿梭奔跑的的士之外，几乎没有了行人，王杉望着车窗外这个曾经让他度过四年大学生涯的城市，此时此刻回眸着它，别梦依稀，不禁情殇情怯油然而生。

一个月前，同样的钟点，同样的雨夜，王杉匆匆离开这个城市。

“王子，还在市里吗？我爸妈想见见你，你就来我们家见见好吗？”

后来胡蝶在说服王杉一定要让她父母见一见面时解释说，她爸妈听了前来慰问她的班主任讲述的受伤过程，特别讲述了关于王杉这个人之后，她的爸妈要求一定要见到他。

王杉无法回绝胡蝶的再三劝说，最后在盛情难却之下到了胡蝶家。

让王杉出乎意料之外的是，胡蝶的爸妈在家里为他办了一桌丰盛的晚餐，还在席间对他深表了谢意，让他无法自持的是，原来胡蝶妈妈确实如班主任所说，是他的实习地C市歌舞剧院的院长兼编舞，而最让他意想不到的是，她爸爸原来是这个C市的副市长，把如此高贵人家的千金伤成这样，却恰恰是他。

那一顿晚宴，让王杉吃的很不自在。

如果不是胡蝶善解人意，坐在轮椅上让他一会儿推进书房，一会儿推进闺房，让他扮演着大宅门中的下人，只怕他在那装修华贵，堪称豪门显贵的家庭中连立身的地方都没有了。

王杉闭着双眼，任窗外一幕一幕过往。

一切都已成往事，偏偏此情此景却只是过幕，连续剧似乎已是现在进行时。

下一幕？下一个分镜头？

“想什么呢?”万纤并排坐在他的旁边，倾斜在他眼前的脸快碰到了他的下巴，显然这张脸是闯到镜头里来的。

“喂，大叔，快看，这不正是你的学院吗？C音乐舞蹈学院，学院大门口右边门柱上的楷书。”

不错，正是，场景没变，可是故事的结局已被改编。

王杉阴霾的脸似乎在警告观众，不要哪壶不开提哪壶。

“哇，大叔，你看肯德基，好想吃肯德基呀，如果大巴能停一停……”万纤看着车窗外醒目的肯德基门头灯光，垂涎三尺。

KFC三个字母映入眼帘。

“杉树，肯德基，我就想吃肯德基，最后再吃一次嘛，就最后一次……”一张乞怜的脸顶住他的下巴，抱住他撒娇时使劲摇晃的身子并伴随着袅袅的娇声。

“大叔，你看前面高楼，发光字“绿城水岸”后面的‘海泊蓝轩’四个大字的就是我家了。”

王杉注视着前方高楼上由两组字组成的这条街道唯一的灯火霓虹。

是啊，“绿城水岸”。两座超高层的子母楼顶上闪烁变光的四个大字，字的背面高出天台的那排复式套房东边的那一套，胡蝶的闺房在二层，可以俯瞰全城。

“王子，地址是绿城水岸 A 座 31 楼东户，6：30，你就早点过来吧，别让爸妈等太久了。我的脚不方便，不能去接你了，记得绿城水岸，6 点 30 分……”一个月前，扣在耳朵上的手机发出胡蝶清翠的声音。

“胡蝶……”

“大叔，什么蝴蝶，这个钟点了，哪来蝴蝶。”

“哦，不……”王杉眼睛从车窗外收了回来，目视前方。

大巴停在了门头上亮闪着民航大酒店的停车场内。

走下车厢，拥挤顿时消失，迷茫的夜瞬间无边无际。

背着包的，拖着行李箱的，各自按着早已设定好的轨迹匆匆而去。

“先生，上车吧，要去哪儿？超过 10 公里减一半起步价。”

“小姐，上后面那辆吧。送你去一家便宜酒店，全市最便宜。“

子夜之后的的士司机显然已经进入招揽生意的热情进行时。

要去哪？要去哪呢？王杉站人行道上，一股无家可归的伤感袭上心头。

突然，侧面一只小手伸向他，小小的手紧拽着他，手心很暖。

“到我家吧，咱们上车吧。司机，去海泊蓝轩。”

如同溺水时被搭救的人拉住了双手，顺从地让人拉回岸边。

随着“哒”一声的电灯开关扭动声响，万纤家的大客厅呈现在王杉的眼前，简、淡、精、雅。不失艺术家与文学家组合的家风，以原汁原味的船木为脉络，以混凝土勾勒静谧，以通透玻璃映照柔和，并通过绿植和光影整合室内，使得涉及眼球的空间尽显纯净，高雅，高尚，让人顿觉如同纯天然，不加修饰的裸妆如清水芙蓉般盛放在家人的心灵之中，清澈而空灵。

王杉站在客厅中间，顿觉踏入圣洁之境，浮想之中他的眼球被沙发旁边的一幅同比人体大小的照片吸引住了，一个中年妇人，身材修长挺拔，两手交叉胸前怀抱一本书，身形映在一丛开满月季花的篱笆墙前，成像的瞬间显然风在吹动她的粗绒长裙，拂着她的腿，使得她现在站在王杉面前还是那么鲜活生动，她那张端庄秀美带着些许不自觉的沉静气度的脸以及呈现在脸上完美构成善良组合的五官。

“这就是我妈，我爸决定到河谷陪我妈之前，把这张照片放大到同比人体大小。”

王杉这才醒悟过来，原来万纤就是她妈一个模倒出来的。假如追寻这张照片人物同龄于万纤现在岁月的时光，那两个一左一右的小酒窝，在男人面前如是的矫情，任性且不讲章法，万老前辈可否如同某人，女朋友的墓被她扒平了却也生不起气而还要听命于她的教化呢？

“姨姨好。”

谢谢你为我而来，辛苦你了，照片中万纤妈的微笑回答了王杉。

“这是两层的复式楼，咱们以楼梯作为分界线吧，我在楼上，大叔你就在楼下吧，客厅、饭厅和厨房我们公用，你看可以吗?”

王杉对着照片点了点头。

“可以吗大叔，把背包放下来吧。”万纤的声音从脑后传给王杉。

话音落下，他的肩膀觉得轻了一下。

“快把手脱出来吧，想什么呢?”

“哦。”王杉从幻觉中退下背带，万纤把包放到沙发上。

“你还没回答我呢，这样安排，我们一上一下你看可以吗？我在二楼，你在一楼。”

“嗯嗯，听你的。”

“现在好了，你占了一层，我每天回到家里也不会觉得空荡荡的了。”万纤围着客厅中间的沙发绕着走上一圈又一圈，喜形于色。

“哦，对了，你等等。”万纤突然发现了什么似的，朝她爸的卧室跑去，一会儿，她从她爸的衣柜里拿出了一套她爸的衣服。

“来，这给你的，我爸的衣服，你洗洗把身上的衣服换下来吧。今天我们都累了，早点洗洗睡吧。”说完，她把衣服递给王杉后转身上楼去了。

万纤上楼去了，客厅立刻安静了下来。

“对了，要跟绿城水岸住着的胡蝶去个电话了吧，不是明天要去找她的吗?”王杉看着阳台侧向绿城水岸四个字后，突然想起了胡蝶。

“手机，糟了，手机落在山谷里了。”王杉打开刚才脱下来的背包，仔细搜了搜，没有发现手机。

王杉的眼睛落在了沙发转角处一部电话座机上，他走了过去，坐在沙发上拿起了听筒。

特别好记的胡蝶手机号码在他的脑际浮现了出来。

拨号，拨完十一个号码后，他立刻按下挂断按键。

胡蝶，我要跟她说什么呢？

说我回到C城了，那么该怎么解释那天的不辞而别呢？如果那段辞别的微信在她心中视为意料之中的话，她不至于至今没有回复呀。

用手机微信说吧，让尴尬淹没在字里行间。

“万纤，万纤，睡了吗？”

“怎么啦？”万纤拉开门站在楼梯顶上回答王杉。

“想借你的手机跟我同学发一条短信，我的手机落在山谷里了。”

“可以呀，正好充了一会儿电了。”万纤说完，转身到卧室拿了手机递给王杉。

王杉拿着手机，坐在沙发上，千头万绪，从哪儿说起呢？

如实说吧。

“胡蝶：

我已经回到C市了。此时已是午夜1：30，因此短信你了。

此次回到C市，我是背负着一对夫妇的感动和理应挺立相助他们俩的夙愿而回的，而实现这个夙愿，我想到了你，进而通过你取得你妈妈的支持，便是一条捷径了。有关这方面的细节，我想明天约见你时细聊。“

“胡蝶，请你见信后答应我明天约见可以吗？不知道你从轮椅上站起来了没有，对此，已是我今生今世这无法抚平的创伤和不尽的牵挂了，亏欠终身了。”

“等待你的回复。（附注：这是我用别人的手机给你发的短信。）”

胡蝶约王杉在剧咖啡见面。

同窗四年，只有她才会相约剧咖啡这样的场所见面，班上许多同学中，似乎唯她集品位，高雅，聪慧于一身，也唯她同时集矫情、任性、痴恋于一身。大学的日子里，有一年她的生日派对就在剧咖啡举办过，应该是学子的岁月中，只有这场生日派对最高雅，也最有内容。

王杉选了靠窗的位子坐了下来，仿佛以“聚”、“剧”为主线，“聚会”、“剧本”、“剧情”、“剧组”……这些戏剧的主题元素包围住了他，内心不禁弹出，走过这一程，从剧本到剧情到剧组，冥冥之中，不正是过去进行时和现在进行时吗？人生如戏，戏如人生，舞台上演绎的都是自己的故事，独一无二。

王杉不经意地随手从以书为隔墙的书架上抓下一本书，《都只为风月情浓》，不禁为书本的封面上面写的一句曹雪芹的话所吸引：“开辟鸿蒙，谁为情种，都只为风月情浓。”

谁为情种？王杉？

玻璃幕墙外，一辆白色的别克君越朝着墙外绿植挡墙靠了过来，随着车灯的熄灭，从车子的驾驶舱座位上走下一个女子，随手关了车门后，伸开另一只手，扶在车上，提起一只脚，做了个曲张脚腕的小动作后，便迈开脚步往剧咖啡的正门走去。

这不就是胡蝶吗？王杉突然反应了过来，校园的林荫道上，白底黑细花的连衣裤，背上背着土黄色帆布双肩包，多少次走在他的前面，让背影领着他走进同一间教室。

王杉立刻从座位上站了起来，朝着咖啡厅的大门快速走去。

“灰姑娘。”

“王子。”

两人站着相互昵称之后沉默，不知道该接上哪一句话，最后还是胡蝶先开了口说：

“都好吗？”

“看到你站起来了很高兴。”

王杉潜意识中要伸手扶胡蝶走到预订的位置却被大脑指挥下的神经又让手缩了回来，改为跟在她的身后看着她落座，她的脚走起来还有点拐。

王杉举手招呼服务生。

“灰姑娘，喝什么？你点吧。”王杉把菜单递给胡蝶。

“嗯，今晚就算我为你接风吧，我来点。”

“服务生，来两杯法式浓情，开心果，香草星冰乐。”

“你常来？”

“白天常来，这里的环境我蛮喜欢的，不管你坐在哪里都如隐匿了一般，静谧安宁，没事了，拿一本书，品着一杯咖啡，神清气爽中读上一个上午，心旷神怡。”

“同窗四年，你确是一个品位、高雅、聪慧的女孩。”王杉一边搅着杯子中的咖啡一边不经意对胡蝶点赞了起来。

“还有呢？任性，不讲道理，常无端使唤你帮我写作业……”

班上许多男生中，不知为何就盯着某人，某人却也愿意为她服务，以致包里放着写着她名字的本子被田心审问，直至最后被田心升级为一号情敌嫌疑。

“好了，先把你和那个潜伏在我身边四年竟然不为人知的，直到那天不辞而别时你在微信中如同明星孕照突然曝光一样震惊朝野的那个女孩说说吧。”

什么话，在一个田心面前用得着加那么多定语吗？

王杉沉默片刻，抬眸看了一眼对面的胡蝶，那双追问，期待回答，审视后面定义了不容瞎编或者说谎的眼睛。

难怪那天走的时候留给她一段微信，仿佛视而不见，在他的手机进入盲区之前就没见过她的任何回复，意喻不可理喻或积嫉成恨。

还能回复什么呢？明星孕照突然曝光一样震惊朝野，不是吗？对面的眼睛正放射出万万没想到的光束，不是吗？

“不堪回首，说来话长。”王杉的声音吐给正在搅拌中的眼前的咖啡杯子上。

爱情现象：不把热恋分享给周边的同学朋友的爱情，叫隐形爱情，隐形爱情的结局大部分在没有人证物证中将遵循着自生自灭的规律，爱情现象的突出表现如“贪官”泡小三。

“好了，不说这些了，说说你如何背负着一对夫妇的感动吧。”胡蝶见到王杉一副沮丧的脸后，转了话锋切入今晚约会的主题。

王杉伸手从身边放包的椅子上打开包，拿出手提电脑和一盒 U

盘放在桌面上，打开后，站了起来，绕过桌子与胡蝶坐在了一起。

电脑显示蓝屏上的白色字：广西山水有故事，有《刘三姐》，还有《道谷泪痕》……

《道谷泪痕》，谨以此剧献给热心为广西旅游事业辛勤劳动的人们。

《道谷泪痕》，谨以此剧告诉人们，广西除了桂林山水，还有许许多多名山大川。

《道谷泪痕》，继《刘三姐》之后广西知名度的再次崛起。

"哇，这个广告词……"胡蝶自言自语中啧啧地赞叹了起来。

电脑显示屏从固定的字幕转入一段动感视频。

风光秀丽的广西德天瀑布，龙虎山，一谷一线天，明士田园的组合风景，镜头拉向一道河谷，群山峻岭中裂开一道伤痕，伤痕深处的谷底，源远流长的河流，推出字幕"道谷泪痕"。

电脑显示屏，淡出一个女人悲伤的脸，一汪天瀑飞流直下叠加在女人眼眶中涌出的泪水，上面又叠加了字幕

《道谷泪痕》：全剧目录

作者：雨楠

第一幕

第二幕

第三幕

第四幕

第五幕

"灰姑娘，这是U盘，你拿回去看好吗？也让妈妈看看。"王杉

看着胡蝶点击着鼠标，聚精会神地两眼盯着屏幕。

“哇，看到页面就想一口气读完它了。我想问一问，现在可以拜访这个叫雨楠的作者吗？”

“不可能了，她在一次道谷的山洪暴发中离开人世了，你没看见字幕上‘雨楠’加了黑框了吗？留下作者的丈夫万孟可和她的女儿万纤，万孟可自责，他妻子的走是因他而起，因此，无处安放的内心选择了从此给他的妻子守灵，就留在山谷里了。这个作品的发现是前几天她的女儿万纤到山谷里为她母亲做周年祭，在这过程中我才知道他们一家三口有这个夙愿，或者是作者雨楠的遗愿吧，为了慰藉这个亡灵，所以我就想起了你。”

“哦，这样啊。”胡蝶感慨中。

“我听见她的女儿说，她妈，也就是作者雨楠是一个文学家，她爸是个摄影家。”

“哦对了，听她女儿万纤说，她就入职在你妈妈的歌舞剧院里，是今年S市音乐舞蹈学院毕业的应届毕业生。”

“这样吧，我回到家里，就让我妈妈读到这个本子，相信我妈也会为之动容的，再说，我爸也是广西人，相信他们都有共鸣之处。”

“啊，这样啊，那就太好了。”王杉拿起咖啡杯子当酒，与胡蝶对碰了一下，眉飞色舞了起来。

“好了，这事就交给我吧，对了，我爸妈至今还很感激你，从你那天的不辞而别开始，隔三差五地总是问起你的情况，我呢又不好把你去追你女朋友的‘噩耗’告诉他们俩，正好，你回来了，你自己找时间跟爸妈解释吧。还有，爸妈一直希望你能留在院里工作，妈妈说，你是个好苗子，有功底，她的编舞若能通过你再现，对她来说是一个莫大的拥有。”

“哦。”

胡蝶见王杉没有立刻表态，又接着说，说话口气仿佛刨根到底让他毫无退路。

“回来了就别走了，我现在的情况只能往编剧或编舞方向发展了，如果有你在身边，再现本子就不难了。”

胡蝶说完，没等王杉回答便起身告辞，把话留给了他。

“我送送你。”

“不送了，太晚了，妈妈知道我开车代步，会不放心的，所以必须回了，咱们明天再约吧，回来了就好。”

“我坐你的车，看到你到家上楼了我再走，可以吗?”

胡蝶认定王杉是暖男胚子的时间，是在今晚之前。

“嗯。”胡蝶伸手让王杉牵着她。

子夜射进车窗的 C 市荧虹，没有条理，只能用五颜六色来概括。

王杉把胡蝶送到她家门口看着她上楼之后回到万纤家已是子夜时分了，他打开家门，客厅的照明灯已经熄灭，忽明忽暗的光是从电视屏幕放射出来的，伴随着轻微的电视声响。

莫非万纤没睡?

“还没睡啊。”

没有回答。

啊，她睡着了。

是睡着了，一字眉下面的眼帘关闭了她每日里总是准确判断某人内心的眼睛已经不挑逗他了，桃色的巴黎式的长袍睡衣紧紧地裹着她那娇媚的身体，纤细的脖颈下面被睡姿挤压后张开的衣领中显露出的胸脯，在电视画面投射过来的一明一暗的光线中，平静地起伏着，伸出沙发外沿的握着电视遥控器的小手微微下垂着，她是睡着了。

一个可怜的女孩，一个偌大的家，一个人孤孤单单地守着，寂寥的夜，唯一相伴的就是电视。

怜悯，让王杉很快放下包走到了她的身旁。

“大叔，咱们回家吧。”

大叔，咱们回家？

这不是在家吗？呓语？

万纤吐出一句模糊不清的呓语后，身子从平躺着转成蜷曲着，略伸出沙发外沿的背像丢在地上的一只弓。

再翻身就该丢到地上了。

怎么办？

抱起她，把她抱到屋里。

软到随你折叠的身子，体温，肌肤，还有贴近自己胸口的乳房，让一个受过训练的舞者抱起这样体重的少女身子本不该喘气的记录，似乎被完全打破了。当王杉把她放在床上拉过被子盖住撩拨他春心的视觉后，几乎是从二楼滚到了一楼，他落坐在还残留着她身体余温的沙发上，把头枕在沙发靠背上，继续喘完渐渐熄灭的粗气。

侧面的墙上，被他称谓为姨姨的那个女人仿佛从始至终都在看着他，借着电视画面的光，她那一眸安然的目光和那一抹轻轻的微笑还是那样的温暖柔和。

日子过的很快，在王杉和胡蝶约谈了剧咖啡，草堂春晓书吧还有郊外的歌迷故事茶餐厅之后，定稿的日子和王杉被 C 市歌舞剧院应聘录用的日子一起到来。

当然，这是胡蝶妈妈在其中支持了这台舞剧的顺利落地立项。用胡蝶的话说，她爸特别支持，在家里开玩笑地说，他是以副市长的身份指示她妈妈一定要让这个作品面世，这是作为广西人的骄傲，也是不负他在履历表民族那栏中填上壮族时，壮乡人民赋予的责任。

王杉今天是第几次走进 C 市歌舞剧院的大门他忘了，但是这一次他是以歌舞剧院正式职员的身份走进大门的，原来只是匆匆来去的大学实习生。

一进大院的门，内心就被这座 C 市有名的艺术殿堂的建筑风格和周边环境掀起了波澜。

“能走进 C 市歌舞剧院的大门成为剧院的主人只有两种人，一种是歌舞界高材生，一种是歌舞界顶尖人物。”这是班主任给同学们上第一堂课时说的。

“妈妈说，你能在她身边工作，她编舞的脚本能通过你首先再现，那是妈妈的一份拥有。”这是胡蝶说的。

王杉站在 C 市歌舞剧院深邃的五十米艺术长廊上，脸部表情与从树荫上播撒下来的阳光交相辉映着。

“王子，早啊。”胡蝶的声音出现在王杉的脑后。

“小声点，以后就别王子王子的叫了。”

“好啊，那你还叫灰姑娘吗?”

王杉投以胡蝶深情一笑。刮了胡子，换了新装之后突显出来本来的高颜质，配上两个多月以来从没出现过的微笑，让胡蝶不禁内心欢喜，仿佛昵称中的“王子”已是她现实中的王子。

“好了，说正经的，告诉你一个消息吧，你和那个《道》剧作者的女儿被指定为《道》剧的主要演员参加演出，你呢，可能是我妈偏爱于你吧，是她指定的，那个女孩呢……”

“她的名字叫万纤。”王杉打断了胡蝶的话。

“对了，你知道那女孩的爸妈跟我爸妈的关系吗?”

“嗯，说说看。”

“那女孩，对万纤，万纤她妈是咱们市的文联副主席，作家协会主席，是我妈的好朋友，并且是我爸的老乡，她爸是咱们市鼎鼎有名的摄影家协会理事，他的作品参加过几个大国的摄影展，他也是我爸妈的好朋友。所以，那女孩这次破格跟你同台演出《道》剧，成为该剧的主要演员。”

“哦，为了怀念她妈妈吧，正是她妈妈的心愿了。”王杉似曾跟胡蝶续话又似曾自言自语。

胡蝶看了一眼王杉后说：

“我还真有点嫉妒了，哈哈。”

嫉妒了?

“我就是不同意你跟她《化蝶》，不，同台出演化蝶，没有理由，直接告诉你吧，我嫉妒，我就是嫉妒了。”田心的声音由小到大，在学院后面的那片柳树林回荡着。

“我知道我争不过她，她是你同班同学，她妈妈有背景……”

田心说着说着，竟伏在王杉肩头上哭了起来。

王杉此时的心有点轻轻地痛，毕竟两年的相爱了。

“大叔，你怎么跑的那么快呀，跟都跟不上。”万纤气喘吁吁地在王杉和胡蝶身后说着。

王杉和胡蝶同时回头。

大叔？王杉？

眼前女孩喘气时，脸上带着笑容，两个小酒窝一左一右，很对称，镶嵌在那个鹅蛋形的脸上显得青春期的成熟中搭上了童真。

胡蝶瞟了一眼万纤后把目光落在王杉身上，她自上而下浏览了一遍后，面带惊讶地说：

“大叔？”

不过，那天晚上第一次见面时够大叔的，蓬头垢面，穿着一件爷辈的汉装，憔悴的如同孔乙已。

“哦，给你介绍一下，这就是万老前辈和《道》剧原创作者雨楠的女儿万纤，这个是我的同班同学胡蝶。”

“胡蝶姐姐好，我叫万纤，一万两万的万，纤秀的纤。”

够纤秀的，一副生来就是舞者的光芒四射。

“万纤好，听说你就在我们院里工作了？”

“嗯，S 音乐舞蹈学院毕业后就应聘咱们院了，应届生，还请胡蝶姐姐多关照呀。”润雅的脸上透出谦逊。

“谈不上关照，咱们相互帮助吧。”

“咱们赶紧走吧，今天的《道》剧演职员见面会肯定来了许多老前辈，咱们赶紧先入场，要不……”

“听我妈说她今天也要来参加见面会的，可谓《道》剧的份量。”胡蝶说着，瞟了一眼万纤，目光露出些许同比于富二代官二代之外的家二代的傲气。

三人并肩朝着C市最高艺术权威殿堂C市歌舞剧院极具东欧建筑风格的办公大楼走去。

蓝天白云之下，左右两排排列有序的欧洲风格古老的艺术雕塑，走在中间的三个风华正茂的年青人现代时尚，勾勒出整个建筑画面的古往今来。走在王杉身边的胡蝶，虽然步履显得有点不够矫健，但她是今天这三人中的主角。

“喂，大叔，你的同学胡蝶可真有才吔，我妈的稿子在她那这么这么之下，居然变成这么美轮美奂的现代舞蹈了，我已经看到了，《道》与《梁祝》都是描写爱情的剧目，在胡蝶的创作之中，《道》剧绝对不亚于《梁祝》。我从胡蝶的PPT中看到，上面所表现的意境，让她在会上那么一解释，无不让人赞叹不已啊。哎，我妈要是能看到，该有多高兴啊。”宽阔的人行道上，万纤倒走着与王杉一前一后聊着。

“是啊，我们班上公认的才女，遗传基因在起作用……”王杉的脑际略过胡蝶一家三口，情不自禁中勾下了脑袋，话音变得很小声：

“可是，毁于一旦啊，对不起，真的对不起了胡蝶……”

“王子，你说我们一起出国有可能吗？我真想在维也纳音乐大厅……”

“大叔，对不起？对不起谁呀？”万纤听王杉嘴里似乎在跟谁说“对不起”，立刻侧对着他，注视着他的脸。

“嗯，哦，没有啊，想起了一件往事。”王杉回神，脸灼热了起来。

“说说，什么往事，跟胡蝶的往事……”

“小孩不要见什么问什么。”王杉站住侧过脸吆喝起来。

“喝，小孩？你才是小孩呢，你以为我真把你当大叔呀，你最多就是我哥。”万纤说着，眼眸与王杉的大白眼碰了一下，立刻知羞地移开。

“你看，大叔，KFC，我最喜欢那老头了，今天是我最高兴的日子，陪我一起吃肯德基吧。”

KFC，版刻的老头头像，勾住他的左手的手腕是田心求他要吃肯德基时撒娇的道具。

肯德基太贵了。

就吃一次，最后一次，好嘛……，我的杉树。

我再向你岳父岳母忽悠买书的钱，就一次哦，再陪一次嘛。

噘嘴，摇手臂，跳脚……

“大叔，听见没有呀，我们一起吃肯德基。”

“嗯，哦，好，好……”田心的面孔在回神中换成万纤，扒掉田心的坟墓之后给某人上课的素颜淡然无存，原来天底下的女孩都会撒娇，只是面对不同的要求。

王杉被万纤连拉带扯，站到了肯德基柜台前听宣：

“你去找位置吧，我来点餐，咱们美美的来一餐吧。”

周围两桌单坐着的女孩投以魅力男或东方不败的目光，王杉坐在两人桌子的位置上正眼看着正在点单的万纤，眼角收纳着邻桌女孩对自己的目光点赞。

“嘻嘻，看得出你肯定喜欢肯德基，要是喜欢，我就天天带你来吃，反正回我们家都得路过。”万纤端着一大盘餐品，眉飞色舞地把盘子放在桌子中间后坐在了王杉的对面。

天呐，这是家二代的大手笔吗？吃的完吗？王杉看着满满的一大盘，又看着万纤第二趟跑向柜台拿可乐，不由得感慨了起来。

“来吧，盘子里面的东西咱们都是一人一份，开始分享吧。”万纤把一只吸管插到王杉面前的一杯可乐中。

分享！

田心也用过分享这个词的。

一块汉堡两个人分享，一杯可乐两个人分享，唯一炸薯条是随意抓取。

“来吧，我们开始石头剪刀布吧，赢者吸一口可乐或吃一口汉堡。”田心指着放在他们俩中间的盘子中的一块汉堡和一杯可乐说着。

王杉看了看邻桌正朝着他们俩注目的人后举起了右手，为自己身为“贫农”后代的学子苦中作乐在所不辞中。

大厅的角落，传出了石头布之后，王杉赢了第一轮，他选了一口可乐。

剪刀石头，王杉又赢了第二轮，又选了一口可乐。

“干嘛老选可乐嘛，给我留点好不好。”田心娇声抗议，她哪里知道，他内心是把汉堡这个肯德基中最贵的留给她的，而她又何曾不是呢。

这一轮布剪刀，田心赢了，王杉拿起汉堡递给她，含情脉脉中她咬了一口。

剪刀布，双阵后，田心把可乐收到面前，示意王杉抓起汉堡咬一口，投在他脸上的目光含情脉脉。

王杉似乎拒绝。

为什么，因为被咬过一口了吗？

田心眼神暗了暗。

她拿起汉堡递给他，手势很坚决。

王杉摇了摇头。

我吃过了是吗？留下口水是吗？火起。

田心放下汉堡，抽出盘子中那张广告垫纸，从书包中迅速拿出笔，把广告纸翻一面后开始素描。

素描，极快的素描。

一男一女相拥接吻，画面上两人紧紧地抱着，画面细腻到女孩踮起脚跟。

题字：男的旁边写上杉树，女的旁边写上甜甜。

画好了，提上字了，接着田心把画举到王杉面前，举牌抗议。不是那个意思呀，只是想让给你多吃两口。都接吻了，又何在一人一口留下的口水呢？

田心见王杉看了看周围，似乎想说什么又说不出口，当即她放下纸张，顺手抓起汉堡递给王杉，严肃的目光盯着他的脸。

两人对视了一会儿，只见王杉立刻从田心的手上夺过汉堡，大大的咬了一口后，迅速站了起来，转身坐到甜心身边，二话没说，一个手臂勾过她的肩膀，另一只手把汉堡塞到她的嘴里，天哪，只好张嘴，一口，再一口……

“杉树，噎住了，别别别，我吃，我吃……”

“怎么不吃呀大叔，想什么呢？我都啃两个鸡翅了。”万纤抬眸看了一眼王杉，顺手抓起盘子中的一块汉堡，塞到他的嘴边后说：

“这就是咱们的晚餐了，吃吧，吃完了陪我去逛商场吧，我想买两套衣服，也给你买两套，现在你都去上班了，我要你更帅一点，答应我，一会儿我们一起去逛。”嘴巴被汉堡塞满后发出走音的声音。

这体贴入微与田心相比，有过之而无不及。

田心，万纤，看来女人有诸多不一样之处。

吃人家的，住人家的，听命于人家的似乎也是常理了。

王杉选了最简单的回答：

“嗯。”

一条步行街走下来已经进出十二家了，都说女人爱逛街，逛街是女人的天性，一点不假。

进后面几家，王杉已不是陪她浏览款式色彩了，一进门，首先先看看哪个地方有提供给客人坐的位置。

“好看吗？”万纤穿完了站在王杉面前问着。

“好看。”王杉回答的速度仅次于电视节目中的抢答题的抢答。

“怎么都好看呀，都好看叫我怎么选呀。”

“就是都好看嘛。”

“大叔，你看，前面那家，那家男女装都有。”万纤拽着王杉，手指指向丁字路口一家铺面上一块醒目的店招，白色的英语字母分两行写在一块正方形的红色板子上，看上去这个店招很眼熟，忘了在哪儿见过。

“走，咱们就在这家店搞定吧。”

万纤进店后的热情度比前面逛的几家店都高。拽着王杉走到挂衣架旁，翻了翻，从衣架上拿下来两件男装两件女装，拉过他的手朝着试衣间走去。

“试衣间?”

想起来了，红色底板上的白字 UNIQLO 是在网络上看到的，优衣库。

天哪，前些日子那两个试衣间的网红还没被人们忘记呢。

驻足，赶快驻足，千万别再在网上掀起波澜了。

“过来呀。”万纤手上抓着衣服站在试衣间门口直喊王杉。

“别……别……别……”王杉的心跳已经传到脑门。

“别什么呀，买衣服总是要试的嘛，站在这，我进去试穿之后出来，你必须马上点评，懂吗?”

“嗯，哦。”警报解除，转危为安，王杉神色回归自然。

“可以吗?”新衣包裹之下的万纤，亭亭玉立仿佛形体被刷新。

“可以。”

“这一件呢？肯定还是可以吧。”万纤抬眼看王杉的眼眸似乎失去了试前一件的光芒。

“是，肯定可以。”

“我今天钱带少了，如果再试十件，你肯定还是说可以。“万纤瞟了王杉一眼，走进试衣间。

“好了，该到你试了。”万纤接过王杉手上的衣服，递了一件给他。

“不用试了。”

“也好，你这种身材穿什么都好看，那么，咱们到前台结账吧。”万纤瞟过王杉的这一眼，抬起的两个嘴角一直没放下来过，直到跟总台小姐结账了才变换了嘴型。

总算是走出优衣库了，王杉的手上多了好几个纸袋子，沉沉的，他跟在万纤的身后，脚步不自觉中总是与她若即若离。

居高临下的阳台外，五彩缤纷的夜景总是绽放的那么绚丽，东边挂着一轮满月，播撒下来的清辉，让都市的这幅夜景增添了许多美韵，入秋时节，秋高气爽，一点不假。

王杉和万纤从公交车上一前一后地走了下来，万纤主动调整了步伐，跟王杉形成并排后走进了C市歌舞剧院的大门，今天是他们开始排练《道》剧的第一天。

通往排练大楼的六米来宽的艺术大道已经簇拥着大院各种科室赶来上班的演职员。

王杉收到了第一双投到他身上的目光，紧接着又一双，又一双……

还有看一眼还不够的，回头再看一眼。

天哪，艺术长廊上的艺术雕像也向他看过来了，大卫，维纳斯……

王杉侧过脸看了一眼万纤的着装后又看了一眼自己的着装，顿觉脸皮被灼烫一般，立刻停住了脚步。怎么办三个字立刻显在脑际中。

天哪，优衣库！情侣装。

王杉的脸皮持续灼热，仿佛碳化。

“怎么啦，大叔，快走呀，今天可是第一天排练，咱们可千万别迟到了。”万纤见王杉突然止步，侧过身子喊他。

“万纤早，王子，不，王杉早。”胡蝶突然站立在王杉和万纤面前，一副异样的目光投在他们俩身上。

“胡蝶姐姐早。”万纤一副泰然自若的表情，随和着胡蝶。

“灰……胡蝶，我先去排练厅。”王杉顿时落荒而逃。

“万纤，你们俩走的蛮近的，还……不，嗯，不是一般的近。”胡蝶把还穿着优衣库情侣装略去后立刻改口。

“你知道吗胡蝶姐姐，这男人啊，蛮作的，怎么跟你解释蛮近的这三个字呢，这么说吧，我爸是他的大救命恩人，我是他的小救命恩人。”万纤直言不讳。

“怎么说，说来听听。”胡蝶注视着万纤，转而把手腕勾进万纤的臂膀里，套近乎后两人挽着手漫步了起来。

“应该是一个月前吧，他为了爱一个叫田心的女孩想不开，一个人只身走进荒无人烟的峡谷，然后从峡谷里摔下一处溪流边上失去了知觉，后来，我爸路过，把他给搭救了。”

“哦，为爱殉情，那么后来呢，后来他又寻……”胡蝶说到这，停下了脚步，转过身子，狐疑的目光投在了万纤的脸上。

“后来呀，这个情节要是我妈还活着，一定在她的笔下胜过《道》剧的感动。”

“哦，说来听听。”

“后来，被我爸救下来之后，他执意要跟我爸一起留在大峡谷中，并且好玩的是，他居然学着我爸的守灵，在我妈坟墓旁筑起了他女朋友田心的坟墓，夜以继日地守候着。”

“哦，这样啊，大学四年，我怎么不知道他有这样的女朋友呀。”

“胡蝶姐姐，你听着，后面可笑又精彩。”万纤看着全神贯注的胡蝶后接着说：

“后来，我为了我妈的周年祭到了峡谷中祭奠我妈，你知道吗？我的洞察力一眼就戳穿他的为爱殉情只是一时冲动，当然，还有一点，这一点你作为他的同学肯定有同感，这货还真是高颜质一个。”

“高颜质？我也喜欢他。”

“对吧。”

“哦，不，大家都喜欢他。”

“后来，我察觉到他的内心后，你知道我干了些什么吗？”

干了些什么？主动献爱以新换旧？

胡蝶的目光瞬间呆滞，脑际略过刚才两人的情侣装后面的试衣间。

“姐姐，你听着，很精彩。”

万纤如说书大咖，立刻拽回了走神的听众。

“后来，在深夜里我把他女朋友田心的坟墓给铲平了，甚至，到了第二天他起床了，我迎着气势汹汹的他理直气壮地告诉他说，她的墓是我铲平的，并且，我还给他好好地上了一堂课，拯救了他的灵魂，这就是我第二次小救他了。”

“哦，还有这么一番经历啊。”

“姐姐，我们走吧，排练时间马上到了。”

胡蝶似乎强迫自己停止“再后来”的追问，低着头跟万纤一起步入艺术综合大厦。

电梯厅，两部写着单号与双号的电梯，门顶上都显示着“1”。

胡蝶和万纤各自按着单双号，那个“1”随着她们俩的进入关门，数字开始连续跳跃了起来。

“好，大家听着，我作为这台戏的编舞和编导，下面我来总结一下前面几个乐章吧。”胡蝶手上握着话筒站在舞台下面对大家说着。

她扫了一眼台上目光全部转向她的演职员后继续说：

“咱们从上午排练已经延续到下午了，总体上，前面几个乐章，大家在舞美的情感表现上都做的比较好，较好地体现了作者的原创初衷，特别从行云爱上轻烟，以致到轻烟在道规森严中挣扎，再到他突破枷锁，返俗与行云一起回归田园，男耕女织，过着幸福的生活，这里为止长长的这几个乐章中，应该说大家已经达到了登峰造极的舞美境界了。对此，我很欣慰。”

说到这，胡蝶停了停，目光朝着王杉和万纤看了一眼后继续说：

“那么，今天这个乐章的配舞，进入了全剧的高潮部分，也就是说，当道长要活活拆散这一对相亲相爱的行云和轻烟时，两个情人之间在这个时刻生离死别的表现，在舞蹈所赋予的情感表现上要特别讲究细节的到位，细部要特别突出，由此，才能推进这台戏主要的呈现，也就是泪痕两个字。”

话音落下，胡蝶的目光落在王杉的身上，两人的眼眸相碰了一下，瞬即相互躲开。

“好吧，我再次强调，今天的舞台就是明天面对观众的舞台了，一模一样，包括DJ，VJ，灯光效果全部都是最后一次的模拟演出了，希望大家尽心好吗？”

舞台上，大家异口同声的回答了“耶”之后，走向台后。

片刻，随着一声“music”女声话音的落下。

音响，激昂的和弦，伴随着渐急渐缓的底音大鼓。

铜板，激光配合之下如同大地崩裂，天旋地转……

……

追光灯投向一对生离死别的男女舞者身上……

“停！”

“两位舞者听着，我再次强调，这时候，轻烟为了保护家园，抛下妻子行云，引向道魔血战到底，此刻生离死别的情感，是生离死别的情感，必须倾注在这一大段连贯的动作之中，臂力的表现，脚位的表现，托举的表现，等等这一系列表现，需要两位舞者倾……”胡蝶话语突然终止，靠向嘴边的话筒随手垂下，留下一副面对眼前的不满意和不称心而无言以对的表情给台上的演职员。

需要两位舞者倾情投入?

他向她倾情?

王杉，王子。

“好吧，辛苦大家了，再来一次吧。”

舞台上，舞者在循序渐进中完成了整个乐章，胡蝶疲惫地坐在第一排观众席的中间座位上，今天首次履行了她在没有任何点评之下让演职员完成了一个乐章的排练。

“胡编导，你看可以了吗?”舞台总监在 DJ 台上通过音响的声音把话音传给胡蝶。

胡蝶站起来伸手看了看腕表后回说：

“好吧，已经超过下班时间了，就这样吧。王杉，请你一会儿到我办公室来一下。”说完，她朝着排列大厅的边门走去。

王杉和万纤相继到更衣室换了装后并排朝门口走去。

万纤朝着走神的王杉看了一眼后，拉了拉他的袖口，凑近他的耳边神秘地说：

“大叔，今天我有一种特别感觉。”

“什么感觉?”

“我感觉胡蝶姐姐很特别，我问你，她是不是……”

“她是不是什么?”

“哎，不说了，这是电梯厅了，你赶快上楼到她办公室去吧。”说完，转身离开王杉，走了两步后万纤又回头跟他说：

“我在门口等你，晚上咱们一起去吃大闸蟹。”说完，闭起左眼举起一只手伸出中指和食指朝王杉做了个大闸蟹大夹子的手势。

王杉吃力地抬了抬嘴角，按了向上的电梯按钮。

幽深的走廊，每个门的门口都吊着一块黑底白字的牌子。

“编导办公室”，走廊诸多办公室中唯一还开着门的一间。

穿着制服的背影，她站在窗台前正朝着窗外大门方向看着什么。

“灰姑娘。”大学时候的绰号或者昵称。

“王子，来啦，进来呀，还站在门口干嘛。”

“啊，你的办公室好气派，好权威呀。”一张兴奋的脸伴随着搜来搜去四处欣赏的目光。

“占着妈妈的光，也算是妈妈特别安慰我的，所以给我安了个美其名。”

王杉听了这一句，脸部表情瞬间从兴奋转为阴霾，尴尬中带着内疚的目光投在胡蝶的脸上。

“对不起，王子，我是无意的。”微弱的声音是从王杉的肩头上传到他的耳膜的。她的身子紧紧地贴向他，两手已经绕过他腰间。

突如其来的拥抱没让王杉反应过来，他两手垂着，似乎心头泛滥的亏欠没被胡蝶四年来的第一次拥抱所冲淡。

“王子，你说我们俩有可能到维也纳音乐圣殿跳双人舞吗?”

“咱们先把《化蝶》跳好吧。”

“你怎么这么没志向没理想呀，人家马云说了，‘理想还是要有的，万一实现了呢’。”

只怕是一辈子也无法偿还的亏欠了。

“王子，都是我的错好吗？我以后再也不提旧事了。”

一盒插好吸管的伊利牛奶递到王杉面前，投在他脸上的目光含情脉脉。

“喝吧，看你累的，是专门为你准备的，你看，我买了一箱呢。”

话语与护理她时一样，只是病房改成办公室。

难不成就是被叫过来喝牛奶的吗？

“来，再喝一盒吧，坐着喝，这是你喜欢看的漫画，《熊大熊二》，边喝边看吧，喝完了再走。”

确定是被叫来喝牛奶的了。

护理她时，喝牛奶看漫画是等待那个每次上万滴输液瓶的水滴完啊，她怎么理解成……

“妈，马上回了，我和王杉在办公室呆一会儿就回了。”

“叫他一起回家吃饭吧，你爸爸可惦记他了，一直说，接你出院时，他对王杉不礼貌，不公平，内心总是对王杉落下亏欠，他还说，爸爸喜欢他，叫他一起回来吧……”

“好了，妈，知道了，挂了。“

幽静的办公室，苹果6的声音似乎没有隐私，王杉听得清楚那个自他入职歌舞剧院以来总是在人前人后称赞他的刘苏晴院长的声音。

“跟我一起回家吃饭可以吗？妈妈刚说了，让咱们俩一起回家吃饭。”

话语分明，贴心到全然宣布王杉同志就是胡家的成员？

“不了，改天吧，代我向叔叔阿姨道个谢吧。”

……

窗外，夜幕悄然拉下。

两部电梯的门框顶上，各自跳跃着不断增加的数字。同时到达

12 层，同时打开两个轿厢的门。

胡蝶进入轿厢的同时，抛给王杉一句话：

“对了，我想把今天这段戏的剧情改一改。”

胡蝶说完，向王杉挥了挥手，她压了 2F，另一个单号轿厢的王杉，压了 1F。

第七章

阴差阳错

By Default

“胡蝶姐姐，事到如今，恕小妹直言，你何不顺水推舟，就此收留他破碎的心呢?”

收留他破碎的心? 履行垫底的爱?

王杉，王杉，倘若我有此心，你有此意吗?

“万纤！”王杉走到还坐在剧院大门外公园椅上低头玩手机的万纤身边叫了一声。

万纤立刻抬头冲着王杉说：

“总算盼到你出来了，大叔，谈什么谈那么久呀，你看，我手机上打了多少字‘大叔’了，你来数一数。”万纤打开手机屏幕，在微信昵称为“万千惊喜”发出的一组又一组的“大叔”矩阵字。

“别矫情了，咱们走吧。”

“不行，大叔，你一定要数一数。”万纤拿着手机挤到王杉面前，执意要让他数。

“你看了，每发一个矩阵，就是我写了一百组‘大叔’，你数呀，1，2，3……36 组，36 组乘 100，算一算多少组‘大叔’了。”

王杉执拗不过，只好顺着万纤的意，看着她手上抓着的手机屏幕，确实写了 n 多个“大叔”。

“一个矩阵 36 组，再乘 100，那就是三千六百组大叔了，大叔，我叫你三千六百遍大叔了吔，七仙女盼个七夕，她只盼了三百六十天，也就是三百六十天的牵挂，我可是多七仙女十倍了呀，不行，你得请我吃饭。”万纤娇声袅袅中给了王杉答案，脸上的表情显出不管别人喜欢还是不喜欢的造萌。

“好了，好了，不是说去吃大闸蟹吗？”

“对，大闸蟹，走，大闸蟹去，我们家旁边的一条小巷子就有好几个大闸蟹铺子。”

两人让的士送到巷口后，万纤拉着王杉的手兴高采烈地朝着巷子内的一家大闸蟹铺子走去。

“小妹来啦，快，里面请。”

门头写着“不二蒸蟹王”，铺子的老板娘似乎对万纤一见如故，一眼瞧见万纤，便热情地招呼了起来，把万纤和王杉让到店里坐定之后，立刻与万纤拉起了话来，说：

“哎呀，这次可是隔一年没到店里来了，爸爸妈妈都好吗？这是你男朋友吧，看小伙子长得多帅气呀，来来来，阿姨马上给你们拿蒸蟹过来。”一口苏州口音飘落在宾客满座的小铺子里。

“她是我爸爸老乡，自我们家搬到这附近住之后，我妈就喜欢上这家店铺了，当然是老乡见老乡，两眼泪汪汪了，另外我妈特别喜欢吃蒸蟹。”

“来了，这是老姨专门为你们俩挑选的，小伙子第一次来，一定要让你们吃的好，而且喜欢。”这个江苏蟹王女人端了一大盆蒸蟹，满脸堆笑地冲着万纤和王杉说着。

“谢谢蟹王姨姨，谢谢了。”

“不用谢，以后带着小伙子常来，好了，不打搅你们小情侣了。”

江苏蟹王女人走了，万纤选了一只大蟹递给王杉后说：

“这几天我一直想问你一个问题。”

“什么问题？”

“你不觉得胡蝶姐姐今天导这场戏很奇怪吗？几次对你说戏总是吞吞吐吐的。我看得出，她对你今天的入戏似乎有看法。”

“什么看法？”

“我哪儿知道呀？”其实万纤心里清楚，只是不一语道破。

“是啊，我想把今天这段剧的剧情改一改，你看可以吗？”蝴蝶的声音在脑际响起。

万纤见王杉筷子夹着一块蟹肉架在嘴边走神，立刻把话锋一转，说：

“胡蝶姐姐是你同学吗？”

王杉继续走神。

“问你呢？”

“问什么？”

“胡蝶姐姐是你同学吗？”

“是啊，同班同学呀，怎么啦。”

“你可以告诉我你和胡蝶姐姐的故事吗？特别是胡蝶姐姐，你，还有山谷里面你的那个墓主人，三人之间的故事。”

“这个……”

“小伙子，好吃吗？小妹妹，你的男朋友可能是第一次吃蒸蟹王吧，你可要教他怎么吃哟，吃不够，喊一声老姨哦。”江苏蟹王女人送餐间站在万纤和王杉桌子旁招呼了两句。

敏感的小精灵，莫非为了江苏蟹王女人说的“你的男朋友……”

“是这样的，我们三个人在大学期间确实有过一段故事……”

……王杉简短叙述。

王杉把故事的结尾结束在一句“这都是命中安排”之后，把话收住了。

万纤啃完了盘子里的许多只蒸蟹，最后她伸手拿过王杉面前他啃下一半的蒸蟹后随口说：“其实，有一种爱叫垫底的爱。”

蝴蝶是垫底的爱?

“闺女，妈妈非常理解你，你爱他，妈妈早就看出来了，你不说妈妈也知道，你知道吗?妈妈这次这么重视这部剧，有几个方面的原因，一是我们院也该出新品了，二是因为你爸的情结，三是因为我们家和你雨楠阿姨孟可叔叔的情结，还有就是你和王杉的情结，当然，不管哪一种情，最关键的还是作品本身的含金量。”

客厅里，胡蝶依偎在她妈妈身边，聆听着她妈妈语重心长的交流。

“你已经长大了，现代的道理，现代的励志书读得不比妈妈少，其实，有一种爱叫垫底的爱。然而，不管是哪一种爱的属性，它都必须用一种正常的心态去面对，那就是随缘，记得有一本书叫《随缘》，书里面有一段话写得很好，是这样写的：人生有所求，求而得之，我之所喜，求而不得，我亦无忧。随缘，是对人生彻悟之后的精神自由，是聚散离合本是缘的达观。这段不长的几句话，它可是揭示了人生的道理啊，妈妈虽走过了这么长长的一段人生路，随缘的道理却一直还在悟啊。”

“来，起来，你再把今天彩排时录下来的这场戏的画面再回放一遍，听妈妈继续跟你说。”

胡蝶走到电视机前面，调整了她每天拿回家给她妈妈审核排练的现场录像光碟，电视屏幕上立刻出现了今天他们彩排的画面。

胡蝶照往常一样，把 DVD 机子的遥控器递给她妈妈，她妈妈面对着电视画面开始点评：

“这时候进入王杉和万纤的双人舞环节，你看，这时候灯光师的灯光创意很到位，采用了黑白两种颜色交替出现，更加深了剧本中行云和轻烟这一对情侣之间传达幽谧的情感，通过灯光，更加彻底地演绎了他们之间此时此刻的情感心迹……”

胡蝶妈妈说到这，突然压了遥控器的暂停键按钮，画面定格一处，她侧过身看了看身边的女儿后说：

“接下去的这个环节很重要，也就是要认真对待的环节了，这一段是泛起观众无数波澜的一个环节，首先，在如泣如诉，缠绵万般的音乐背景之下，当一束白光穿透行云白色绸缎霓裳时，周围慢慢黯淡下来的黑色，使白色显出半透明，同时隐去了轻烟的存在，清透的颜色自然生成，简单色调调和出富有诗化意境的色彩，烘托起生离死别时刻的效果逼人心髓，就在这时，就在行云四处张望寻找轻烟之时，轻烟突然从黑色部分冲向追光灯下白色的行云，刹那间两者的肢体语言，性感骨感的动作，相拥的紧密度和力度，是在演绎人性感情内在的心灵轨迹，这时候，要求王杉和万纤两者之间，其肢体语言表达中要徐徐流动，时而分割，时而相融，时而顾盼，时而流连，可是，可是……”

胡蝶妈妈说到这，叹了一口气，果断地压下了 DVD 的停止键，转过身走到女儿身边挨着她坐了下来，语重心长地说：

“可是，可是这个情节，两位舞者表现的一点都不到位，特别是王杉，你其实已经看出来了，他此时表现的没有力度，肢体语言破碎不堪，情感松弛，唯唯诺诺，为什么呀？你认真看了王杉走神的眼睛了没有，想必你应该看出来了，他因为你走神，所以，你向妈妈提出要求改掉这一段剧情，你在嫉妒王杉和万纤，你借口王杉在表现这一段的不到位，达到你内心的目的，就是妈妈前面跟你提出的垫底的爱，是吗？从这一点上看，王杉的感情很专一，但是，要知道，这是舞台，是艺术。”

胡蝶妈妈说到这，瞟了一眼羞涩的女儿后接着说：

“戏剧是通过演员再现和反映生活的，它通过艺术加工，升华了生活着中真善美的东西，任何一个搞艺术创作的，都不能把自己隐私的情感凌驾于被公众公认的高雅的艺术之上，另外，你作为一个编导，千万不能出现今天这样的结果，你应该掌握用耳朵体味曼妙的音乐，从舞蹈音乐魅惑神经的质感中，寻找听觉的线索，开启心灵的大门，进而用眼睛捕捉，捕捉肢体语言的律动及其灵感，然后再去追寻或撩拨灵魂的影子，最后，你要用心去感悟，悟出其中舞蹈的元素，流贯于打动观众身心的细胞，明白了吗？”

“妈，我知道了。”胡蝶眼眸与她妈妈的眼眸对碰了一下，扑到她妈妈的怀里撒起了娇来。

“你看你多大了，还跟小姑娘一样，好了，更深层的东西妈妈就不多说了，我相信我的女儿会知道的。”胡蝶妈妈轻轻地拍着女儿的背，两颗心相互体察着。

夜的缠绵是性感的，谁在编织这份缠绵的网呢？

满月挂在窗外碧蓝的天空上，不知从哪个方向飘来了一阵歌声……都是你的错，在你的眼中，总是藏着让人又爱又怜的朦胧……

《道》剧终于推向市场，进入公演了，广告铺天盖地。

“大叔，今天第一天汇报演出，你心跳吗?”万纤驻足在歌舞剧院外广场艺术走廊的广告栏前，面对着王杉说着。

“毕业之后，第一次上这么大的舞台面对上千观众，难免内心紧张，但是，我们必须彼此加油。”

“是的，加油大叔。”

万纤与王杉两个人站在剧院专设的介绍《道》剧的宣传广告栏前面，互相拍手鼓舞着。

广告栏上，醒目的一行大字：芭蕾舞剧《道谷泪痕》，左上角是剧情介绍，其他部分是主要演员介绍和剧照，胡蝶，王杉，万纤榜上有名。

“来，大叔，靠近我，咱们一起自拍……”

左一张，右一张，看来，万纤今天是要加入到朋友圈刷屏的行列中去了。

“对了，今天汇报演出完，我要给你买一部手机去了，也算感谢你帮助我妈妈实现了她的遗愿，当然，也感谢你陪伴我……”

说到这，万纤突然把后面要说的话收住了，她看了王杉一眼，低下头向剧院大门走去，不禁一阵失落感涌上心头。

大叔，王杉，你注定是要离开了?

王杉听惯了万纤每天话多的如同百灵鸟，没在意她刚才收住了后面的话，只是看到她情绪的瞬间突变有点奇怪，他向前紧迈了两大步，并排在万纤身边后说：

“怎么啦?”

万纤站住，抬起头，伸手向后拢了拢披肩发后对王杉说：

“没什么。”两行泪已挂在了她的脸颊上。

“你怎么哭啦?”

万纤注视着王杉的脸，强拉起的笑容中眼眶里不住地涌出泪水。

“怎么啦，突然……”

突然，万纤扑到王杉的怀里，哭出了声音。

“大叔，做我的哥哥好吗，亲哥哥，永远不离不弃的亲哥哥，我一定是你的好妹妹，不要离开家好吗?爸爸妈妈都不回来了，家里只有我一个人，我好害怕，好孤单，哥哥，不要离开我好吗?”

万纤突如其来地对王杉说这番话，让他丈二和尚摸不着头。

“万纤。”他轻轻地抱着万纤，只好任她情感肆意泛滥。

“哥哥，今天是我生日，今天我和胡蝶姐姐约好了，下午汇报演出结束了，一起到我们家给我过生日，说不定爸爸也会回来呢，爸爸每年都给我过生日的。”

王杉伸出手指，刮了刮万纤脸上的泪水后应允：

“嗯嗯。”内心不禁为万纤刚才说出的话酸楚了起来。

是啊，演出结束，妈妈的遗愿实现了，还住在家里吗?但凡女孩心细啊。

“走吧，化妆师们要来了，我们该去化妆了。”万纤松开王杉，给自己突如其来的情绪下了个台阶。

两人相对抬了抬嘴角，朝着歌舞剧院的大门走去。

今天是胡蝶最空闲的日子了，全身心付出的编导，就为了今天的一台戏，她自信肯定收获满满。

她走在开满鲜花的剧院艺术长廊上，内心装着喜悦，脸上如同这夏日里的鲜花，热情奔放，她今天是作为一位观摩嘉宾，一位观众将坐在观众席上了。

胡蝶径直走到了剧院的观众席上，第一排靠边席位的前面一排桌子上，放着许多三角形的嘉宾名字，一个上面醒目地写着“编导胡蝶”，这是她与生俱来的第一次殊荣。

观众席，两层上千座位簇拥着她。

舞台的幕布垂在舞台的前沿，胡蝶两眼注视着眼前单色的幕布，眼底一片单色。

他就在墨绿里面。

众里寻他千百度，他却在灯火阑珊处？

如果不是他无意中把她摔在地上；

如果不是他尽心尽力地陪护着她；

如果不是因为万纤母亲的遗愿；

如果这台戏不是由她执导的；

如果……

如果？

她闭上了眼睛。

在一片观众的掌声中，他从舞台上跳下来，紧紧地抱住她……

“胡副市长，苏院长，请。”许多人簇拥着胡蝶的爸爸和妈妈入场。

哦，爸妈都来了，今天怎么惊动爸爸大驾了？

“大家好，大家辛苦了，今天周末，家乡人的情结，一股浓浓的乡情，让我来观看这场演出。”胡蝶爸爸落座前跟邻座的文化、文联的朋友们打着招呼，胡蝶在回神中站立了起来，远远地互和着，默默地含笑相迎。

一阵铃声响过，主场鸦雀无声。

帷幕徐徐拉开，舒缓流畅，流水般的音乐响起，LED 大屏幕营造了广西道谷美丽的山水，舞台的左右两边，通过灯光分隔成自然的两边，在共享的美丽山水之中，轻烟在山谷的深深溪流边舞着剑，行云在瀑布边上的大石块上坐着绣花……

胡蝶同身后的千人观众一样，内心已被这种开场的气氛所感染，此刻心情澄静得像深山里没有人能摸到的泉水一样，仿佛在聆听一种来自天外的声音，在享受天人才能享受的美景，她似乎已与出窍的灵魂交流着，对话着，一切从那个已故的姨姨创作开始，到她顺着那个姨姨和叔叔的灵魂步伐跟上了她编导形体画面的再现，她在无限的满足中，当然还因为舞台上的那个让她身心紊乱的王子和让她嫉妒的万纤表现的如此出色，还有如梦如幻的万孟可创作的舞台背景素材……

一个刚劲矫健，一个飞燕轻灵，随着流水般的音乐节奏，旋转、跳跃、穿插，午夜的流云在月光下飘荡，如是一股流动着的绝妙天音，如是潺潺清泉流泻于青石间，如是激情的山风穿越万山丛林，如是梦幽灵在出没，在寻觅一个清透灵魂的疆域……

舞台上的两个人，舞台下的一个人，一人在两人之间算是第三者吗？

在王杉和田心之间，那个该死的十几天，也是两人对一个人，一人在两人之间今天已验证是第三者。

……

帷幕落下，当帷幕重新拉启时，舞台的灯光通亮了起来，身后左右雷鸣般的掌声疯狂地爆发起来。

演出结束了，台上的演职员已经整齐地站立两排，向观众致谢。

台上，站在前排和万纤紧挨在一起的王杉目光如同一束追光灯，首先射向台下的胡蝶坐着的位置，而后顺着她快步地走上舞台，进而向他的前排靠近。

王杉向右挤了挤，与万纤形成了一个人站立的间隙，万纤见此，不由自主地向他靠了过来，把一个人的间隙留在自己的身边，之后，她抬眸看了一眼王杉，仿佛被什么激灵了一下，即刻挪了挪脚，把一个人站的间隙留在了她与他之间。

胡蝶在王杉满脸堆笑中和她心知肚明中填进了那个一个人的空隙。

胡蝶转身的时刻，她爸爸的双手握住了万纤的手，她妈妈紧随其后介绍：

“这就是雨楠和孟可的女儿，小姑娘很出色的，她叫万纤。”

“万纤小姑娘，好啊，辛苦你了，总算实现了妈妈的遗愿了，也为广西人民送上了一份厚厚的大礼啊，谢谢你，也谢谢你爸爸妈妈啊。”胡蝶爸爸的手紧紧握着万纤的手。

“应该的，应该的，谢谢胡叔叔，谢谢刘阿姨，也谢谢胡蝶姐姐。”万纤落落大方的甜美笑脸向着他们扫视着。

“小妹妹呀，你忘了还要感谢一个人啊，他可是一个伯乐呀。”说话间，胡蝶爸爸的另一只手拉过了王杉的手。

胡蝶爸爸提了提嗓子朝前后的演职员大声地说：

“同志们，我让大家认识一位伯乐，就是咱们今天这台舞剧能够上演的伯乐，他就是王杉。”

王杉立刻转身向周围挥手致意，飞吻。

“谢谢你，小伙子，真该感谢你。”

够了，王子，爸爸的诚意难道你还不心领吗？爸爸在医院对不住你的话语今天可以两清了吧。

“王子，别忘了，每天都要给我来电话。”胡蝶坐在让她爸爸推着的轮椅上，转过头向站在走廊中间的王杉说着，一副依依不舍的目光冲着他。

胡蝶爸爸在被胡蝶拽住一边轮椅轮子的情况下，让轮椅向一侧转了个角度，冷不防侧过身子后，目光狠狠地瞪着王杉。

“爸爸，他可是一直陪护在女儿身边啊，你难道一个谢谢都不给吗？”胡蝶两只手紧紧拽住轮椅的左右转，抬头看着身后爸爸的脸，执意让她爸爸向王杉道了个谢，哪怕给一个笑脸。

胡蝶心里很清楚，从爸爸来病房接她出院的那一刻起，爸爸就没好脸地对待一直在病房中帮忙的王杉。

胡蝶爸爸听了她这么一说，立刻转过脸瞪了一眼王杉后，几乎就是对胡蝶下命令：

“把手松开，谢什么谢。”

好在后面跟上来的随从见此立刻接过胡蝶爸爸握着轮椅的手，才让彼此之间的尴尬有所解除。

“胡蝶，来，胡蝶，来呀，想什么呢？快帮爸爸拍一张照片。”胡蝶爸爸把手机递到胡蝶面前，拽回了她的走神。

胡蝶爸爸已经拉过王杉和万纤，还有胡蝶妈妈，让王杉和万纤俩一左一右地站在他们俩的身边，冲着胡蝶在静止的茄子中，等待她按下快门。

取景框中，手机屏幕的画面一下汇聚成四人一体，胡蝶的食指似乎失去指关节。

爸爸，妈妈，你们这是干什么呀？证婚人吗？

“来，打开给爸爸看一看照得怎么样，这张照片可重要了，我下次见到孟可摄影师好给他看啦。”

父命如山，照片是听快门的。

“嗯，不错，来，万纤，你也帮伯伯拍一张。”胡蝶爸爸把手机递到万纤手上。

“来，胡蝶，我们这一家子，快去把王杉拉过来呀。”

王杉被胡蝶拉进四人组合后，万纤在举起手机时瞟了一眼面前的四人组合，脑际瞬间略过爷爷奶奶家的厅堂墙上挂着的一张爷爷奶奶爸爸妈妈的四人合影，叫全家福，只是那张照片是黑白的，而现在取景框中是彩色的。

快门按下之后，万纤凑近胡蝶爸爸，把已经点开的拍照结果呈现在他面前后说：

“叔叔，您看这张拍的可以吗，如果不满意我再拍一张。”

“谢谢了，也谢谢各位同志们了，来，我们一起合个影吧。”胡蝶爸爸热情地跟周围一直端着冲他微笑的演职员们招呼着，以此弥补刚才跟王杉万纤胡蝶三个人互动时怠慢了一直没有离去的演职员们。

摄影师的快门按下之后，演职员们目送着胡蝶爸爸和妈妈这两位领导离开，胡蝶爸爸走了两步后侧过身子小声地对胡蝶说：

“晚上带王杉回家吃饭吧，爸爸跟你们喝两杯祝贺你们的演出成功好吗?”

“不了爸爸，改天吧，今天是万纤的生日，晚上我们一起在万纤家聚会呢。”

离开会演剧场之后，王杉照例被胡蝶叫去办公室，万纤作为今晚的寿星，就不在门口等王杉了，她要早早回家准备今晚的晚宴。

让万纤欣喜的是，原来她爸为了她一年一度的庆生，和往年一样，没有落下这一天的父女之情。

万孟可在C市歌舞剧院大门外等到了万纤。

“纤姑……”

熟悉的声音来自万纤的耳后，她立刻回头。

“爸爸，你回来了，我知道你今天肯定会回来的。”万纤紧紧地抱住她爸爸，声音中颓然已经出现了一个不和谐的音符。

“好闺女，爸爸祝贺你又长大了一岁，今天爸爸特别应该祝贺你们演出成功，你们如此快捷的行动，真让爸爸没有想到啊，爸爸今天观看了你们的演出了。”

“爸爸，你怎么知道今天我们汇演？本想今天汇演完，我就跟王杉一起到山谷里把你叫回来观看的，没想到……爸爸，你坐在哪儿，怎么不跟女儿打个招呼呀。”

“爸爸本想到歌舞剧院找你，然后叫上王杉，照例给你庆生，这不，门口的广告正好告诉了我，我就进去了，恭喜你们啊，这下妈妈的遗愿实现了，她一定会含笑九泉了。”

“爸爸，咱们回家吧。”

父女两人拉着手上了的士，两人高兴不已，又说又笑。的士在海泊蓝轩他们家门口的商业综合体停了下来。

万孟可见到“旅人稍息主题餐厅”后驻足，转过身对女儿说：

“叫上王杉了吗？去年咱们在这家餐厅爸爸为你庆祝生日，今年咱们还在这一家餐厅好吗？”

自万纤妈妈走后，去年她爸爸就选定在这一家有着许多漂泊人情调元素的餐厅为女儿庆祝生日，万纤知道，爸爸是想借此告诉她，人生路漫漫，且行且珍惜。

“叫了，我还叫了胡蝶姐姐，爸爸，我是给他们约定今晚是在咱们家里举办生日晚宴的，我还买了菜呢，咱们就一起回家吧，现在妈妈的心愿也实现了，爸爸，你就跟我们一起回家吧，求你了爸爸。”

“哦，这样啊，那太好了，那么，爸爸就把欢乐留给你们年轻人吧，爸爸这张老脸就暂时收起来吧，对了，忘问了，王杉都好吗？他……”

“爸爸，还是回家吧，王杉哥哥自从回城那天起，我看到他无家可归，就收留他在家里住了，爸爸，你回家吧，我们都在一起，妈妈会理解的。”

万孟可听到女儿这么一说，不禁内心略过一抹欣慰，在女儿乞怜的脸上轻轻吻了吻，说：

“好闺女，乳燕总是要高飞的，爸爸妈妈都爱着你们，现在你们为爸爸开了前面的路，爸爸还有好多事要做了，这样吧，你把时间留给爸爸，爸爸今晚就乘火车去找你那个搞旅游地产的叔叔，有了你们这台舞剧，就相当于一个奥运会的宣传片了，我去说服你叔叔投资道谷及其周边的旅游开发项目，好吗?”

“爸爸……”万纤面对爸爸的理由一脸无奈，只好把矫情留给她爸爸。

“来，这是王杉落在山谷里的手机和这两件T恤，你就交给他吧，爸爸就先到车站去赶时间了。”万孟可从包里拿出王杉的手机和两件T恤交到女儿手上之后，转身边走边向女儿挥手道别。

万纤的泪脸留给了她从小到大就认可的爸爸文艺范儿和总是匆匆来去的身影。

“大叔，就别买蛋糕了，我爸爸回来了，可是又走了，我说服不了他留下来跟我们在一起，这样吧，他告诉我说要到火车站乘车去，他是临时决定的，票没有买，要不你赶到火车站吧，想办法说服他回家好吗?”

“啊，这样啊，好的，我马上去。”

“好的，我和胡蝶姐姐在家等你们回来。”

王杉收起手机，心系万孟可。

万纤收起手机，站在马路旁边，微微抬头毫无目的地看着前方，内心盘算着未来的日子如何能够让她的爸爸回家。

“怎么，你爸爸回来了，怎么又走了?”胡蝶在万纤跟王杉打电话的时候就站在了她的身后了。

“胡蝶姐姐来啦，是啊，我爸爸回来了，可是又走了。”万纤哭丧着一张脸，苦苦地面对着胡蝶。

“他刚回家为什么要立刻走呢?”

“哎，还不是为了我妈，妈妈走了之后，爸爸就再不踏进家门了，他说，朝夕相处的家，妈妈因他而走了，他回到家里，没了妈妈，他内心……”万纤说着，不禁眼眶涌出了泪水。

胡蝶见状，立刻安慰说：

“就随你爸爸吧，王杉都跟我说过了。”

“嗯，咱们回家吧胡蝶姐姐。”

两人手挽着手朝万纤的家走去。

“万纤，我很好奇，你怎么叫王杉大叔呀？他的年龄……”

“哈哈，胡蝶姐姐你有所不知，是这样的，也就是我认识你的前几天吧，我为了我妈的周年祭，我到了山谷，你知道吗？我第一眼见到他时是什么模样吗?”

“什么模样?”

“怎么形容呢……对，鲁迅笔下的阿 Q，对，就是阿 Q 那种外貌。”万纤喜形于色，停了停继续说：

“又长又乱的头发，没有打理过的长胡子，蓬头垢面，穿着一身很不合身的灰色汉装，后来我爸告诉我，他没有换洗衣服，是穿我爸穿过的，脸上没有一点精气神，他站在我爸身边，与我爸相比，其老龄化有过之而无不及，所以，我就叫他大叔了，叫着叫着，就叫习惯了。”

两人说说笑笑中走进了万纤家的客厅。

“哇，万纤，你的家好大好艺术呀，这是你妈妈吧。”胡蝶站在朝她迎面相视的万纤妈妈的艺术照面前。

“是啊，这就是我妈生前的样子。”

“姨姨好。”胡蝶朝万纤妈妈鞠了个躬后继续欣赏。

“不愧为艺术家和文学家组成的家庭。”

“哇，这么大的一个阳台花园呀。”

“喂，还有水池，哇，红鲤鱼。”

“哇，秋千，我喜欢。”

“这，这不是……”

胡蝶坐在秋千上，花园一角专供于晒衣服的错层平台上面晒的衣服吸引住了她的眼球，她立刻从秋千上下来，朝着错层平台走了过去，两手扶在错层平台外的栏杆上出神地看着。

这不是王杉平时穿的衣服吗？最角落的那件优衣库？这不是每次递给他牛奶时，睁大眼睛朝我看的阿童木？混合在晾衣架上面的女人内衣裤？

聚精会神。聚精凝神。

他们俩？他们俩同居了？成家？

是吗？王杉？万纤？

第一天排练，他们俩是穿着优衣库情侣装走在前面的，并排，肩并肩，手拉……

就差没有手拉手。

那一对试衣间网红的面孔，试衣间他与她的面孔。

办公室窗外的大门口，她等他喝完牛奶，不管怎么拖他时间，她还是等在那。

“胡蝶姐姐，看什么呢？”

没有反应。

“胡蝶姐姐，这是我刚刚到厨房现磨现煮的咖啡，来，尝尝我的手艺。”万纤手上捧着一杯咖啡站在胡蝶的侧向，似乎她没有听见她在说什么。

“姐姐，怎么看起晒衣架上的衣服了。”万纤用肩膀碰了一下全神贯注的胡蝶。

“哦，嗯，什么?”胡蝶紧急回神。

“姐姐，这是我现煮的咖啡，你尝尝，走吧，咱们坐在秋千上吧，干嘛对……”

对衣服发神?对王杉的衣服发神?

白色的葡萄架下面，一张原木桌子的两边，万纤和胡蝶分别坐在藤制的秋千椅子上，面对面，秋千随着各自的入座摇晃了起来。

“姐姐知道王杉住在我家里吗?他跟你说过了吗?”

“哦，他一定喜欢你家的环境，幽静，情趣，浪漫，优雅，相信谁都喜欢。”

“我不是跟你说过吗?我扒掉他女朋友田心的墓，又给他上了一堂课之后，他内心受到很大震撼，为了感恩，他毅然决定随我进城帮助我妈妈实现遗愿，那天晚上到达城里，已是午夜 12 点多了，天下着毛毛细雨，我看到他下了大巴无家可归的样子顿起怜悯之心，当即就收留了他，也正好，我这偌大的房子，住着我一个人也孤单，后来我与他以楼梯为界，一人一层，互不侵犯，就这样，我们住到了现在。哎，现在他和你一家人帮助我妈实现了遗愿，只怕他不日要离开我这了。”

胡蝶听万纤这么一说，顿觉心花怒放了起来，立刻附和说：

“他住在这，有你如此精心照顾，已经很好了。”话语之中不禁透出反客为主——是她让王杉寄居在万纤家的。

“胡蝶姐姐，你是王杉的同学，你说王杉这人在感情问题上是不是很专一的啊。”

“王杉在感情问题上很专一？怎么说?”

“姐姐等等。”万纤说完转身到王杉卧室去拿她爸爸带回给王杉的两件T恤。

“姐姐你看。”

胡蝶接过T恤，看着T恤上王杉写的字，不禁内心略过一阵亏欠之感。

王杉啊王杉，当时你为什么只字不说呢，真难为你了，两份爱捧在你的手上叫你如何平衡啊，一份是情分之爱，一份是赎过之爱，难道你不知道两者可以表白吗?

胡蝶的脚从秋千上伸到地上，让秋千停止了摇动，王杉在她住院期间的心事重重又不肯说出口的情景浮现在她的眼前。

“胡蝶姐姐，想什么呢?”

“嗯，哦，没有……”

“胡蝶姐姐，你说，从王杉的一系列表象可以看出，他是那样地对田心倾心，但是，我真的很好奇，王杉如此的爱田心，那么田心为什么要背他而去呢?”

田心背他而去?

“你问我?”

“我只是好奇，你是他同班同学，我只是在聊起他时，随便问问。”

“那时，应该因为我吧。”

“因为你?”

“毕业汇演时，我和王杉合作双人舞《化蝶》时，结果他在托举旋转时，失手把我从空中摔倒了舞台上，我骨折了，因为当时我爸妈都出国考察去了，身边没有人陪伴，他的亏欠之心让他欲罢不能，坚持陪护我十几天一直到我爸妈回来把我接走为止，现在看来，他是因为我丢了他的女朋友田心。”

“哦，这样啊，难怪他在山谷为他的爱筑起一堆坟墓以寄托他无可泯灭的爱啊。情圣，一定是个情圣。”

胡蝶轻轻地搅动着手上的咖啡，对接着王杉故事的前前后后。

“胡蝶姐姐，事到如今，恕小妹直言，你何不顺水推舟，就此收留他破碎的心呢?”

收留他破碎的心?履行垫底的爱?

王杉，王杉，倘若我有此心，你有此意吗?

“好了姐姐，我们下厨房吧，应该时间差不多了，王杉该回来了，希望王杉能说服我爸让他一起回来。我炒两碗菜，你也炒两碗，今晚我们把几件高兴事一同庆贺庆贺吧。”

正当胡蝶和王杉两人从阳台走进客厅的同时，王杉钥匙扭动的开门声让她们俩的目光一起投到门上。

“大叔，我爸他……”万纤看到王杉一个人站在门口，失望的眼眸投在他的脸上。

“他执意不回来，他说他到F市找到林叔叔谈完项目要马上回到山谷跟雨楠姨姨报喜，哎，纵然千言万语也说服不了他现在的执念。”王杉两手拎着生日蛋糕和好些食品，一副沮丧的脸面对着万纤和胡蝶。

胡蝶走过去，接过王杉手上的东西后说：

“叔叔的意愿由他做主吧，来日方长，只要我们做小辈的，孝心不改就好了。”

“你们也不必太揪心了，一年多了，我已经习惯了，其实，从他和我妈身上能看到‘在天愿作比翼鸟，在地愿为连理枝’的真实再现，倒也是一番幸福的分享，更是对两情相悦，相悦些什么的感悟啊。”

“万纤说的对，改天，你们要是再进山谷看望叔叔和祭奠阿姨可一定要叫上我呀。”胡蝶说着，把一杯水递给王杉。

“好吧，我和胡蝶姐姐下厨炒两碗菜，一会儿我们仨一起喝两杯吧。噢，对了王杉，我爸已经把你的手机从山谷里带回来了，刚才我已经放在你卧室充电了，现在你就不愁手机上的同学朋友失联了。”

万纤说完，拉着胡蝶的手下厨去了。

一会儿时间，已是满屋飘香。

“哇，胡蝶姐姐，没想到你有如此身手，连宫保鸡丁都会做呀。”

一盘飘香的宫保鸡丁呈现在灶台上，万纤情不自禁地抓起汤勺要尝鲜。

“你以为我是一个娇生惯养的千金小姐啊，我爸爸对我的要求可严格了，他们常跟我说，做女儿，不会下厨，将来如何相夫教子，所以我从小学四年级开始，就跟着妈妈学做饭做菜了，来，你先把这一盘拿出去，再帮我洗两棵洋葱，我再做一盘展翅高飞。”

“展翅高飞？”

"没吃过吧，别说没吃过，我估计呀，你这艺术家的千金，连听都没听过，大凡，天下的艺术家都为了艺术废寝忘食，所以……"

"对了，叫王杉来帮忙。"

"王杉，王杉，快过来，把这盘宫保鸡丁传到饭厅。"

没有应答。

"王杉，在哪儿呢，快来帮忙呀，你不能这样啊，今天是本姑娘寿辰，你怎么可以如此没有孝心呢。"万纤手上端着盘子，声音提高八度。

还是没有应答。

万纤把宫保鸡丁放到餐桌上之后，转身去找王杉。

"怎么啦王杉，发生什么啦?"

万纤见王杉手上握着从山谷里带回来的手机，泪流满面，条件反射中，她立刻想起了他的父母。

"胡蝶姐姐，你快来。"万纤情急之中，把头伸出门外，朝着厨房里的胡蝶喊了起来，声调突显紧张。

胡蝶应声来到了王杉卧室，见王杉坐在床沿上，只顾流泪，一言不发。

胡蝶潜意识中知道，这个变故来自手机，她上前一把夺过王杉手上的手机，眼眸在万分紧张中投在手机屏幕上，万纤见此，立刻挨近胡蝶，目不转睛地注视着手机屏幕。

微信，清秀女孩的自拍头像，很萌，很秀丽，头像旁边，白色方框中的文字：

"王杉：我是寒姿，田心的好朋友，闺蜜，我利用田心的手机及微信告诉你如下消息。”

“昨天，你离开田心后……她发生了精神分裂……”

晴天霹雳，他的女朋友田心精神分裂，为了他？

胡蝶垂下头把手机递给万纤后丧气地向客厅走去，颓然地侧身坐在沙发上，一只手支在沙发的扶手上撑着仿佛要崩塌下去的身体，披肩发散落在脸颊上遮住了她的大半张脸。

万纤站在王杉卧室的门洞口上，看着胡蝶刹那间的情感变化，她猜想得到，胡蝶此时此刻内心的隐痛。这么长长的一段时间，她何尝不知胡蝶对王杉感情的付出呢，相信任何一个女孩都会有相同的敏感性的。不是吗？胡蝶对于王杉感情的投入，王杉对于胡蝶感情的回报，对胡蝶来说，她好像一只蝴蝶刚停在叶片上，正要展开它的虹一般的翅膀向前飞的时候，但她的内心却被这近乎可怕的绝望刺痛了。

这一切万纤太清楚不过了，从前面胡蝶两眼盯着晒衣架上王杉的衣服和万纤的衣服那出神的目光，足以判断王杉在她心中的分量了。

万纤走进王杉的卧室，一把扯过王杉，示意他看客厅的胡蝶。

王杉朝胡蝶走了过去，在她的面前站了下来，看着她的样子，说不出一句话来。

胡蝶，我还能说什么呢？

在灵魂离散的日子里，是热情，是温暖，是抚慰，这些的这些，掀起的重重爱的新浪日复一日地淹没着那份旧爱的缠绵，不是吗？

怎么不知道呢，是那份垫底的爱拯救了沉没在深海里的恋，不是吗？

但是，但是，胡蝶……

王杉走过去，侧坐在胡蝶的身后，正要伸手抚住她双肩的时候，突然她站立了起来，夺门而去。

“胡蝶姐姐，胡蝶……”万纤的声音在狭窄的高楼消防楼梯构成的建筑回音中回荡着……

第八章

阳错阴差

By Default

“田心，田心，快来救我……”王杉斜着眼看到田心在大门口出现，立刻叫喊了起来。

还能救吗？

“狗屎，人赃俱获，臭不要脸，还救，呸，滚一边去！六根不净的家伙！”田心怒火中烧，扬长而去。

“别追了，别追了，喘不过气了……”万纤猫着腰两只手撑在楼梯的墙上，一口接一口喘着粗气。

王杉随后跟了上来，见万纤猫着腰的身子在狭窄的楼梯中几乎拦断了他的去路，便一屁股坐在台阶上，两只手掌抱着垂下去的头。

“别追了，追到了又怎样呢？让胡蝶姐姐自己去想吧。”

王杉无动于衷。

万纤见此，伸手拉过王杉的手欲要拉他起来，说：

“别想了，有什么好想的，面对于此，你要得鱼还是要得熊掌？只有二选一，鱼和熊掌不可兼得不是吗？走吧，跟我上楼去。”

万纤拉起王杉，拐进电梯口，按下上行的电梯按钮。

王杉尾随万纤身后走到客厅，一屁股坐在沙发上，头一仰，眼睛一闭，表现出一副惶惶不可终日神态。

万纤不以为然地瞟了一眼熊样的王杉后一边开始往桌面上摆放生日蛋糕和刚才胡蝶炒的宫保鸡丁以及王杉买回来的冷盘，一边像是自言自语又像是对王杉说：

“趁着天高云淡，还是回归自然与人性吧。”

相连的客厅与饭厅，没有共鸣声。

“自古道：鱼和熊掌不可兼得。”

莫大的空间，还是没有共鸣声。万纤瞟了王杉一眼，冷笑了一声后说：

“一个是阆苑仙葩，一个是美玉无瑕，一个是镜中花，一个是水中月，若说没奇缘，今生偏又遇着她，若说有奇缘，如何心事总虚化。抉择，痛苦的抉择，哎，苦海无边，回头是岸啊。”

沙发那头的王杉还是没有任何反应，眼见这冷嘲热讽还是不能激起王杉的共鸣，她狠狠地朝着王杉看了一眼后，即刻从口袋里抽出手机，点开了 QQ 音乐，一曲《这就是命》，黄渤的声音充满了整个空间。

这就是命吗？只能归咎于命了。

田心啊田心，怎么绕了一大圈又绕回来了，而且轴心却永远是胡蝶呢？

王杉终于动了，他直起腰，侧过脸看了一眼万纤。

“今天可是我生日吔，过来吧。”万纤见王杉终于在《这就是命》中觉醒，立刻向他招呼了起来。

王杉见此，从沙发上吃力地撑直身子，垂头丧气地走到饭厅的餐桌前，拉开凳子坐了下去，随着屁股的落座同步勾下了脑袋。

“当阳光遇上风霜，当空气遇上雾霾，今夜终将彻夜难眠，何不趁妹妹生日，理清一条思路，在辗转反侧不眠之夜到来之前，树立起一个明知山有虎偏向虎山行的豪言壮志，还你一个英雄豪迈。”

王杉似乎豪迈不起来，继续垂头丧气中。

酒？不行，今夜断然不能让他借酒消愁。

万纤注目王杉的丧气弥漫在空气之中，冥思着首先必须让他走出困惑，停止蒸发丧气。她深知王杉是一个需要开导的人，骨子里存着一股东方不败，不败的特征是让自己英勇地走进死胡同出不来。

对，先来一个逗逼吧，不是生日吗？本应该欢乐开怀不是吗？

万纤坐着冥思了一会儿，立刻起身从她的闺房中拿来了一盒图钉，又从厨房拿来黄瓜、土豆、西红柿，一一摆在餐桌她和王杉的对面上，然后在上面钉上图钉。瞬间图钉球形表面的金属络面如同一面面小镜子，冲着他们俩全部反射出他们的正面场景，万纤见此，喜形于色。

万纤开始点亮生日蜡烛，闪动的烛光，照在王杉憔悴而沮丧的脸上，他的目光似曾闪动了一下，只一瞬他又垂下了眼，那双周围带着黑圈的眼睛的疲倦，在微蹙眉心中，仿佛告诉今晚的寿星，眼前的某人如何扛得住这突如其来的桃花劫呢？

该到唱生日歌和许愿的时刻了。

万纤拿起手机，点开了 QQ 音乐，一曲《祝你生日快乐》欢快的节奏响了起来。

不知是不是这支唱遍全世界的生日歌对王杉起了作用，还是情何以堪，他抬眸看了一眼万纤，慢慢地抬起了一直垂在膝盖上的那双手，跟着音响的节奏轻轻的拍了起来，只是那双眼睛，失去了往日神采飞扬的那种热情，如今是空洞中略带些许冰冷，并且冰冷中充满了忧郁、不安和沉思。

许愿，切蛋糕，万纤循序而做，竭尽自作多情，她切了一块蛋糕递到王杉手上后说：

“吃吧，我又长大一岁了，但是，纵然我如何长大，却改变不了还是做你的妹妹，对吧，王杉哥哥，也就是说，妹妹长大了，哥哥也在长大，不是吗？既已长大，何以任性？”

“那么，万纤，你能告诉我，我现在该怎么办，怎么抉择？”

“哈哈，你总算打开心扉了。”

万纤看了一眼王杉后接着说：

“还是那句话，趁着天高云淡，回归自然与人性。”

“怎么说？”王杉打起了精神，两眼注视着万纤。

“我问你，田心为你而疯癫了这个消息可是真实的吧？那么，此时此刻作为你能够袖手旁观吗？因此，你必须回归人性。你和田心的爱情因胡蝶的出现而千回路转，她在不知情的状态下作为补偿你失去的爱已然是自然属性，因此，你必须回归自然。”

“那么，我应该跟胡蝶怎么说？”

“因为你跟胡蝶当属自然属性，所以，不存在跟胡蝶怎么说的问题。”

“这样？”王杉心有疑虑。

“当然，这个问题就留给我这个作为你的妹妹去处理了。”

“那么，我现在……”

“马上跟田心的闺蜜取得联系，你必须马上赶到田心的身边。”

……

爱情的往事有时如同烙在灵魂里的一桩桩情债，纵然时过境迁，却不得不还。

“我们来早了，到咖啡屋坐一会吧，离登机时间还早呢。”万纤陪王杉换了登机牌后对王杉说着，两人步入了机场大厅的咖啡屋。

“其实，人的一生真离不开缘分这两字。”万纤带着审视的目光看着坐在她侧面的王杉。

“怎么说？”

“你看啊，前两天你收到田心闺蜜的信息说田心精神分裂，疯了，我真为你捏了一把汗，她为你而精神分裂，你现如今知道了，一种良心和一种责任，你还不得不为她付出一辈子。”

“先生，小姐，你们的咖啡请慢用。”服务生端来了两杯咖啡放在了万纤和王杉面前。

王杉把面前的咖啡移近后，用勺子轻轻地搅动了起来，他的眼睛落在机场大厅进门的方向上，似乎对于万纤的评论无言以对。

“哎，其实，老天是最公平的。”

万纤的目光随着王杉的视线也朝着入口处看了过去，看着慢慢增多的入口处的人，自言自语地感慨了起来。

“你说，众生芸芸，人来人往，你和田心绕了这么一个大弯，却又走在一起了，纵然中间还有那么多你触手即得的过往。”

虽然不一语道破，王杉知道万纤所说的过往就是指胡蝶和她，他的目光从大厅入口处收回来看了一眼侧面的万纤后，迅速又转回到了入口处。

万纤是明白人，王杉的目光早就告诉她，王杉在祈望着胡蝶的出现。她抬眸看了看王杉后说：

“昨天我跟胡蝶姐姐说了，我告诉她你航班的时间，估计她是不会来的。”说话间，万纤抬腕看了一眼腕表后目光注视着王杉。

她搅了搅面前的咖啡，提起来喝了一口后继续说：

“一切就留着回味吧，如同咖啡，乍喝一口苦涩，可是回味无穷。大叔你，不，哥哥你就不必牵挂了，胡蝶姐姐深陷情网不能自拔，但她与田心不同，相信只要给她时间，她就会从情网中走出来。只是你千万不要三心二意，心归一处，好好地爱着如此爱你的田心吧。”

王杉的目光还是没有从入口处移开。

“哎，听见没有呀，王杉哥哥。好了，广播通知了，你要登机了。”

广播的声音：各位旅客，8326 次飞往桂林的航班就要起飞了，请还没登机的旅客尽快登机……

王杉似乎无奈地从座位上站了起来，一前一后朝着机场的安检入口走去。

“哥哥，多保重了，早日把嫂子带回来吧。”王杉转身拥抱了万纤之后，目光越过她注视着她的身后，倒退着进了安检门，接受安检之后，他的目光还不愿意从安检门外收回来。

“走吧，胡蝶姐姐你就不必牵挂了，交给我照顾吧，相信……”万纤见王杉依依不舍，听着广播里不断催促的广播，挥着手向他喊了过去。

“王子。”万纤身后胡蝶哭腔的声音夹杂在她的喊声和广播中，万纤见此立刻转身一看，原来泪流满面的胡蝶就站着她的身后。

“胡蝶姐姐，你不是说不来吗？”

胡蝶扑向万纤，泣不成声。

王杉见此，欲要冲出安检门，却被安保人员拦了下来。

“先生，就差你一个人了，希望你不要误了航班……”

胡蝶，胡蝶，终归是难逃这主体的，多元的，不知是谁操控的爱情布局了，现如今，这破碎一地的心灵何处才是安放之地呢？

呼啸腾空的飞机带走了胡蝶的泪脸。

三生有幸还是三生不幸？

为什么都在关键时刻闯进来呢？

毕业季里，本应该与田心双双离开校门，搏浪于艺苑商海，她却要顺理成章地闯进来，搅翻孕育两年之久的鸳鸯梦。

看破红尘，只想与青山绿水相伴了结残身之时，又是她闯进来，是她那份垫底的爱把他从沉没到深海里的那颗心激活。

而如今，面对着两份痴情，谁成全谁？

胡蝶，胡蝶，难为你了。

“先生，桂林到了，先生，桂林……”

“哦，桂林到了。”王杉睁开双眼，看了一眼热情的空姐，再看看周围，原来机舱只剩下他一个人了。

哦，桂林到了。

走下悬梯，抬眼望去，喀斯特地形构成的别具一格的桂林山水映入眼帘。

踏进田心的家乡了，这有田心的家，这有一个如同刘三姐一样秀美的田心。

王杉的脑际瞬时刷新了自己的思维空间，以及与回忆有关的存储空间和判断决策空间……全部拽入田心二字。

田心就在出站口接他了，一会就可以见到她了。

王杉的脑际浮现出田心毕业前的那年春节发到他手机上的画面。

对，还藏在手机相册里，那是一组田心在家乡拍的照片，每张照片，都附上一句她对他说的话。

“杉树，这是漓江，这竹排上缺了谁知道吗？缺了我的杉树阿牛哥……”

“杉树，这是象鼻山，等到咱们毕业了，我带你回家，我要你穿上苗寨服装，让象鼻山见证我们俩……”

“杉树，这是……”

可如今她疯癫了，因他而疯癫。

疯癫成什么样子了呢？一会儿出现在接站口上的她会是什么模样呢？

《画皮》里现出原形的狐妖小唯？

《简爱》中的伯莎·梅森？

《秀拉》中的秀拉？

王杉的脑际如同机场行李提取处转盘上的不同行李，七歪八倒，各种神态。

突然，王杉口袋里的手机响起短信铃声，王杉立刻掏出手机，屏幕上是田心闺蜜寒姿发来的消息，连续几条：

“王杉听宣。”

听宣？皇宫太监宣读皇上圣旨时说的第一句话。

“田心就不到机场接你了，是这样的，你在古镇遇上的‘情敌’戈阳觉得让你们俩的结合绕了这么一个大弯，心里过意不去，因此，他专门为你们俩策划了一场极富民族婚恋色彩的场景，叫《爱到深处》，就是在刘三姐与阿牛哥情定终身的阳朔大榕树下，田心抛绣球给你……更多精彩场面敬请期待中。”

天哪，这演的是哪一出戏呀。

下一条：

“你出了机场，沿着漓江顺流而下……”

“时间是 15 点 34 分，要我同生死，我们都在为你们俩祝福中……”

"记住，今天是个好日子，是中国人的情人节七夕，在此，我们祝福你。"

这几条信息，完全出乎王杉的意料之外，在大学里寂寂以求的田心能在这棵被人们誉为婚配神灵替身的大榕树下抛绣球给他，今天还真的要实现了。

"沿着漓江顺流而下，大榕树在阳朔……"

哇，"桂林山水甲天下"是谁首先总结出来的，为什么诺贝尔奖项中不设"总结奖"呢？

王杉看着漓江两岸的风景，不禁为王正功鸣起了不平来。

草坪，杨堤，九马画山，兴坪，渔村，漓江两岸秀美的风光，那轻云不成雨，远山自生烟的意境，让王杉的求偶心路阳光灿烂了起来。

难怪有人说，桂林这个地方弥漫着一股神秘的气息，气息流动到山水间，就跟山水融合起来，自然成山，容纳成河，舒缓成田野，流动到心间，进而汇成一股爱意。

不容分说，王杉的气息与爱意自然是田心，就是那个把桂林山水写在脸上，融在心间，化在如痴如醉的爱意中，不，为爱疯癫的不二爱恋中的心上人田心。

一路的风光，让王杉美美的心情，辐射到了脸上，拉动着那个叫痴笑的神经，一路含笑以对尽美山水。

阳朔到了，人都说阳朔是桂林山水甲天下的终极之美，登岸之时，旅游观光船交替着先下后上，后上的人中，看得出情侣居多，在女孩挽着她的男朋友中，一个重要的标志是：他们与众不同地脖子上都挂着一个精美的绣球，从男孩对他情侣的那张暖意的脸可以看出：女孩的托付和男孩的责任全部都终结在他从脖颈垂到胸前的那颗绣球上了。

王杉不禁感慨万千，不是吗？在人们的心中，有时候民间的习俗强过制度和法规，他绝对相信刘三姐和阿牛哥那颗绣球和那棵千年古榕，肯定强过民政局的那本证。

田心可以证明。

“我把绣球抛给你，你接了绣球，我才能给你，我妈说的……”

是在同学聚会时，王杉要求开房时，田心这么说的。

“大榕树啊大榕树，刘三姐啊阿牛哥，我的此情痴情，你们可是英明可见，一会儿我就到你们跟前了。”

“先生，这大榕树离这还有多远的路程呀，我这往前走没有错吧。”

“在金宝河旁边，往前走，再问问。”

王杉顺着脚下的路又继续往前走了一段，他害怕走弯路，看见迎面而来的一位大妈手上拎着一篮子绣球，王杉立刻问：

“大妈，我要去大榕树……”

“哦，再走一段就到了，这不，前面就是金宝河了，小伙子是去接绣球定情终身的吧，带一个绣球给你的女朋友抛吧……”

看来，这一带的大妈们已习以为常抛绣球这个被商业化的习俗了，见到年轻人就兜售。

王杉向前走到金宝河旁边，见金宝河水缓缓流淌，明净如镜，河边树木成阴，与周围村舍阡陌构成一幅绝世的田园风光，他立定放眼远眺，只是在这大好美景之中没有看到大榕树，他拿出手机看了看，离约定15：34已经很接近了，不禁内心紧张了起来。

就在他四处观望之时，迎面走来了一位身穿灰色大褂布衣，看上去像佛人的中年汉子，他立刻迎了上去问道：

“师尊，请问大榕树在哪儿，许多人说在这个方向，我怎么没找到啊。”

佛人见王杉问大榕树，似乎喜从天降，立刻向他作了个揖，说：

“阿弥陀佛，大榕树就在前方不远了。”

前方不远？

王杉似乎一头雾水，前方不远有多远？

他立刻补充说：

“师尊大人，前方不远有多远呀？”

佛人见王杉的急迫写在脸上，故作悬乎且答非所问：

“哎呀，施主你命带桃花啊。”

命能不带桃花吗？到大榕树来的男男女女不都命带桃花吗？

王杉心里已经明白，这个野道是来糊弄钱的，他立刻从口袋里掏出十元钱塞给佛人，紧接着凑近佛人问说：

“大榕树还有多远？”

钱的作用，佛人脸上一下堆起了笑容，回说：

“先生，走过这个农舍，前面200米左右，向右看，旁边就是大榕树了。”

王杉二话没说，拔腿小跑了起来。

哇，终于看到你了，大榕树，曾几何时，为了田心，百度里搜过你，为了那颗绣着爱你杉树的绣球，在睡梦中梦见你，今天终于走到你的身边了。

王杉激情满怀，举头两眼紧盯着前方如一朵绿云一般的古榕轮廓，祈盼着幸福时刻的到来。

突然，就在他将要靠近大榕树的时候，耳边突然出现了一个女孩哭泣的声音，声音很近。

王杉潜意识中向着声音传来的方向看了过去，不看则已，一看眼球仿佛被什么粘住了，心一下提到嗓子口上。

这不是胡蝶吗？是胡蝶，是她。

机场安检口的那身连衣裙？是的，就是这个颜色，似乎大学四年不变的，都在连衣裙腰间背后扎着的蝴蝶结腰带，还有那一头如瀑布一样染成酒红色的披肩发……垂着的头披肩发盖住半张脸……

是她？蝴蝶近段时间在他面前喜怒哀乐的各种姿势瞬间在他脑海里翻片过幕。

是她，胡蝶怎么来了，她怎么会出现在这。

王杉情急之下，不禁紧张地喊出了声音：

“喂，胡……”王杉在亦真亦幻中向那女孩靠近。

就在王杉将要靠近她的时候，只见那女孩一跃跳到金宝河中，这一跳，可让他慌了手脚，万分紧张之中，他朝着四周大声地喊了起来：

“快来人啦，快来人啦，救命啊，我的胡蝶跳河寻……”

王杉一边喊着，一边看着他的胡蝶沉入河中，情急之下，他哪里还来得及思考，二话没说，纵身一跃，跟着跳到金宝河中。

两人被河中捕鱼的老渔夫以及在众人的帮助下，从河里被救了上来，两具近乎尸体一样被摆放在路边的草坪上。

一个脸色铁青，嘴唇煞白，生气淡然无存。

另一个湿发粘住了面容，毫无生息。

这时，围观的人相继云集了上来，如同看地摊上的杂货品。

人群中，议论声，猜疑声此起彼伏。

"谁会人工呼吸，谁会呀?"一个小伙子在人群中眼珠四处转悠，最后目光扫过他身边的一个挽着他的手的女孩后，无奈的目光回到了躺在地上的一对人身上。

"哎呀，快打120电话。"

"打了，打了。"

几秒钟后，一个女孩大声地叫了起来:

"喂，喂，男的动了，男的动了……"人群中几个人异口同声地叫了起来，如同茫茫黑暗中见到一黎光明。

只见王杉吃力地侧过身子，使劲的弓起腰身，双手撑在地上，狠狠的呕出了几口水，呕吐之后，粗嘎的咳嗽声不断响起，接着，粗嘎的咳嗽声逐渐爆发为一阵连续的来势凶猛的呛咳，跟在粗嘎的咳嗽后的是一阵拖长的哮喘，他的头在胸前垂下来，但很快又抬了起来。

突然，王杉如同被电击了一般，迅速抬头看了一眼众人，登时让刚焕发到脸上的红晕瞬间变成土色，在流动着讨问众人的目光中伴着一声又一声慌恐中的疾呼：

“胡蝶，我的胡蝶呢，胡蝶呢?”

寒噤中他看到身边躺着的女孩，二话没说，扑过去迅速抱起她，双膝跪地的大腿与小腿不由自主地剧烈抖动，让枕在他手腕间的女孩头部跟着颤动了起来。

“胡蝶，胡蝶，你不能啊，胡蝶……”

王杉千呼万唤，似乎无济于事，极度恐慌之后，内心的虚空让他的脑际瞬间略过不祥之兆，随之，他的呼唤声也从高亢降到了低沉，忍不住泪水从内心深处涌了出来。

“胡蝶……”

悲戚之中，王杉颤栗的手轻轻拨开蒙在女孩脸上的湿发，一片空白的脑际潜意识中化作倾心追悼这个曾经同窗四年，自主或不自主地接受着半推半就的爱恋的人儿。

啊，不是胡蝶!

当王杉完全拨开盖在女孩脸上的头发，现出她的真面目时，这一刹那的情势急转，让他的双手仿佛触及火石灰一般，内心慌乱中竟不知所措，撒手扔下女孩，转而向围观的众人做起了解释。

“父老乡亲们，父老乡亲们，我认错人了，她不是我的胡蝶，哦不，不是我的，没有我的，就是胡蝶不是，她不是胡蝶，确实不是胡蝶，她不是……”

王杉紧张之中，口齿不清，结结巴巴，颠三倒四，似乎惹怒了围观的人。

人群之中开始有人怒斥王杉：

“喂，我说你这个男人怎么这么没有责任心啊，哦，现在女朋友不省人事，生死未卜，你就想撒手不管啦，这怎么行啊。”

“是啊，听前面救起他们俩的渔夫说，那女孩可能因他而生气，才跳到河里想一死了之的，他应该要负责任的。”

“赶快打110，叫警察把他带到派出所去。”

“打电话给电视台，爆料这个无情无义的小子。”

“父老乡亲，父老乡亲，我跟这个女孩素不相识，她只是很像我的同学，我见她寻短见，所以……”

“呸，还在编，还在编……”

“真不要脸……”

“你算是个男人吗？男子汉可要敢做敢当啊。”

就在王杉抱头接受围观的众人唾骂之时，涌动的人群脚下一颗绣球夺去了他的目光。

啊，绣球，田心，绣球。

几乎是跪爬了过去，王杉迅速拿起众人脚下的一颗绣球。

绣球，正是我的，正是我的，上面绣着“爱你杉树”，毕业之前，是她在学校绣的。

田心，田心？田心来过了吗？田心来过了。

刹那间，仿佛就是擎天柱赋予他的力量，只见他一跃而起，不顾一切地冲出围观他的人群，朝着大榕树的方向跑去。

确实田心来过。

田心、寒姿、戈阳，还有江映红和赖子臣他们几个早早地就来到大榕树下了。

戈阳为了还王杉一个误会之过，精心为王杉和田心策划了一场以《爱到深处》为主题的抛绣球场面，田心是今天的主角，一颗一年多前绣着“爱你杉树”的绣球抓在手上，等待主持人戈阳一声令下，就抛给王杉。寒姿则是一位散花仙女，负责给两位新人撒花瓣，江映红可是一位礼炮手，在田心和王杉拥抱接吻时放起七彩礼炮，赖子臣负责冷焰火点燃，他们手上各自拿着道具，只等吉时到来。

田心的面孔，最是春风得意，她想着心上人一会儿就要到了，15：34，要我生生世世，生死相依，不离不弃，不是吗？这一年为爱痴狂，终修得正果了。

“田心，想什么呢？鹊桥相会还要一会儿时间呢。”寒姿走到田心身边，挽过她的手。

“谢谢你寒姿，这段日子，感谢你一直照顾我，也感谢你对我和王杉的爱……”田心拥抱着寒姿，伏在她肩头呢喃着。

“别说了，以后都好好的好吗？”寒姿轻轻拍打着田心的背，感慨田心爱情的艰辛。

“喂，两人在那磨叽什么呢，别矫情了，吉时马上到了，田心，你赶快坐到榕树根那去吧，记得，要有刘三姐当年面对阿牛哥的心境，腼腆，倾心，内心喜悦，看到王杉时要用眼角，眼角懂吗？眼角要配合嘴角，脸上肌肉要很到位……”

就在主持人戈阳跟田心谈“剧情”时，忽然，前面不远处传来了呼救声，戈阳立刻停止说教，伸长脖子朝发声的方向看去。

“听见了吗？很像有人在喊救命，是那个方向传来的……”

田心、寒姿及江映红、赖子臣相继提了提心，紧张中都朝着戈阳说的方向看去。

“戈阳，很像有人跳河，你看，那些人都围了上去往河里看了，快，我们赶快过去看看，戈阳，你水性好，快……”似乎寒姿特别紧张。

由于田心和寒姿今天穿的是高跟鞋，无法跑得起来，当她们俩赶到时，刚才一排往河里看的人已围成一个圆圈。

寒姿拉着田心的手迅速拨开人群。

啊，熟悉的声音，熟悉得不能再熟悉的名字了。

“王杉……”

犹如晴天霹雳，怎么会是他和她。

田心顿觉一阵眩晕，双腿仿佛失去筋骨，好在寒姿立刻撑住了她……

王杉上气接不了下气地一手扶在大榕树拱起的树根上，一口接一口地喘着粗气。

一切似乎都为时已晚。

看来，今天下午后半场的众人让刘三姐和阿牛哥见证爱情的场次已被王杉上演的大片抢去了所有的票房了，此时的大榕树空无一人，只有旅游区的管理人员在草坪上放的公播音响中还播着刘三姐向阿牛哥抛绣球时唱出的山歌：

竹子当收你不收

笋子当留你不留

绣球当捡你不捡

空留两手捡忧愁

王杉手心捧着绣球，仿佛内心已无处安放，他已经完全意识到，前面的一场闹剧，田心正是准时入场的观众，她站在台下看的再清楚不过了。

该怎么办？纵然再长出一百张嘴也无法解释他的清白二字了，王杉颓废到了极点。

无奈之中，他跪在了大榕树主干面前，闭目忏悔了起来，嘴里念念有词：

“刘三姐奶奶，阿牛爷爷，万求爷爷奶奶行行好，帮助我跟您的族人田心解释解释吧，我可是真心爱她的呀……”

一个响头，两个响头，很多个响头在王杉掌控着叫虔诚的这根神经之下，如母鸡啄米。

叩头之后，他一直跪着，闭上双眼，内心听候着刘三姐和阿牛哥对他这个心猿意马的浪荡公子哥的发落。

不要起来，一直跪着。

你的脑门在发烧了吧？

此行你是干什么来的，是来跟田心一起在我跟前情定终身的，你难道不知道吗？

你真是该死啊，你是一个读书人，难道“鱼和熊掌不可兼得”这个道理都不懂吗？

王杉的脑门紧叩地上，静止在地上的神态如同一只拱地的山猪。

王杉，你知错了吗？

“威武……”风吹着茂密的榕树枝叶哗哗作响，如同公堂之上杖卒们的吆喝声。

刘三姐奶奶，阿牛爷爷，我知错，我已经知错了。

知错?

我问你，你知道绣球的来历吗?

我知道，广西靖西一带乡村青年男女成群结队在山野间对歌时，随手摘下山间花草，用藤扎成花球，抛给意中人，而后演变成绣有莲花，鸳鸯等爱情吉祥物的绣球。

这是民俗，还有关于绣球的故事呢?

有，有，我知道，说的是阿秀姑娘和阿弟小伙子的一段绣球的凄美故事。

那是别人，我说的是你和田心……

我和田心？我们俩的绣球?

“哇，好漂亮的一个绣球啊，田心，让我瞧瞧。”

校园旁边的一条河边，繁花似锦，明媚的阳光下，田心手上抓着的绣球格外耀眼。王杉伸手欲要夺过她手上的绣球。

就在他伸手抓住绣球之际，仿佛手上被什么刺痛了一下，立刻松开了手，血从他的食指上淌了出来，田心见状，立刻拉过他的手指，伸进自己的嘴里吮了吮……

“疼吗？人家还没绣好呢？你看，被上面的针扎了吧。”

王杉看一眼含情脉脉的田心，再转向她两腿中间放着的绣着杉树图案和已成型爱你杉三个字的绣球，心头涌上一股蜜意。

“什么时候可以给我，我可是已经急不可耐了。”

田心立刻低下了头掩饰着羞涩，声音小到只有她自己能听见，回说:

“妈妈说，成亲的那一天我才可以给你。”说完，抬眸送给王杉一个秋波，立刻从草地上一跃而起，朝着河边跑去。

成亲的那一天，多么浪漫的壮族风情啊。蕴含着生生世世终身的承诺。

可是，等到这一天了。

这一天呢？

王杉将自己的脑门使劲地往地上叩着，虔诚的忏悔似乎没能感动刘三姐和阿牛哥，更没有感动上苍，意味着黑暗到来的夜幕跟着他内心的黑暗拉了下来。

王杉好不容易找到了一家修手机的店，总算把泡水的手机修好了。

可是，当他拨向寒姿和田心手机的无数个电话中，彼端却永远是“你所拨打的电话已关机”。

田心啊，田心，你究竟在哪儿啊，为什么要设这么复杂的过程啊。

苍天啊，在这咫尺之间难道就是天地两隔了吗？

王杉无奈之中在这人潮涌动，灯火阑珊的旅游区夜市内行走，感到难熬的飘零，碎痕狼藉的心田无处安放。

“这位哥，牛郎和织女都鹊桥相会了，这大好的情人之夜，你怎么还是孑然一身呀，何不来店里销魂一把。”

“酒吧？”

“对，酒吧，西街的酒吧，阳朔的第三元素，醉就是醒，醒就是醉。”一个看上去很有修养的男士接上王杉的话。

王杉见他说完，转身走进灯火摇曳的酒吧大门内。

跟进去吧，趁着推开的门还没关上，来一瓶青啤，让灵魂在液体里沉醉。

“这位哥，你也喝漓江青啤啊。”吧台邻座的在王杉前面走进酒吧的那位男士跟他搭上了话。

“哎，别情难唤无着处，只有对酒当歌，漓江青啤何味，又怎样?”

“干!”

“干!”

“先生，找一位小姐陪你吧，今晚可是七夕。”一位吧女靠近王杉说着。

“哈哈，七夕是何夕?”

“七夕鹊桥相会。”

“鹊桥相会?七仙女?”王杉歪了歪脑袋，抬眸看了一眼刚才说话的女孩，举起第三瓶酒，一饮而尽，他放下酒瓶，冲着女孩说：

“你知道七仙女是谁吗?”

女孩看了一眼王杉，又看了一眼坐在王杉旁边的男士，无言以对。

“嘻嘻，七仙女就是我的田心，你知道田心吗?田心就是七仙女，可是，可是，她回天宫去了。”王杉说完，脑袋已毫无支撑地伏在平放在吧台上的双腕上。

“他醉了。”坐在王杉旁边的男士对女孩说着。

“看得出他心里有伤。”女孩回说。

“哈哈，一刹那的恋，九刹那的伤痕累累，构成十刹那五味人生。”男士搭上。

“你明天又有新作了，作曲家先生。”女孩看着男士。

“作品的名字叫什么?”男士抬眸问说。

“爱在西街中毒。”女孩见多识广，不假思索地回说。

“是啊，这位哥在西街中毒了。”

“那么，你的作品还在这里首唱吗?”

“当然。”

“你那反复不厌的伤心情歌准备写到哪一天呀。”

男士看了一眼醉态如泥的王杉后说：

“等他擦干失恋的眼泪。”

“七夕夜，365 夜只占一夜，其余 364 夜全失，失恋的眼泪啊，不尽长江滚滚来。”

……

子夜的酒吧，音响穿透着整条西街，击穿着红男绿女的恩恩怨怨，唯有天上今晚的鹊桥人，相互诉说着黎明到来之前的离散。

“田心，快开门，快开门呐。”寒姿一早来到了田心的闺房急匆匆地叩门。

“怎么啦，发烧啦。”田心懒洋洋地打开门把寒姿让进屋里。

“快看啦，田心，心跳的时刻马上就要到了。”寒姿展开抓在手上的一张报纸。

“什么呀，用得着那么激动吗?”

“激动，绝对激动，快看，报纸的头版头条。”

田心顺着寒姿展开在她面前的报纸，目光投在了报纸的版面上。

醒目的大标题：桂林最美小伙子。

小标题：一位小伙子见义勇为却受众人误解。

“田心，你看照片，这是你的王杉吧?”寒姿的笑脸很灿烂，毋庸置疑，她在庆幸他男朋友戈阳为田心执导的《爱到深处》终将不是败笔。

田心从寒姿手上接过报纸，注目阅读着报纸上报道的全文，阴霾的脸依然云遮雾罩。

“我们都误解他了。”寒姿的声调低音分量很足，仿佛内心对王杉深感亏欠。

“什么误解，他完全是一个不靠谱的男人好吗? 叫六根不净吧。”

“怎么说?”

“我问你，他把那女孩当着胡蝶来救是事实吧，好，退一步说，就说他认错人好不好，幻觉好不好，如果他不把胡蝶时刻装在心上，能认错人吗? 能产生幻觉吗?”田心在嫉妒中分明朝着嫉恨升级，而且，似乎所有的神经朝着义愤填膺迈进，她停了停继续说：

“再说了，假如，是假如哦，我来假设一个事实，假如那跳河的女孩用很明确的信息告诉王杉，她不是胡蝶，那么，他会见义勇为吗?”

寒姿被田心这么一说，感觉田心虽然对王杉有偏见，但不乏还是有一定的道理，她像是对田心说，又像是自言自语：

“是，你说的也有道理，这小子确实六根不净。”

寒姿的热情显然被田心的一番话有所衰减，她沉默了片刻后走到田心的面前说：

“田心，我想问你，王杉的事情是不是从今天之后就不再提了，他现在还在阳朔，你还想见他吗？”

“见！当然要见！”田心的声音是这几个月以来最激昂的一次了，她停顿了一下继续说：

“干嘛不见，他如此不顾我的感受，肆意践踏我的感情，今天他来到了我的地盘，我怎能放过他？”

天啦，这近乎喷血的仇恨，难道真的爱的越深，恨的越切吗？

王杉啊王杉，纵然你有见义勇为之勇，只怕你也是在劫难逃了。

寒姿听了田心恶狠狠的话，顿觉一阵寒噤略过，急忙问：

“你想干什么？”

“我没想干什么，我要使出浑身解数，我要让他的爱情……”

“怎样？”寒姿紧盯田心脸上表情的每一个变化。

“怎样吗？”

只见田心在咬牙切齿中拿起在疯癫的日子里密密麻麻画着杉树的许多纸张，当着寒姿的面一撕两瓣，再撕四瓣，再撕……

田心的动作与表情近乎疯狂，从她手上摔落到地上的碎纸，飘落一地，让寒姿顿觉血光四溅，碎尸万段……

田心疯狂过后，转身扑向床上的被子痛哭了起来。

“田心，你的病刚康复一段时间，你现在最需要的是冷静，冷静地面对眼前所发生的事，你不对别人负责，但你至少要对生你养你的父母负责，你是他们的独生女，他们辛辛苦苦送你上了大学，他们现在最想见的是你的幸福与快乐啊。”寒姿看到田心这般状态，生怕她重蹈覆辙，坐在她床沿，平心静气地为她开导了起来。

“田心，其实你在王杉和胡蝶的问题上，你持的态度一直过于极端，对此正因为你态度的极端，恰恰让你没有能够看到事情的真相。”

“对于你的事，戈阳的说辞我觉得很有道理，在戈阳没有跟我分享之前，我的偏见几乎跟你一样，这可能是女人的天性吧。”

“戈阳是这么说的，其实，田心和王杉从内心的层面来说是很相爱的，而导致两人相爱之间风雨飘摇，就是因为田心的一个心结没有打开。”

“什么心结?”田心立刻从趴着的姿势一跃而起，盘腿坐立了起来，面对着寒姿发问。

“按戈阳的话说就是，首先胡蝶的伤是不是王杉造成的，即是王杉造成的，要不要负起良心的责任，进而是否理解王杉，一个如花似玉的大家闺秀，一位高官的千金小姐，一位为之奋斗一生的艺术大师正待把继承艺术的重任交给自己的女儿的时候，王杉，正是王杉让他们的梦想破灭了，此时此刻，王杉的内心会留下什么样的阴影？那么，顺着这个思路，王杉在他的生活中产生某些幻觉难道就不能谅解了吗？再说，在王杉知道你田心为他精神分裂时，他马上赶来你的身边，他为什么而来呢？他又为谁而来呢?”

寒姿说到这，田心的内心似乎已经受到很大的触动，坐在那自言自语了起来：

“是啊，所有这些确实都在情理之中啊。”

“那么，寒姿，你说怎么办？听你的。”田心突然亢奋了起来。

“哎，你们俩的爱情够折腾的了，要不，要不干脆叫他到家里来……”

田心知道寒姿后面要说什么，立刻打断她的话说：

“不行不行，寒姿，说心里话，这事隔这么久了，我心里还真的没数呢，你说，他这次来，有没有带着看望我的成分啊，事到如今，他还不知道我……”

“你们俩在说什么呢？”戈阳手上拿着一张报纸突然出现在寒姿和田心的面前。

“戈阳你来啦，来的正好。”寒姿见戈阳进门，满心欢喜了起来。

戈阳见田心盘腿坐在床上不说话，顿觉心里紧了一下，他把报纸递给寒姿后小声的对她说：

“要不要去叫赖子臣来……”

“哈哈，想到哪儿去了，哎，戈阳，我们俩刚才已经看到报纸上的消息了，我们俩还分析了王杉此行的目的，你说，我们现在是见还是不见王杉呢？”

“阿弥陀佛，我自从在古镇认识了你的闺蜜一直到现在，我有一种渴望。”

“渴望什么？”寒姿顿时拎起醋瓶子。

“我渴望田心的这些插曲如果放在你身上该多好啊，因为你是一个医生，当你自己得病又痊愈之后，你肯定会追思临床的过程，这多好啊，也不至于在你的包里每天都少不了一瓶醋。”

“戈阳，你说什么呢？”寒姿有点急了。

“不是吗？两年前，其实情景跟你的闺蜜一样，我还不是为了跟我爸医院的家属院的一个女孩一起出国实习吗？……”

“戈阳，我错了还不行吗？别再耿耿于怀了好吗？”寒姿见戈阳又在她面前重提旧事，立刻拿起桌面上的一杯水，走过去把杯子顶在了他的嘴唇上……

“别别别，嘴唇要嗑裂了，怎么接吻呀……”

“捡正经的说好不好？……”

“好，好……”

咳，咳，被寒姿顶在嘴边的水让戈阳在不得不喝中连续咳嗽了起来。

“其实，‘在爱情里，有心是专利，放心是交给朋友的’，这是台湾肆一的原话。他还说：‘恋爱不是数学，忘了加减乘除，去享受爱，才会快乐’。用我的话翻译应该是，两者彼此内心相爱，就不必为这个或者那个多想，彼此一意孤行地爱到底，才能到达咱们中国人所属的‘我欲与君相知，长命无绝衰……’”戈阳说到这，看了一眼眼前的两个女孩专注的目光后继续说：

“否则，‘路漫漫其修远兮……’”

“好了，我要走了，在走之前，我想送给田心一句话，就是别跟寒姿论爱情，因为任何一个正数乘上负数，得数一定是负数。”

“戈阳，你……”

“byebye……”戈阳转身离开了田心和寒姿。

“好吧，田心，你把手机给我。”

“你想干什么？”

“这样吧，你们俩够折腾的了，走我和戈阳走过的路吧，到碧莲峰上的大王庙里向佛祖许个愿吧，当时，我和戈阳就约在大王庙，我们俩共同许愿，在佛祖面前起誓……”

“你要我跟王杉也在……”

“对!”

寒姿接过田心的手机，静思了一会儿，开始给王杉写下微信：

“王杉：

看到报纸上登载着你的事迹，确实，你是咱们阳朔最可爱的小伙子。

很对不起，我们误解你了，特别田心内心深感愧疚。

田心在我面前回忆起两年前你们相爱的过程，确实一路坎坷，还好有一成语‘好事多磨’，让你们俩得以宽慰。

对此，田心邀你明天上午 9 点 09 分（久连久）一起到大王庙，在大佛面前发誓，两人共同祈求大佛保佑你们从此顺顺当当，不再风雨飘渺。

祈愿之后，田心便带你回家见过父母并圆房。

收到请回复。”

寒姿写完，从头到尾阅读了一遍，把手机递给田心。

“不行，把圆房两字删了。”

“哈哈，你正经什么，大学两年没开过房?”

“你坏，你坏。”

一阵粉拳落在寒姿的背上。

“久连久，久连久……够折腾的，见我不就完了，哎，要这么复杂吗?”

王杉一早来到碧莲峰山脚下，每登一个台阶便说出一个 909，909，听说登顶要 909 步，一心希望大王庙的菩萨保佑他和田心从此相亲相爱，再也不要折腾了。

到了，9：09 也快要到了。

“哇，多好的景致，依山傍水，大佛真会选地方啊。依山傍水，这楼盘，每平方至少也得值三万。”

“哈哈，我来了。”

引见的是正门口一尊弥勒佛，笑口常开，仿佛就是等待着他和田心的到来。

王杉抬头，双手合十，毕恭毕敬。

“让我先跪拜您吧，弥勒佛爷爷，一会儿田心到了，还请您老帮我美言几句，这千回路转，我可是一心向着她的。”王杉看着弥勒佛的那双眼睛，眼眸清澈，其深如潮，满怀崇拜之情，那双眼睛因爱情的温柔和祷告的光泽而抖动。

一叩首，二叩首，三叩首。

“下面的心里话就让我放在心里跟您老说吧。”

王杉虔诚地跪在弥勒佛面前，一时不知从何说起。

就说相亲相爱吧。

默念。

默念。

念出声音来，必须念出声音来。

啊，仿佛弥勒佛说话了，叫他念出声来。

好，我念出声音来，我念。

相亲相爱，相亲相爱……

突然，身边挤了一个女孩进来，一个不大的棕垫上，瞬间形成两人而跪的阵势，如同一对情侣，夫妻同求弥勒佛，祈词肯定是相亲相爱，后面紧跟着的一定是早生贵子。

王杉侧过脸看了一眼，天哪，是一个女孩。

再侧过脸瞧一眼，天哪，有点像万纤。

很像，万纤，万纤现在在干什么？

别开小差，弥勒佛在上面。

静心，静心。

王杉为了静心，加大了声音，声音盖过身边那女孩念念叨叨跟弥勒佛许什么愿的声音。

“哎哟，疼，谁呀？”

王杉的一只耳朵被一只大手拎了起来。

“妈，你不能这样啊。”身边跪着的那个女孩的一只耳朵也被一只大手拎了起来。

王杉斜眼一看，是一位年近六旬的大妈，面目狰狞，煞气腾腾。

“大妈，大妈，疼，疼啊，你不能这样啊。”

“不能这样，你还要我咋样，双双跪在大佛面前还说相亲相爱，你这一对没良心的狗杂种，昨晚的电话我都听见了，拜过佛就一起到车站集合，还去广州，私奔，我叫你私奔。”

王杉丈二和尚摸不着头，这从何说起呀。

“妈，不是呀，你快松手，他不是……”

“还敢说他不是，我站在你们俩后面听得一清二楚，相亲相爱，相亲相爱也不能不要娘啊，私奔……”大妈两手紧紧地拎着两只耳朵，嘴里不停地数落着，不留任何让女孩和王杉解释的机会。

也就在大妈拎着她女儿和王杉在数落不是的当儿，被前来约王杉的田心全部看见的一清二楚。

天哪，这是怎么回事啊。

田心顿时怒从心起，她万万没有想到，到阳朔来见她的心上人原来如此的过分，让女朋友的妈都给盯上了。

“田心，田心，快来救我……”王杉斜着眼看到田心在大门口出现，立刻叫喊了起来。

还能救吗？

“狗屎，人赃俱获，臭不要脸，还救，呸，滚一边去！六根不净的家伙！”田心怒火中烧，扬长而去。

王杉好不容易从大妈手里把耳朵给挣脱了出来，追出门外时，他的田心已不知去向了。

王杉蹲在地上，两个拳头捶打着自己的头。

那女孩跟她妈站在他的身后，对王杉不停地说着对不起。大王庙里传出了萨顶顶唱得很有节奏的歌《神香》。

林廓的人啊

人山人海

可我的心上人啊

怎么不见了

……

第九章

山穷水尽

At The End Of One’s Tether

“哎呀，我们语言不通，都弄错了，真是对不起啊，我们这呀，四大姓是最多的，分别是姓藤，姓诸葛，姓韦，姓蓝，其他姓都是杂姓，姓田的是外来户，这里没有，只有阳朔和桂林的城里才有。”

王杉从大王庙中急步赶到门口，看着山门外没了田心的踪影，便立刻拿起电话，先是拨向田心，得到已关机的回复后，又拨向寒姿，得到的回答一样是已关机。

站在门口的他，在无限的失望中转过身子，朝着高高在上的弥勒佛狠狠地瞪了一眼，把内心由失望转成的不满撒向一直保持着同样笑容的弥勒佛脸上。

弥勒佛啊弥勒佛，你不是普度众生吗？早知道你的笑不是在祝福我今天的喜结良缘，而是笑我痴，我真不该一进门先跪拜你了，你看这一跪，非但没有得到你的保佑，反而跪跑了我的田心。

田心啊田心，我的忠肝义胆，赤诚之心，忠贞不渝，从不泡小三，这些的这些，弥勒佛可以作证的啊。

真是倒霉透了，运交华盖欲何求吗？这一次又一次的真爱遭劫，祸从何起呀。

王杉站在山门外感慨了一番又一番后，不知下一脚该踏向何方，反复叩问，路漫漫，其修还有多远兮。

怎么办？田心又在何方？

要不，要不打道回府，成全胡蝶？

王杉的脑际交替着两张面孔。

哎，遁入空门吧，到里面找到方丈，与他诉说衷肠，跟随他阿弥陀佛一生一世了结此生吧。也免得两厢不情愿，从此两厢不牵挂了。

就在王杉万般无奈垂头丧气间，在他的面前突然出现了一个披头散发，但看上去有几分姿色的女子，冲着他念念有词。

“哈哈哈，阿哥，你好无聊啊，你……”这个女子说的是桂柳话，王杉听得似懂非懂。

王杉见状，立刻回说：

“小妹，你说什么？再说一遍。”

“兄弟，你别理她，你没看出来呀，她是一个疯癫女。”

一位从王杉身边走过去的男子拉了一下王杉的胳膊，冲着王杉的耳边提示着。

王杉被他拉出两步后不知是对这疯癫女好奇还是触景生情，不由自主地问那个男子说：

“她疯啦，她嘴里说什么？”

“哎呀，你跟疯癫女认真什么呀，她说，你好无聊，你六根不净，说的是桂柳话，哈哈哈，走吧，拜佛去吧……”

王杉愣在那，看着离他而去的疯癫女。

六根不净？田心前面看到我的耳朵被那女孩的母亲拎起时也是这样骂了一句才离开的。

田心，田心！

不行，不能遁入空门，必须找到她洗清“六根不净”。

“先生，请问，您认识田心吗？是个女孩。”

“田心？女孩？”

王杉施礼问着看上去是本地人的路人，路人驻足后摇头即走。

“大妈，请问您知道田心的家吗？长得有点像刘三姐的女孩。”

大妈坐在街边笑脸以对，笑脸摇头。

“小姐，你知道在这个地方跟您长得一般大小的田心吗?”

“我的圈中没有，没有您说的田心。”

一条街问完了，茫茫人海，谁又会知道田心呢?

肯德基！她最喜欢肯德基了。

王杉急步跨过马路，走进肯德基，首先两个眼球贴近门面的玻璃往里看。

有了，热血沸腾啊热血沸腾，哈哈，得来全不费工夫，原来那只扁嘴猴就坐在里面。

王杉高兴的不能自已，他看到了肯德基里面一张单人的桌子边上坐着穿着扁嘴猴衣服，头上戴着一顶熟悉的帽子的田心低着头看着手机，这身打扮他在去黄姚古镇的的士上见过，神态样子一点不差，顿时，他的脑际立刻掠过那时他错过了一路与田心相遇的机会。

寒姿在微信中不是说她精神分裂疯了吗?

骗人，这扁嘴猴看手机的样子哪有?。

就是呀，我怎么这么犯傻了，疯了还可能约大榕树抛绣球吗?还能约大王庙阿弥陀佛吗?

王杉狠狠地拍了一下自己的脑门，顿觉计上心来。

他轻轻地拉开肯德基的大门。

小心，再小心，轻声，用上轻功走到她面前。

王杉小心翼翼地走到田心面前，不动声色地坐到了她对面的椅子上。

“嘻嘻，哈哈，哈哈哈哈……”田心的头在垂到极限中看着手机上的搞笑视频，一个人在那尽情地笑着。

你可开心的起来，扔下一句六根不净一走了之，让我满街疯找。

你笑吧，你开心吧。

王杉轻轻地拿过桌面盘子中的薯条，一边盯着田心一边吃了起来。

一根，两根，三根……一包薯条吃完了，田心还在一阵一阵地笑。

好，你笑，你笑，让你笑个够。

王杉伸手又把盘子中的两块蛋挞拿了过来，塞到嘴里又吃了起来。

田心从喷笑转成微笑，抬手从桌面上拿起可乐吸了一口后，紧接着伸手又点开了一段视频，点完之后，一边目不转睛的看着，一边抬手欲要拿过盘子中的薯条吃。

她一边用手摸着薯条，一边又哈哈地笑了起来。

啊，盘子是空的，她顿觉摸不到盘子中的东西，盘子中的薯条蛋挞呢?

立刻抬眸。

啊，一个陌生人坐在她的对面，吃着她的蛋挞。

“你? 你是谁?”女孩横眉冷对。

“我，我是谁，对不起，我……”王杉顿时慌了手脚。

还没等王杉回答，一杯可乐已泼到他的脸上。

“你是谁? 怎么这么无聊，光天化日之下趁我看手机不注意时吃了我的薯条和蛋挞，保安! 保安……”陌生女孩立刻站了起来，急呼护店保安。

“对不起小姐，请您消消气，消消气，您听我说，您听完我的解释，我全赔您刚才被我吃掉的……”王杉万分紧张中抹着脸上冰凉的可乐水，狼狈不堪中向对面朝他发飙的女孩解释着。点头哈腰，态度十分乞怜。

一个保安走到了王杉面前，坐在店里的用餐客人被这突如其来的争吵投去了好奇的目光。有的人站了起来，有的人伸长了脖子，有的人凑了过去。

保安严肃地对王杉说：

“你怎么回事？你是什么人？”

“保安叔叔您听我说，小姐您听我解释。”

“是这样的，我是从很远的地方来找我的女朋友田心的，这位小姐的打扮就是我的女朋友……”

“什么？你这个臭不要脸的，还说我是你的女朋友……”话音落下，小姐的一个耳光盖到王杉的左脸上。

“哦，不，不是我女朋友，她的打扮就是我女朋友……”

“你还说！”凶悍的女孩又给了王杉一个耳光。

与此同时，“啪”地一声，小姐拿起了桌面上的可乐杯子，向王杉的脸砸了过去。

站在旁边的保安见状，立刻转身礼貌地对小姐说：

“小姐，你别急，你让他慢慢说。”

“是这样的，这位小姐的打扮跟我女朋友的打扮几乎一模一样，一样的扁嘴猴衣服，一样的美棒帽子，所以，所以我趁她低头看手机时，就把她桌面上盘子里的薯条和蛋挞全部吃了，我想让她抬头大吃一惊，来一个惊喜，惊喜我突然出现在她面前还吃了她的东西。实在对不起了，我认罚，我认罚，十倍罚……”

王杉点头哈腰，连连作揖，万般狼狈中透出可爱的样子让店员和客人哄堂大笑了起来。

站在他对面的女孩，如同看了前面手机视频的表情，扑哧一下也笑了起来。

王杉坐在马路边的一个花坛围挡边上，喝了一口矿泉水，昂起头看了看天空，太阳已经当头了。

太阳当头了，太阳也是当头的这个时间。

那是暑假的日子，也是这个情景，坐在一条街的花坛围挡上，旁边多了个田心。

“杉树，我累得不行了，这一条街走下来，马路两边有多少家商铺啊，这不累死人啊。”

“甜甜，别灰心，老板说了，这叫刷街，刷街就跟手机刷屏一样，今天的受众群体有多少啊，开店铺，做生意，每家离不开印名片，今天不印明天肯定印，不要灰心，再刷过这一条街，说不定就有定单了，有了定单，我们就有提成了。”王杉从田心手上接过印刷名片的模板，转手把手上的矿泉水递给田心。

“明天咱们不打这份工了吧，招揽印名片的活，提成又少，又累，我们到歌迷量贩 KTV 去当暑假工吧，又可以唱歌又可以吹空调。”

“你真天真，一个暑假，就两个月时间，咱们都换两份工作了，再换，怎么赚到钱呀，走，咱们继续刷街，相信我们到六点为止，肯定会有定单的。”

王杉看着反映到服装店玻璃橱窗上自己的形象，憔悴的一张脸，跟上学打暑假工时没什么两样。刷街，那时刷街是为了获得客户定名片的印刷单子，现在的刷街可是为了打听到田心的下落，田心是阳朔人，她的下落肯定是在阳朔，刷过每一条街，问过每一家店铺，肯定有人知道田心的。

加油王杉，只要找到田心，一切都可以得到解释不是吗？

王杉自我激励着，走进了又一条街的第一家店铺。

“小姐，你认识田心吗？比你略大一点的女孩，就是你们阳朔人。”

摇头。

继续第二家。

“小姐，你认识田心吗……”

“什么？点心？”回答王杉的女孩三心二意，一只手拿着毛绒绒的公仔灰太狼，另一只手拿着吸尘器的吸嘴，正在给灰太狼吸灰尘，呼呼的噪音伴着她刚才回给王杉嗲嗲的声音，让站在她面前的王杉瞬间尴尬，怎么这女孩瞧都不瞧他一眼。

她看见王杉一直站在她面前，不得已中瞟了王杉一眼后，关了吸尘器的开关，转过脸嗲嗲地对王杉说：

“你再往前，也就是往东走过三家铺面，那就有点心了。”

“我是说田心！”

“是啊，我就是说点心呀。”

面对于此，王杉哭笑不得，倒觉得这女孩确实可爱，看着她争强好胜的样子，真是无奈至极，他看了一眼那张稚雅的脸，转身离开。

“喂，先生，你别走啊。”

“你要干什么?”王杉回头。

只见那可爱的女孩见王杉回头，立刻走到他的面前，娇声袅袅的腔调中带着娇羞又伴着摇动的身子对他说：

“嘻嘻，先生，买个灰太狼吧，灰太狼可是你们男人的榜样啊，对不对啊，他有责任心，面对失败，他有百折不挠的精神，你看他每次在失败时都会喊一句：我一定会回来的，底气多足啊，你看他很爱红太狼，面对着红太狼的平底锅……”

“好了好了，多少钱，我买了可以了吧。”

“嘻嘻，这位哥一定是一个灰太狼型的暖……男，点个赞!”见王杉掏出了钱，给了他一个飞吻。

说的也对啊，够灰太狼了，这一路下来，从化蝶开始似乎一直扮演着灰太狼，不是吗?

王杉怀抱一只灰太狼，刷完了整条阳朔的西街。

被人们誉为在大片大片的甜美山水间，冒出一个酒窝的西街，任凭王杉如何刷街，田心的酒窝并没有呈现在他的面前。

注定是灰太狼了。

田心，甜甜，注定这辈子要错过了吗?

不可能，这多有情分的山水啊。田野舒展，山静默，漓江缠绵，人多情，这份爱情一定是在这美丽的山水间。

王杉站在西街的西头，漓江就在脚下，俯瞰那碧与绿的交融，江面泛着翠的影子，在舒缓的流动里，他相信田心不会走远，她一定就在“轻烟不成雨，远山自生烟”的山水间，她就在上游漂下来的竹排上，她就在那个众心喜悦的游艇里，她就在那条蜿蜒的乡间小道上，她就在那绿色的田野中……

山歌，山歌。

王杉朝着漓江的对岸看了过去。

唱山歌哎

这边唱来那边和

……

这不是田心唱的吗？她在校园里唱过的。

是在山的后面传来的。

王杉听着山的那边传来的山歌，情不自禁中一手托起了垂在他胸前的绣球，绣球上专属于他的那个符码杉树，还有那四个今生今世注定是不离不弃的字：爱你杉树。

田心，田心，我，灰太狼到村里找你去。

你若不离不弃，我必生死相依！

离开西街寻找田心刷街的情景，王杉抱着灰太狼，感怀着前面让他买灰太狼的女孩，他走在村野的心情比刷街时舒缓多了，这里的景色如一盆又一盆经过造景艺术家精心设计的盆景摆放在大地上，一马平川的田亩，中间突起耸崎的峰峦，严峻的崖壁，巧夺天工，远远看去，更是一幅幅随意的山水画，随意到随心所欲都显尽善尽美，如果说人间有世外桃源，人间有仙境，那么，这里便是。

走在蜿蜒曲折的村间小路上，三五成群的游客，特别是经过都市时尚元素、萌系元素熏染过的红男绿女们，在这青碧透明的山水间，更显其另一番的多姿与秀美，他们与背上背着背篓的茶姑农妇擦肩而过时，在和谐的午后阳光下，吟咏着互相羡慕的余音散落在美丽的山水间。

前面几间藏在香蕉、芒果树丛里的褐色农舍，依山傍水，应该房子前面的那塘湖就叫燕子湖了吧，周围的良田，与耸崎的峰峦相接，又是另外一处景致。

田心会在那几间农舍里吗？

王杉走进第一家门户，门掩着的，叩门，没有人应答，王杉轻轻地推入，多么和谐的人文关系啊，夜不闭户，户不加锁吗？

第二家不用叩门，四合院的门是开着的，王杉探头一看，一位老婆婆在午后的阳光下晒太阳，一张和蔼可亲、布满沧桑岁月的脸冲着王杉迎了过去，笑脸中接纳了不分亲疏，都是儿孙的自豪。

“孩子，这有茶水。”王杉虽听不懂老婆婆说的桂柳话，但他清楚，冲着老婆婆那张和善慈祥的，笑起来如同晚霞那么灿烂的脸上，她一定是向他问好的。

“老婆婆好，我是来找一个人的。”

王杉虽听不懂本地的桂柳话，但笑脸是最普通的情感传递。

“哦，我曾祖奶奶说：孩子，这有茶水，她叫你坐下来喝茶。”一个中年妇女从里屋走出来，手里拎着一个大茶壶，应该是招揽游客的，她用地方口音很重的普通话跟王杉翻译完，又用桂柳话跟她的曾祖奶奶翻译一遍王杉说的话。桂柳话从她嘴里说出，话语间伴着好听的谐音。

“你到这里找谁呢？”

“哦，找一个女孩，名字叫田心。”

“田心，我们这远近没有听说有姓田的，对了，你往湖边走，在燕子湖的南边，有一个村长就住在那，他肯定知道。”

“嗯，太感谢了，老奶奶回见，大嫂回见。”王杉向老婆婆和那个中年村妇折了折腰，转身消失在湖边的芦蒿中。

“有人在家吗？”王杉来到了一处用竹篱笆围成的院落，竹篱笆上长满了藤蔓，藤蔓上垂下来的一串串小黄花构成了绿叶花墙，真是美不胜收。

王杉的喊声落下，里面没有回应，他停了片刻便穿过门庭向里屋走去。

里屋的大门是敞开的，王杉确认这是一间厅堂，正面是列祖列宗的牌位，两侧的墙上歪歪斜斜地贴着许多张变了颜色呈现发白的奖状和发黄的老照片，从这一切可以看出，这一定是村长的家了。

村长不在家吗？

是啊，这是什么时辰，村长怎么可能会在家呢？王杉站在奖状和老照片面前欣赏了起来，奖状上久远的公元纪年，已经告诉王杉，村长是一个很有资历的村长了。

突然，竹篱笆墙外面传来了狗的嚎叫声。

王杉转身向门外看去，只见一个身穿一身皱巴巴的灰黑裤褂，一脚高一脚底的裤脚上，沾满的污痕已掩盖了布料的本色，面色黧黑，脸上背光的暗部简直黑如锅底，这颜色和他身上的衣服混搭一色，满脸深深的皱纹和衣服的皱褶连成一气，让王杉顿生质疑：厅堂墙上挂满奖状的获奖人就是他吗?

王杉的脑际瞬间略过电视新闻中常见的村长形象，西装革履，相貌堂堂……这，明白了，桂林山水甲天下，桂林处处原生态，品牌人物也是原汁原味的。

村长喝住了狗的嚎叫，笑容可掬地走到王杉面前。

“对不起村长，我冒然私闯您的家，请多原谅。”

村长见王杉这么一说，立刻伸手握住王杉的手，其热情如同接见上级派到他村里视察的领导。

“说哪里话，欢迎您来到我们长寿村啊。”

王杉对此“外语”似乎一点没有听出来，只能从他的表情中可以看出，村长说话的大意一定是欢迎光临。

王杉开门见山，立刻问村长，说：

“请问村长，您村里有一个名叫田心的吗?

村长对于普通话他是会听的，只是他讲起普通话，对他来说是普通话，但对外人来说是去了当地方言之后的普通话，实际上还是桂柳话。村长立刻回说：

“有啊有啊，经常有像你这样的人找她的。”

王杉听不懂，但从村长的点头的肢体语言中判断，村长回答是“有”字。

“那么，村长，请你带我去找她可以吗?”

“可以，可以。”村长连点几个头，并向王杉示意了一下，告诉他，跟他走。

王杉跟在村长后面，满心喜悦，他时不时地看一眼从脖颈上垂到胸口上的绣球，不禁内心掀起一层又一层波澜，过一会就可以见到心上人了，哎，真是绸缪束薪，三星在天，今夕何夕，见此良人？子兮子兮，如此良人何？

说来真是功夫不负有心人，有道是，有情人终成眷属啊，虽说这漫漫相爱路，终也算有了个大结局了。

一会儿田心见我从天而降，是惊喜还是心怀敌意呢？她见到我会再说一句“六根不净”把我拒之门外吗？

她爸妈看到我这个乘龙快婿如此这般憔悴会大失所望吗？要知道，真该换一件新衣服来上门就好了。

整天在田心面前捣弄爱情波澜的闺蜜和那个“情敌”戈阳会从中圆合这桩婚事吗？

田心在家里应该是穿上那身苗族服装吧，她头上戴的用许许多多银饰打造出来的帽子一定很美的，今晚，她的这一身娇妆，会坐在洞房的鸳鸯床上等他吗？说好的，绣球……

“友仔，到田心家了……”老村长在一栋绿树黄花中看上去很古老的粉墙乌瓦的古民居的庭院前停了下来，喘着气对王杉说着。

王杉的思绪一下被老村长的话打断。

“老村长，您说什么？”

“到了，到了。”老村长一边回答王杉，一边推开前院门庭的大门，冲里面喊了起来。

“老姑婆在家吗？

王杉站在老村长身后，他听着老村长冲院里喊的人应该是田心的妈妈，王杉明白其大意。他明白，村里人是有规矩的，上门找闺女，肯定是要先喊出闺女她妈才行。

随着村长喊声的落下，院里传来了似乎吐字不清的女声。

村长立刻应声侧过脸示意王杉跟着他往里走。走到一位看上去百龄有余的老太太面前后，村长对老人说：

“姑婆，这个小伙子是来找您的。”

“哦，有啊，有啊，昨天，前天都来过许多个小伙子，他们都带了礼物给我，哈哈哈，好啊，好啊。”

老人伸手握住王杉的手，慈祥的目光落在他的身上，脸上，如同久别的母亲看着儿孙归来的初见之情，布满皱纹的脸乐开了花。

王杉没听懂村长与老人的对话，他只见田心的奶奶，不，应该是曾祖奶奶对他如此热情，内心感到无限的满足，面前的这位慈祥老人，也算是这个家里乃至这个族里村里都算是最高领袖了，只要她肯定我这个乘龙快婿，又何愁比她辈分低的田心爷爷奶奶父母以及田心本人的接纳程度呢。

王杉顿觉心潮澎湃，内心激动不已，他突然单脚跪地，将一路抱在怀里的灰太狼当着见面礼呈献给他认为的田心的曾祖奶奶，并说：

“曾祖奶奶，这是我，您的乘龙快婿给您献上的见面礼，我就是您曾孙女的灰太狼，我一辈子会很爱她的，就像灰太狼爱红太狼。”

“什么意思，这，这。”老村长见此，丈二和尚摸不着头，什么曾孙女，什么乘龙快婿。

而老人家见到王杉对她如此毕恭毕敬，还送给她从来没有人送过的这个毛绒绒的玩意儿，满脸堆笑地立刻走过去扶起王杉，接过灰太狼，嘴里不断地说着她的地方话，大约意思是谢谢谢谢。

老村长睁着大大的眼睛没有离开王杉，他立刻对王杉说：

“记者同志，这就是你要采访的百岁老人啊，她就是你要采访的藤新啊，你说曾孙女，乘龙快婿是什么意思啊。”

王杉没听懂村长的话，但是，看着村长的表情，大概的意思是叫他不要跟老人家太磨叽了，要去见田心。他立刻转身对老村长说：

“好吧，老村长带我去见田心吧。”

什么，去见田心，老村长被王杉这一问，更加疑惑了起来，忙说：

“她就是藤新呀，她就是你要找的藤新啊，你不是要采访她吗?”

“我听不懂。”

“她就是107岁的老寿星藤新，藤新!”

王杉睁着两眼看着老村长，满脸堆笑。

老村长见此可急了，提了提声调说：

“藤新，藤新，107岁。”说完他指着老人，做了个在空中划107这个数字的手势。

王杉见此，还是两眼一抹黑，傻笑的一张脸站在老村长面前。

就在这时，一个放学回来的小女孩走了过来，老村长见此，如获救星，立刻招呼小女孩用他的桂柳话说：

“小朋友，快来给伯公当个翻译，我说的话这个客人叔叔听不懂。”

“你听着，你跟叔叔说：这位老寿星老奶奶107岁，就是你要采访的藤新。”

小女孩听完老村长说的话，立刻用普通话跟王杉翻译了起来。

“什么，她就是田心？我要采访她?”王杉惊叹不已。

“小朋友，你快跟村长说，我要找的是田心。”

小女孩听完，脸立刻朝向老村长说：

“伯公，他要找的是田心。”

“她就是藤新呀。”

“她就是田心呀。”

王杉听完，沮丧中无奈地蹲了下去，两手抱着头，面对于此，不知怎么说起。

王杉静了静后站起来，弓下腰对小女孩说：

“小朋友，叔叔要找的是田心，田心，田野的田，爱心的心，比你大一点的姐姐田心，她是我的女朋友，不是老奶奶田心。”

“哦，叔叔，你找错人了，我们曾祖奶奶是叫藤新，藤蔓的藤，新旧的新。”

小女孩给王杉说明了之后，转过脸把刚才的情况用桂柳话跟她伯公又说了一遍后，老村长才恍然大悟，忙叫小女孩道歉。

老村长说：

“哎呀，我们语言不通，都弄错了，真是对不起啊，我们这呀，四大姓是最多的，分别是姓藤，姓诸葛，姓韦，姓蓝，其他姓都是杂姓，姓田的是外来户，这里没有，只有阳朔和桂林的城里才有。”

王杉听完小女孩的翻译，他瞧了一眼老奶奶怀里抱着的灰太狼，知道他又要喊口号了。

我一定会回来的。

第十章

陌路知己

Stranger A Confidant

“听我的，二孙子，我今天得把你好好包装包装，昨晚听了一夜关于你的爱情故事，我得到了很大的启发，我发现新新人类中，像你这样具有八戒对桂兰的钟情之心，白娘子与许仙的千年等一回，唐玄宗追随杨贵妃的长恨绵绵无绝期，祝英台为梁山伯殉情的翩翩化蝶，这些的这些，像你这样的物种还真的濒临灭绝，对此，为了挽救濒临灭绝的物种，今天你要听我的。”

王杉得到老村长提示后，回到了阳朔寻找杂姓的田心。

这不小的阳朔城区，从何处下手寻找呢?

王杉把一张阳朔地图放在马路边供路人休息的椅子上，猫着腰认真阅读着。

刷过几条街了，这还有几条街还要继续刷吗?

那么，这么多错落的散落在街外的一户一户的也要刷吗?

如此之多，要刷多久啊?

王杉坐在椅子上，看着人来人往，一筹莫展，陷入无计可施的境地之中。

他从口袋里抽出一包刚买来的烟，学着抽了起来，许多人都说，烟是思路的引子，他等待引子把他引向最快的速度找到田心的思路上去。

他两眼盯着从他嘴里喷出来的烟，腾空，散去……

“这位哥，借个火。”

“借个火?”

“对，借个火。”一个手上提着一把吉他，背上背着一个音箱的小伙子落座在王杉旁边，伸出两只手指夹着一支烟的手向王杉示意了一下。

王杉向小伙子递过去已经点着的打火机，火焰在他的一头塞在嘴里的烟的一头燃了起来，火光照亮他的脸庞。

“喂，这位哥，好面熟呀。”王杉收回打火机时随口说了一句。

小伙子吐了一口烟后，认真注视起了王杉。

突然，小伙子似曾发现了什么似的叫了起来。

“这位哥，七夕夜，在西街欧迪酒吧，你我单身相邻而坐，面对着各名花有主的众七仙女，我们俩举杯共盏，共度孤魂之夜，记得吧，后来你醉了。”

“是啊，是啊，你这是……街头卖唱的?”

小伙子见王杉说他街头卖唱的，心里一热，回说：

“哎呀，你是点赞我的第一人，也算卖唱的吧，不过我是为了体验生活。”

“体验生活?”王杉狐疑的目光看着对面的他，只见他穿着满是破洞的牛仔裤和印有英文字母以及牛头图案的牛仔衣，头顶上整理出一头乌亮的波浪形头发，与之对视的目光炯炯有神，甚至让人一见都具一副挑战性，显然，对面他的活力对王杉来说有过之而无不及，似乎对王杉还有一股没有发挥出颜值的冲击力。

“怎么？质疑？我像个流浪汉是吗?”小伙子说完，见王杉默认，他立刻从口袋里掏出了一个本子递给王杉。

“毕业证书，C 市音乐学院？石君?”王杉的目光瞬间从质疑转化为钦佩，他立刻抬了抬眼眸说：

“你是 C 市音乐学院的应届毕业生石君，C 市音乐学院可是一所很有名气的学校啊，你的学院出了很多中国乃至全世界有名的音乐家和音乐人才啊。”

“本人今年刚毕业，崇尚自食其力，不靠家里资助，在衣锦还乡的千里迢迢路上以卖唱为生，一方面览尽祖国的名山大川，阅尽民俗人文，同时，通过一路结交朋友，实现我成为一位中国的作词作曲家的伟大梦想。”

“哇，你真伟大，远大的抱负令人敬佩啊，从 C 市到阳朔，也算走了一千多公里了呀，石君，你好样的，认识你很高兴。”说完，王杉递了一支烟给石君，伸过打火机帮他点了起来。

“请问先生尊姓大名，如何称呼？”

“哦，我叫王杉，也算跟你同行吧。”

“啊，真的呀，你是……”

王杉从包里掏出了一个本子递给石君后说：

“也算同行吧。”

石君接过本子，边看边读出声来：

“C市舞蹈音乐学院，姓名王杉，籍贯ZZ……”

“啊，王杉，我们真的是同行啊，而且还是老乡吔。”

突然，石君的声音高了八度，而且突显激动，用家乡的ZZ口音与王杉说了起来，他停了停，目光注视着王杉，继续用ZZ口音说：

“哇，啧，啧，啧，真是咱们他乡遇故知了呀。”石君说完，立刻站了起来，同王杉拥抱了走来，并说：

“走，喝两杯去，俺做东。”石君立刻亮出了北方人的豪爽，唤起了王杉久违的心动。

夜幕降临时分，两人融进了西街夜市大排档的嘈杂，各自带着故事，在一支又一支漓泉冰啤、刘三姐啤酒鱼中推杯换盏了起来，各自的世界观、人生观、价值观以及爱情的经历也随着酒兴口若悬河、滔滔不绝了起来。

“你知道我为什么选择……嗯，就是你说的卖唱吧，第一为了我的失恋，第二为了我爸。”

“怎么说？”

“先说我爸吧，应该说我的失恋跟我爸有渊源关系。”石君说了这一句后似乎内心有什么触动，垂下头后端起自己面前的杯子，自饮了起来，一杯酒下肚后说：

“你现在看得出我是一个家资亿元以上的富二代吗？现在你肯定看不出来了，所以，我今天在你的第一印象中是一个卖唱的，我特别高兴，你知道为什么吗？因为我从表层上已经开始蜕变了。”

“祝贺我开始进入蜕变吧，这杯干了。”石君举杯，王杉互和着。

“继续听我说，我爸是Z地区也算是土豪级别的人物了，知道Z市的LH企业吗？”

“知道，在Z市赫赫有名，名气很大，应该无人不知。”

“我爸就是这个企业的董事长，最大的股东而且长盛不衰十几年了吧。”

“哦。”

“所以我投胎到了我妈肚子里，至此，我就是一个入册的富二代了。小学时代就不用说了，娇生惯养基本上现在的家庭都可以做得到，到了中学，就不一样了，凭着我爸的地位和实力，我就顺理成章地跨进入了大学的校门，记得，为什么说是顺理成章吗？其实我是没有能力考进其他跟数理化文史等类别有关联的大学的，因为我从小被我妈逼着要学钢琴，为了满足我妈的虚荣心，我们家有钢琴，还是卧式的钢琴，那时候，学钢琴又有名师辅导，又在我家别墅特设了一个钢琴练习大厅，你说条件多优越啊，我就学了，其实学的不怎么样，但是，不管如何不怎么样，在我考大学名落孙山时，这个钢琴起作用了，我爸在走投无路的时候，通过关系介绍了我的天赋，后来就进了音乐学院了。”说到这，石君的表情颇感失落，他又拿起了面前的酒，喝了下去，王杉见状，陪了起来。

“这不是很好吗？终归是进了大学了呀。”王杉互和着。

“好什么好，其实，我现在想起来，真该学管理，至少是一条成功的捷径吧，当然了，我如果学管理，我爸至少给我创造了火箭助推器了吧，我若能用现在蜕变的心态面对企业的管理和发展，在高起点的条件下，当然离成功更近了。话是这么说，但是，历史的车轮滚滚向前，在历史的车轮下，有时总是要让某些人滚的。”

王杉见石君失落感漫延了起来，立刻拿起酒对他说：

“其实，再好的条件，再多的钱都会挥霍光的，而最关键的是如何认识这些条件和这些钱，还有就是如何认识自己，定位自己，你现在已经产生了蜕变，相信，你应该离成功更近了。”

“哎，王杉，我怎么感觉你的话跟我最后消失的女朋友的话很相似呀。”

“啊，这样啊。”

“是的，我最后消失的女朋友跟你说的话几乎一样……”

“暂停，怎么说最后消失的女朋友，这词很新鲜。”

“怎么说呢，这么说吧，最后消失的女朋友就是我最后的那位女朋友，也就是我们之间最相爱的女朋友，应该说，我爱她超过她爱我。”

“那么，怎么会消失了呢？”

“这要从头说起了，大一的时候，我借助我爸的财富，在各种场合下炫富，在学校里，起初我被许多人簇拥着，我开始了恋爱，一个接一个地换女朋友，这些都来自于哪里，来自于银行卡，来自于上学开进校园的路虎车，来自于可以住高级公寓，来自于一帮朋友出去时我的慷慨买单。可是，所有这些，我真正没有得到属于我的东西，其实我静下来时，我特别孤单，我特别迷茫。后来，在我生活中闯进了一个女孩子，就是在我毕业时最后消失的也就是不该消失的我的女朋友，她在消失之前告诉我说，其实，你现在两手空空，你什么都没有，如果有一天，当你爸突然消失掉的时候，你还能拥有什么？现在咱们都毕业了，眼下最关键的是，你如何认识这些触手即得的条件和这些钱，如何认识你自己，定位自己，特别当你爸突然消失掉的时候，你将如何安排自己，相信你懂得，说完这些，她就在我面前消失了，最后，她来了一条微信告诉我说，我们的位置共享留着，其他就不必再联系了。”石君说到这，他的脸向上抬了抬，貌似看着天上的星空，其实，他不想让眼眶中的泪水被王杉看见。

“所以，你因为她的话和她的消失选择了一条蜕变自己的路。”

“应该是，她现在在我心中，如同天上的北斗星，是我的方向定位，更是监视我蜕变的过程。”

“石君，通过你这一千多公里的卖唱，相信她看得见。”

“那当然，北斗嘛，哦，以后可不能我说卖唱了哦，叫体验，我这是积极浪漫主义的向上情怀。其实啊，音乐来自于民间，民间有许多音乐的资源，你看，我这一路过来，因为我女朋友的消失，我创作了许多首伤心情歌，你知道吗？现在我是西街欧迪酒吧的驻场歌手了，唱的都是我创作的歌曲。”

“哇，你真行……”

“何止真行，告诉你，我来到阳朔之后，我突发一个大胆的想法……”

“什么想法说来听听。”

“我要创作一支交响曲，叫《缠绵的漓江水》，胜过约翰斯特劳斯的《蓝色多瑙河》，你信吗?”石君趁着酒兴激昂的声音已经惊动了邻桌的年青旅人，博得他们的眼球纷纷向他看了过来。

石君挥手向他们致意了起来，之后接着说：

“哎呀，你看我，一讲起来便顿失滔滔，对了，你还没告诉我你怎么流浪成这副狼狈样呢?”

“狼狈？我狼狈吗?”王杉抬手摸了摸几天没刮的胡子和散乱的头发。

“我……”王杉停了停后，朝街面上看了看低沉地说：

“不瞒你说，为了爱情，为了一个女孩流离失所。”

“啊，可歌可泣啊，这年头还有山楂……那个之恋啊，赶快说来听听。”

石君的眼眸紧逼王杉。

突然，石君叫停王杉，急促地说：

“停停停，一会儿说，我问你，你会唱歌吗？快，快回答我。”

“会啊，怎么啦，看你紧张的。”王杉投向石君异样的目光。

“快，帮我摆阵!”石君说着立刻起身背起吉他，迅速把脚边的音箱摆到大牌档中间的过道上，架起了话筒架。

一切都准备就绪，他小声地冲着王杉的耳边说：

“这个钟点是最好聚集人气的时刻。”

“啊，好，给我来一首《爱到深处》。”王杉似乎已是石君乐队中人。

一曲《爱到深处》在大排档众多旅人中间唱起。

随风吹落的墙灰

留不住斑驳的光辉
旧梦中 只剩下
繁华抚慰
是谁曾体会无力心碎
是谁煽动你痴情与醉
谁在天地中斗转星辉
岁暮多思 心安无悔
是我 暗自憔悴
用泪凝聚琥珀的凄美
与我 举杯同醉
爱到深处我还思念谁
……

灯火阑珊的街边，回荡着王杉清亮的歌声，他那宽广的音域，典雅的风范和那让人一看就知道是受过训练且训练有素的歌手。顿时，座无虚席的大排档，许多旅人，停下了他们手中的杯盏，纷纷投过来赞许的目光。

王杉的歌声落下，几个小孩手上拿着他们父母给的钱纷纷放进石君早已准备好的在话筒架前面放着的捐助盘内，观众的掌声落处，再来一首的呐喊声此起彼伏，王杉顿觉一种满足感袭上心头。

也算是这几个月的释怀了。

“王杉，看来我们俩的配合不亚于旭日阳刚啊，再来一首什么。”石君小声地对王杉说着。

“再来一首《奈何桥之别》吧。”

“啊，一级煽情啊。”石君回应了王杉之后，两人的眼睛对视了一下，石君弹起了过门曲。

“下面，我给大家献上一首《奈何桥之别》。”

大排档的旅人们中间响起了掌声。

就在这时，王杉突然停了下来，迅速把话筒递给石君后说：

“你接着唱，我去去就来。”说完，仿佛十万火急中，跨过了前面拥挤的几张桌子，跑到了大排档路口的丁字路上，他冲着西街两头簇拥的人群左右观望了起来，看了一会儿后，似曾一无所获，便转过身往回走去。

“怎么啦，看见什么啦，看到让你流离失所的她了吗？”石君看见走回来的王杉脸色大变，沉默不语。

实际上，刚才王杉正要接着唱第二首歌的时候，王杉突然看见在大排档靠西街的那头，有两个熟悉的身影出现在那里，那两人极像万纤和万纤她爸爸。

“老板，买单！”石君向堂内的老板喊了过去，在王杉面前表现出一副做东的豪爽。

石君买完单，两人并肩走出大排档，到了分岔路口，石君对王杉说：

“没想到你的歌喉那么好，看来可以踏进中国好声音擂台了。”

“过奖了。”

“怎么啦，看得出你心情特别沉重，我说，王杉，有必要吗？春光明媚，处处有芳草呀。”

王杉低头没说话。

“好了，问你，今晚夜归何处？做个游魂，还是当个公子进酒店？”石君见王杉还是一言不发，便停下了脚步。

“啊？你说什么？”

“我说你今夜归何处？你知道现在几点了吗？子夜了”

“哦，夜归？还没想过，随便。”

石君抬眸看了一眼昏暗路灯下颓废至极的王杉后说：

“这样吧，今晚就跟我走吧，跟我一起住吧，走吧。”

石君说完，勾过王杉的肩膀，朝着巷道的深处走去。

“算我幸运吧，我流浪到阳朔，无意中得到了今晚可以回归的住处。让我说给你听吧。”

石君的手勾在王杉的肩头上，趁着酒兴，不管王杉听还是不听他的故事，便自个儿地说了起来。

“那天，我依旧在街边摆台唱歌，突然，一个老婆婆在我前面晕了过去，说时迟那时快，我二话没说，立刻放下吉他，把老婆婆扶了起来，我给了她水喝，掏出我包里的点心给她吃，后来，我慢慢地把她扶回到她的家里，到了她家我才知道，一点也不算小的院子，却住着无依无靠的她，现在的叫法就叫空巢老人吧，后来跟老人家聊天的时候才知道，她的儿子劳务出口很多年了，带着全家都走了。见此，我帮助她整理了院子的卫生，还帮她做了饭，后来，在我要走的时候，老婆婆拉着我的手说：‘孩子，就住在家里吧，做我的孙子吧。’就这样，我捡了个奶奶，同时也有了一个归处了。”

不一会儿工夫，石君领着王杉到了老婆婆家门口，开了门锁，拉着王杉进到院内。

“老婆婆睡去了，我们小声点，关于你在老婆婆面前的待遇，等明天我再向她申请吧，今晚你就先住下了……”

还没等石君说完，里屋一个老人的声音传了出来：

“君儿，跟谁说话呢?”

“哦，奶奶还没睡呀。”

“自从你住在家里后呀，见你每天都这个钟点回来，奶奶习惯了，在这个钟点都会醒来，听你回来的声音了奶奶就放心了。”

“多好的老人啊，趁此，我赶紧到老人床前跟她老人家说明一下。”石君跟王杉耳语了两句后向老人家的屋子走去。

一会儿工夫，石君回头拉过王杉说：

“老奶奶同意了，从此，你就是二孙子了，跟我来吧，二孙子。”

“什么，我，二孙子，那你呢?”

“小声点。”

石君立刻凑近王杉，对着他的耳朵说：

“我是老大，你不是二孙子是什么啊，走吧。”说完，石君拉着王杉的手向后院走去。

一个再简单不过的陋室了，屋里就一张床，其他什么也没有。

“将就吧，二孙子，今晚你就上我的床吧，咱们同床共枕吧。”

“我说石君，虽只有一天时间，我真实地看到了你的境界了呀，一个富家子弟，练就了如此高尚的情操，不对，应该是如此伟大的胸怀，也不对……”

“哎呀，别磨叽了，趁咱们入睡之前，你把你没说出来的为爱流离失所的故事讲给我听听吧。我呀，就喜欢听伤心爱情的故事，为什么呢，因为我特别擅长写伤心情歌，说不定，我还专门为你写一首呢。”

"故事？我的故事太长了。"王杉躺在石君的旁边，两手托着后脑勺，两眼看着眼前什么也看不见的黑暗。

陋屋窗外的星星，在漫无边际的苍穹中组成了巨大的星阵，透过窗户，在这静谧的、淡紫的夜晚倾听着王杉悲欢与离合共存的煽情故事，石君则在王杉首创的悲欢离合的元素中提炼着王杉版本的伤心情歌的歌词。

明天注定有一首伤心情歌问世。

"石君，你想干什么?"

"听我的，二孙子，我今天得把你好好包装包装，昨晚听了一夜关于你的爱情故事，我得到了很大的启发，我发现新新人类中，像你这样具有八戒对桂兰的钟情之心，白娘子与许仙的千年等一回，唐玄宗追随杨贵妃的长恨绵绵无绝期，祝英台为梁山伯殉情的翩翩化蝶，这些的这些，像你这样的物种还真的濒临灭绝，对此，为了挽救濒临灭绝的物种，今天你要听我的。"

石君没等王杉再说什么，把一条白毛巾扎在了王杉的头上。

"来，听话，坐在凳子上。"

"你总要告诉我这是在干什么嘛。"

"你不是想要找到田心吗？听我的，不出三天，田心就会站在你的面前。"

"怎么可能。"

"一切听我的就有可能。"

王杉看到石君一副自命不凡的气势，知道也拗不过他，认定让他摆布就是了。

“来，让我在你的头顶上写字。”

“写什么呀?”

“写什么你就别管了，好吧，等我全写完了再读给你听吧。”

“转过身子。”

“跪下去。”

“这衣服要很多钱买的，别往上写呀。”

“为了能找到你的田心，已经由不得你了。”

“好，起来吧，起来贴墙站着，还有左右衣襟。”

“这也写啊。”

“当然，什么叫感动，什么叫惊天地泣鬼神，什么叫媒体，今天全部可以显现。”

“好了，全部包装完了，来吧，一会儿就跟我一起，到阳朔最热闹的西街，人家有旭日阳刚组合，凤凰传奇组合，我们来一个爱在西街等我组合，怎么样?”

王杉总算明白石君的用心良苦了，用一种掠夺众人眼球的方式，然后通过众人对事件的猎奇流传，传到田心的耳朵，进而让田心闻讯而来……

“石君，谢谢你，真真切切他乡遇故知了。”

王杉感动得一下抱住石君。

“喂，别别别，这首抱的人应该是田心吔，赶快放手，赶快放手，我还要先拍几张照片，一会儿上朋友圈呢。”

石君让王杉站好了，连拍了几张他的照片，然后手机递给他。

王杉从照片中看到了自己的形象后不禁哈哈地笑了起来。

“看到这些文字了吧，这些文字和你的这张脸，这身打扮，很快就会产生刷屏，通过手机传向大江南北，如果有记者通过，那么，肯定在头版头条就出现你了，这图文并茂，你说，这个寻找方式，这个传播速度能找不到田心吗?”

王杉听这石君絮絮叨叨地说着，他的眼睛盯着石君在衣服上写的文字，认真地一字一字地读了起来。

“只为寻找我的田心。”

“请告诉我心上人田心的下落。”

田心，田心。

什么叫一往情深你知道。

在大片大片的甜美山水间，冒出一个酒窝的西街，这对于来到阳朔赏光的人来说，是非去不可的地方。

人潮涌动的西街，石君凭他的经验，选了一个既中心又不堵路，受众群体又多的位置摆下了音箱，话筒架，插上了话筒，石君执导的说是赢过旭日阳刚组合和凤凰传奇组合的爱在西街等我的组合开始上演了。

王杉今天的包装突然出现在西街，往话筒架前一站，如同天外来客，瞬间就把周边的游客吸引了过去。

石君的吉他伴音随同他耳麦的声音从音箱里响了起来。

“亲爱的各位看客，今天，我们俩的组合是一个悲情的组合，组合的名字叫爱在西街等我。大家看到了吗？站在我前面的小伙子，叫王杉，他的爱情至今为止还在悲剧中挣扎着，他的女朋友因为第三者插足，不对，不对……”

围观的游客喷饭。

“不对，不对，是因为一场误会，他女朋友离他而去了，可是，我前面的这个小伙子可是一个铁石心肠的人啊……不对不对，用词……”

周围的游客又喷。

“怪我用词不当，前面的这个小伙子可是忠贞不渝啊，他发誓哪怕走遍千山万水，也要找到他的心上人田心，各位好心人，拍个照吧，发个朋友圈，帮他圆梦吧……”

“哎呀，难得啊，‘只为寻找我的田心’，‘请告诉我心上人田心的下落’。啊，情圣，绝对情圣。”

围观的游客中议论声伴随着石君吉他的过门声，一曲《找你直到地老天荒》在王杉的嘴里唱出：

找你直到地老天荒

只为那份刻苦铭心的爱恋……

围观的游客听着王杉动情又动容的歌声，纷纷点赞和评论了起来。

“听这小子唱的歌，再看他身上写的字，可以看出，他对他的女朋友的爱可真真是超越了相爱诗经中的‘天地合乃敢与君绝’了。”

“嗯，看得出，在他身上确实有一段不平凡的恋情。”

“哇，这恋失的真是感动天宇啊。”

“‘只为寻找我的田心’，这茫茫人海，上哪儿找呀，田心，田心在阳朔吗？难不成他铁了心要找遍全中国。”

“爸爸，等等。”万纤和她爸爸路过西街，突然听到熟悉的“田心”二字，立刻停下了脚步，静心地听着周围人的议论。

“爸爸，是王杉，果然是王杉。”万纤在拨开的人群缝隙中看到了王杉的脸。

“纤姑，听爸爸的，冷静，冷静，千万别喊他，你看他那架势，此时可不是惊扰他的时候啊。”万纤爸爸万孟可强行把万纤拉到圈外，深沉且严肃地对女儿说着。

“难道他半个月前前来找田心，又失联了吗?”

“不管失联还是因为什么缘故，他和田心绝对有过一番非同寻常的爱恋，失联那是一个过程。”

“我看不下去了。”

“可歌可泣的爱情，知情人是看不下去的，走吧，张总那几个考察队员一会走远了。”万孟可催促女儿离开，把爱留给王杉自理。

万孟可的广告片送到杭州旅游乡村投资商张总那之后，引起了张总的极大兴趣，因此，由他亲自组团，到广西桂林及周边地区，北海及周边地区，最后聚集黑水河论证开发旅游项目。万纤因为是广告片的主要演员，因此被吸纳为此项目开发的广告传播使者，参加了考察团。

说好的，田心在阳朔等他，怎么可能落得如此田地呢?

说是寻找田心，也算街边卖唱啊。

哎，脸皮丢尽了，怎么说也是C市舞蹈学院高材生啊。

不行，我要叫胡蝶马上飞过来接管这份爱，绝对不能让这英俊落入沟渠。

几天下来，石君对王杉狠狠地做了总结。

“喂，二孙子，你看，我们几天的战绩辉煌吔，一，捐到了好几百块钱；二，你的受众群体至少上万人；三，你在他们朋友圈上的受众面以及映客直播大江南北；四，我们给老婆婆买了一份好吃的礼物；五，我被你感动，为你专门写了个词，谱了个曲，准备一两天开唱。”

“怎样，满足吧。”

石君的兴高采烈没有换来王杉的欢心，一副沮丧的脸垂头丧气。

“怎么，对我的信心表示怀疑?”

“没有!”

“要不这样，我还有一种想法，你呀，算了，卸装回到C市吧。”

“为什么?”

“我是从你故事里了解到胡蝶这个角色的，首先，我认为你跟胡蝶绝对是前世姻缘未了，你看哦，每次在你和田心进入做爱的高潮时……”

“用词文明点好不好。”

“好好，文明，文明，每次在你和田心将要进入爱的关键时刻，比如两人将要毕业，双双开始将要在广阔天地比翼双飞时，偏偏杀出了个胡蝶，偏偏在这个时候她骨折了，以伤痛留住了你的良心，从此，夺去了你们俩爱到深处的机会，再有，当你将要接过田心的绣球，马上就可以 going to bed 时……”

“注意用词好不好。”

“不就是上床吗?”石君见王杉脸色暗了暗，立刻改口说：“嗯，对，注意用词，当你将要接过田心的绣球，马上就可以圆房时，还是胡蝶杀了出来，非要你跟她一起圆梦冥界，在阎王爷那圆房，你想，这个胡蝶，难道不是前世姻缘未了又是什么呢?”

王杉静静地听着，一声不吭。

石君见此沉默，继续说：

“再说了，你这样三番五次地对田心进行沉重的打击，你今天能保证田心对你还存有真爱吗?你能保证田心还在阳朔吗?我觉得，你这一切都是徒劳的。但有一点，我很感激你，你给了我创作的灵感，所以，我如今陪情圣僧王杉西天取经自然也毫无怨言。”

“我内心谢谢你的帮助。”王杉看了一眼石君，低下头继续用一根树枝在地上涂鸦着。

“我继续跟你说哦。”石君开了一瓶可乐，喝了一口后继续说：

“我虽然谈过恋爱，但死活没有找到像你这种既不是轰轰烈烈，也不是死里逃生，而是死去活来的恋爱呀，当然，那是因为我身边没有让我怦然心动的女孩。但是，不代表我对爱情无知。是谁说过的一段话我忘了，是这么说的：再好的不可开交的恋人，也是两个独立的世界，这两个世界只能相互映照，而绝不可能完全合二为一，所谓绝对的心心相印忠贞不渝是根本不存在的，它只是一个骗局，由此便决定了爱情悲剧性意味的不可避免。”

听到这，王杉的内心似乎起了波澜，是因为石君这孙子的学识渊博还是道理的深刻，他没能分清，但他已从低头转向了抬头，认真听着石君的高谈阔论。

石君看得出王杉的心动，自己又喝了一口可乐递过一支可乐给王杉后站了起来，清了清嗓子，提高了声调说：

“其实，你这次选择来阳朔找田心就是错误的，随缘这方面的理论我就不说了，但我可以告诉你一个事实，爱情是个黑洞，爱情无法保鲜，你再找到田心，你和胡蝶的这个阴影一直都会在田心的心底。”

“怎么说？”王杉可是彻底地跟进去了。

“还要继续说吗？”石君吊王杉的胃口。

“说，继续说。”

“我是学音乐创作的，我不知道你总结过了没有，在诸多的歌曲中，就说 KTV 点歌台储存的几万首歌曲吧，伤心情歌占了歌曲库里的多少？你要知道，伤心情歌在人们的生活中已经达到了反复不厌的程度了，在远古，爱恋情殇情仇，是通过诗来表现和发泄的，而现今，是通过歌曲来传递和发泄的，其目的的雷同，都是一种心灵安抚。”

“这跟我有什么关系。”王杉反驳。

“有关系，太有关系了。想听吗？如果想听，我就往深处谈。”石君又卖了卖关子。

“别啰嗦，继续。”

“其实，爱情，只是情感瞬间被放大了，如同你，这么说吧，你好比一片树叶从树枝上飘飘旋转中落下来，而又永远地落不到地上的那一个瞬间，你知道这个瞬间是什么吗？是爱情的自由落体，作为恋爱中的人，就在这瞬间里迷迷糊糊地体味着所谓的永恒，迷迷糊糊地诉说着永恒，迷迷糊糊的祈盼着永恒。可是，这永恒，往往在许多的情况下发生了变化。例如，胡蝶的引入，万纤父女俩的闯入。”

“怎么说？”

石君认真看了看王杉的脸部表情，感觉到他内心在发生变化，便加紧速度往深处说。

“爱情这东西，不管对任何恋人而言，在他们之间都隐藏着一切歌的旋律，尽管，每一个人从爱情的孔窍中谛听到的歌儿不尽雷同，但是，每个在爱情中的男人和女人，均无不例外地认为：自己便是那个唯一，无不认为，自己是世界上最幸福的，可是，到了哭天抹泪的时候，一个比一个狼狈不堪，一个比一个如丧考妣。”

“什么意思？”王杉的眼眸与石君对了起来，他的目光中似乎带着质疑中的赞许。

“因此，我说，你就此刹车，不要为此浪费青春，更何况，在你的爱情中，已经有一份垫底的爱了。”

“我困了，相信你也困了，洗洗睡吧。”石君喝了一口可乐，看着呆若木鸡的王杉一眼，转身走进了里屋。

夜很深了，老婆婆的小院子外面，时不时的传来一个人拖着步履走路的声音，这声音深沉，阴郁又含混，仿佛在黑夜中要牵引着那些疲惫不堪，生不如死的灵魂组成游离的颓废团队。

王杉确定自己是失眠了，虽说石君关于爱情的言论带有些许消极的批判意义，但，不无道理。

你还在想什么？

还有什么好想的？

回 C 市吗？

那天胡蝶的泪眼正是宣誓她愿意履行垫底的爱呀！不是吗？

胡蝶，你都好吗？

万纤呢？

对呀，前两天晚上绝对不可能是幻觉的啊，她跟她爸爸在一起，她爸的印象我太深刻了，一个不离不弃的守灵人，难道来阳朔了？还是我幻觉呢？

深深的夜，被王杉肆意挥霍精光了，天地的轮回并没有计较，照样把黎明交给了他，好让他准备再一个深夜的不眠。

第十一章

柳暗花明

Away From Her

“你敢肯定他就是田心的男朋友？他身上的衣服文字所写的田心不是同名同姓的巧合?”寒姿在追问戈阳，戈阳立刻通过脸上的表情加重了他眼前所见的真实性后对寒姿说：

“怎么不能肯定，那天在古镇，他跪在田心面前叩头的刚毅和击在我脸颊上的那一拳的重力，我怎么可能会忘记，我当时得到的以致至今深藏着的就是那份永不磨灭的记忆了。”

“哟，哟……二孙子，怎么？看你这个架势，仿佛有改邪归正的倾向啊。”

石君推开屋子的门，看见小院里的王杉一改过去的穿衣打扮，整理了乱发，穿上了一套西服，一副十足的绅士风度，站在院子里的一棵桂树下面，面朝东方，似乎在沉思着什么。

他习惯了石君在他面前说的俏皮话，所以没有搭理，继续着他的沉思，直到石君走到他的面前站着了才回说：

“早啊。”

石君见此，更加注目起王杉的表情，说：

“怎么？二孙子，就这样泄气啦，哎呀，不行不行，这才多少天呐，就放弃爱情啦？诗经有一段誓言可是出自一个男人的，是这么说的，‘生死契阔，与子成说，执子之手，与子偕老’。你看，这男人，多么的荡气回肠啊。”

“去去去，洗漱去。”

其实，石君刚才的言语只是刺激王杉今天的最后选择底线。他看见王杉今天的突然变化，内心是很高兴的。这几天跟王杉的接触了解，从他的故事和闲言碎语中得知，王杉这个文艺青年绝对是祖国未来的栋梁，其发展前景是大有可为的，而现在最关键的是如何引导他从爱情的误区中走出去，摆脱无畏的情网走向新生活，而对此，最关键的是如何让他走出阳朔，中止他一意孤行地并且一副死心塌地要寻找田心下落的这种徒劳之举。

昨晚那番的爱情言论能在王杉心中掀起波澜，又有今天的变化，现在关键问题是如何找一个切入点让他顺应着摆脱田心的这番完全达不到彼岸的孽缘纠缠，而且还要设定一个软着陆点，石君为此问题想了一夜。

“喂，二孙子，今天最后帮哥一回好不好，今天，我带你去一个地方，一定让你有感觉的地方，你呢，再帮我唱一曲我两天前作的那支曲子《情死时刻》吧。”

王杉没有回答，一张阴霾的脸继续看着东方曙光到来之前天边的变化。

石君见此，知趣地转身向屋里走去，一会儿，从屋里传出了他用京腔京调说唱的词儿。

“易经第236页说：参星与商星相向移动数月，于昨夜咫尺相近，说明：婚配成，情相依，脉相通，如同牛郎织女七夕鹊桥也。”

婚配成，情相依……参星商星相会？

王杉似乎心动，确切地说是因为长长一段时间以来由田心造就的神经质所致，他立刻条件反射地把他的目光从东方移向屋子的方向，继续听着石君从屋里传出来的京腔京调：

“信不信，由你了，有缘既住无缘去，一任清风送白云……啷咯喱咯啷咯喱咯啷……”

石君唱完，转身朝屋外看了一眼，只见王杉洗耳恭听。他向王杉做了个鬼脸后，将王杉这两天穿的写了字的衣服和包在头上的头巾随手扔到门外，接着又用京调说道：

“这个东西用不着了啊……鼓哄呔锵……”

说完又来了一段京腔唱法：

“几度苦心，终结良缘，只道是一朝心灰意冷误良宵依……依。”

王杉听着，顿觉这小子肯定有所妙招可以找到田心，要不他不会这样挖苦的。思量了一下，便弯下腰捡起石君从屋里扔出来的衣服，重又脱下西服换了上去，扎上了头巾，其打扮与前两天没有什么两样，穿完之后，如同木瓜，站在屋子的门口，等待着石君下一步的安排。

石君正在刷牙，抬头向门外看了一眼王杉后，忽觉他的变化，立刻朝着他走了过去，满嘴泡沫，他仔细端详着王杉，忽然喷笑开来，泡沫飞溅到了王杉的脸上。

“你……”王杉欲言又止，明显敢怒不敢言，他心里清楚，自从跟这小子结识之后，他确实给了自己很多抚慰，虽然每天无功而返，但是，他对这个朋友的两肋插刀是没有话说的，另外，昨晚剖心开导自己的一番话，虽话语不多，怎么说还是启发了他明确了爱情的价值取向的。

石君洗漱完毕，背起了他的音箱，捡起吉他和话筒架后，从王杉的身边穿过径直朝门外走去，走到门边，他回头向他吹了个口哨，说了一句“Follow Me”之后，跨出了大门。

“你总要说说今天去哪儿吧，参商两星怎么相会嘛。”

这小子还真信了，石君满心欢喜，他闭口不语，只是一个劲往前走。

王杉只好跟着走，过往之中，许多人投以猎奇的目光。

又转了好几个弯，远远看去，前面聚集了许多人。

跟在石君后面，穿过人群，突然有一种熟悉的声音冲击王杉的耳膜。

好熟悉的声音啊，似乎在哪儿听到过。

“到了，前面是蝴蝶泉了，抬头看吧，你会有感觉的，这里的背景音乐你很熟悉的。”

蝴蝶泉，王杉抬头看去。

石壁上，一只巨型蝴蝶，胡蝶，胡蝶，一触即发。

王杉的双腿仿佛被什么拴住，迈不开脚步。

耳边，小提琴协奏曲由小变大，凄厉声直逼王杉的耳膜，碎奏、断奏，哀痛欲绝的旋律。

王杉不由自主地闭上眼睛，脑际，几乎是充满了整个脑际，随着悲愤的低音锣声响起，胡蝶纵身投入爆开的坟墓，王杉奋力接住，抱起她，托举……

“走吧，有时候记忆总是慢慢地沉积在心底无法抹去，过往的人与事会叠浪涌来，其实旧情感是一笔财富，留下让你能够回忆的，总是美好的东西。一种是缘分，一种是缘劫，或是涅槃，或是孽债。

石君边说边伸手拉了一把王杉，王杉立刻拽回失态，低沉地对石君说：

“可以换一个地方吗？这个地方，我想起她了。”

“想起她是自然的，其实……不说了，往前走吧，咱们到前面坡上的那个平台上吧。那是几个景区的必经之路，人多，受众群体大。”石君省了关键词。

两人来到了一个山坡的平台上。

石君照例摆台，音箱，话筒架……

他看到王杉情绪低落，知道胡蝶已经从蝴蝶泉起飞，并且飞到他的心中，同时用她的翅膀扑打起情感的涟漪，致使他的那段该与不该的情感在他内心四处泛滥了起来。

“来吧，最后的呻吟吧。”

最后的呻吟？

明白了，田心，田心，我的力还从心吗？

石君的《情死时刻》的过门声已经弹过两遍了，围观猎奇的游客见到王杉奇怪的打扮纷纷围了上来，有的顾盼了一下就走，有的伸长了脖子如同观赏一个景区博物馆玻璃罩里的古董。

“王杉，开始吧。”

王杉见到站在他后面的石君喊他，立刻提了提神，头转向后面与石君点了点头示意可以开始。

在石君低沉的旋律伴奏下，一曲《情死时刻》从王杉的嘴里唱出。

吉他无力的音阶
伴着哭腔声声
似曾追悔心头不死的痴情与醉
为什么爱到深处就没了成全
为什么掏心痴情却丢了圆满
如果早知山盟海誓需要血肉模糊
如果早知海枯石烂必须绝对占有
如果爱情告白有多少来不及
如果爱情明示有多少会错过

无谓的如果啊
拯救爱情终究已无力心碎了
此刻颤动的琴弦凄楚声声
是我的忏悔是我的呼唤

在这情死时刻的回光返照里

恋恋爱到深处的过往

回味甜到心里的甜心

仅此而已了

恋恋爱到深处的过往

回味甜到心里的甜心

仅此而已了

这首曲子是石君陪王杉街头找田心之后的第二天写的，他的立意，一种是倾诉，一种是挣扎。

就在王杉如泣如诉的歌声在这个叫“十里画廊”的始端的景点上空回旋之时，突然一个熟悉的声音打断了他后三句的叠唱。

“胡蝶姐姐，胡蝶姐姐，你怎么啦?”

万纤看见挤在她前面，紧挨着围观人群一排之隔看王杉的胡蝶仿佛失去了重心一样，一下子脚软了下去，她边喊边从她的后面抱住了胡蝶，没想到这一喊却惊动了王杉。

王杉朝着喊胡蝶的声音看了过去。

啊，胡蝶，真的是胡蝶，胡蝶她怎么来了。

“胡蝶，胡蝶。”不会又是幻觉吧，王杉被突如其来的胡蝶出现一下子愣住了，而胡蝶被王杉这么一喊，仿佛被激灵了一下，二话没说从万纤环抱的手上挣脱了出来，拔腿就跑。

王杉确认自己不是幻觉，立刻追了上去。

一前一后，距离渐渐缩小。

“胡蝶，胡蝶，你别跑，听我说话，别跑。”

胡蝶见游览区铺的石板路人多，便选择了向石板路外面的坡地跑去，王杉紧随其后，不料，在他眼睛紧盯着前面跑着的胡蝶没在意脚下凌乱的小石块时，不小心一脚踩空，身子晃动了一下，颠了几步，便倾倒在了斜坡边沿上，瞬间王杉沿着斜坡滚落了下去，没想到滚下一个斜坡，紧接着下面又来了一个马路边笔直的陡坡，王杉在陡坡的边沿站了起来，蹒跚了两步后没能把身子站稳，晃了晃便一下从十几米的陡坡上跌落了下去，不偏不倚地一头栽进了马路边上的沟渠内。

眼前的这一切，紧随其后的石君和万纤看得清清楚楚，眼睁睁地看着王杉从十几米的崖壁上滚落下去，却束手无策。

当他们俩从坡上先后绕到马路上时，见到路沟边上留下一地的鲜血，知道王杉摔得严重了，气喘吁吁地问了路边的目击者后才知道王杉被一辆小面包车上的好心人送到医院去了。

石君和万纤二话没说，拦下一辆的士朝着医院直奔而去。

石君和万纤赶到医院，正好碰到一位医生正向急救室匆匆走去，石君赶上去拦住她后急匆匆地说：

“医生，刚才你们医院接收了一位摔伤病人了吗？”

医生回说：

“是啊，你是他什么人，正好你们来的及时。”

“我是他的朋友，石君。”

“我是他的妹妹万纤，请问医生，我哥……”

医生听了她说她是伤者妹妹，立刻回说：

“你就在急救室门口等吧，现在正在止血抢救中，现在检查两只手腕骨折，其他部位等待 CT 检查结果出来。”

“天哪，只在瞬间呀。”石君感叹中看着医生推开急救室的门走了进去，内心略过一阵寒噤。

万纤看着被医生关上的急救室的门后，立刻靠了过去，冲着门缝往里面看，让千万个担心与牵挂恨不得从门缝挤进去看个究竟。

门缝里面的急诊室，一男一女两位穿着蓝大褂的医生在窃窃私语，说话的声音被外面还套着的一个小隔间衰减了，传不到万纤的耳朵里。

这一男一女的医生不是别人，正是田心的闺蜜寒姿和寒姿的男朋友戈阳。

“你敢肯定他就是田心的男朋友？他身上的衣服文字所写的田心不是同名同姓的巧合？”寒姿在追问戈阳，戈阳立刻通过脸上的表情加重了他眼前所见的真实性后对寒姿说：

“怎么不能肯定，那天在古镇，他跪在田心面前叩头的刚毅和击在我脸颊上的那一拳的重力，我怎么可能会忘记，我当时得到的以致至今深藏着的就是那份永不磨灭的记忆了。”

寒姿看了一眼仿佛不让辩驳的戈阳的脸部表情后，立刻驱赶走了心头一闪即逝的对戈阳在古镇泡田心直到至今仍耿耿于怀的猜疑后对戈阳说：

“你说世界怎么如此之小，转了半天居然又转到了眼前。”

“是啊，世界怎么就这么小，那么，你说，王杉那天在大王庙之后……之后他就没有离开阳朔？”戈阳一脸疑惑。

“是啊，根据推测，那天他和田心失散之后，并且我和田心黑了他的电话和微信之后，他跟我们完全失联了，后来……”寒姿说到这，转起了眼珠子深度地推理王杉的后来，但说不出个所以然。

“后来就用了形同疯子过街无人不知的手段，在头巾上，衣服上写上田心的名字后引人注目，寄希望能有人告诉他田心的下落，对了，那天在古镇他也这样做过，那时他也是头上绑着头巾，身上写着田心的字样跪在田心面前的，是的，王杉那时的那份坚决的情景和微信中说要去殉情的言语，是导致田心疯癫的诱因，看来这小子有极强的极端主义倾向。”

“是啊，要是换我，当时看到眼前的他以及他在微信中诉说的言语，是那样的对田心爱恋，假如换我是田心，我也是会疯癫的。”寒姿感慨中看了一眼急救床上躺着的王杉。

“你的意思是当时我回国向你求婚时，也要向王杉一样有一份坚决之心和极端主义倾向才能……”戈阳借机挖苦了寒姿。

“你又来了不是……”寒姿立刻打断戈阳的恻隐之心。

“哎，从今天看来，这么多天，真是苦了王杉啊，苍天无眼，有情人不成眷属啊。”戈阳走到病床前，看了看还处在昏迷状态的王杉，感慨了起来。

“是啊，苦了他了，真是可歌可泣的一番爱情故事啊，真难以想象，王杉这十几天是怎么过来的。”寒姿伸手调了调王杉的供氧开关钮，自言自语地说着。

“那么，我们赶快打电话告诉田心啊。”

“不急。”寒姿表现的略有所思。

“你怎么可以这样，怎么说也相爱一场啊。”

“我不是那个意思。”

“我说石什么来着？哦，对，叫石君，石君同志，我想问你，你不会是王杉同学吧，你能不能告诉我，王杉是收到田心闺蜜，叫什么寒来着，她在微信上说田心因他精神分裂，叫他要来桂林一趟的，王杉是十几天前来的，他究竟因为什么原因没找到田心而会跟你一起用这种方式找田心呢？”万纤和石君在急救室门口等待王杉的消息，借此等候，万纤便问起了石君。

石君回说：

“准确地说，我是十天前在酒吧与王杉第一次见面的，真正的认识是大约前四天吧，两个原因让我愿意与他交往，一是我们同在C市上学，又是老乡，而且学的都是跟音乐有关的，二是他的执着，特别是他对我讲述的他那桩奇异的爱情所经历的过程，对我这个也算是音乐人来说，是一个难得的创作素材，所以……”

“所以你把他当猴耍了，跟着你在街头巷尾卖唱了……”

“喂，打住打住，卖唱这个词我不爱听哦。”

“其实，石君音乐人，我跟踪你们已经三天了，你们所卖的地点，你们的住处我全清楚，你说你不是卖唱的，那么，你们俩在一弹一唱时，在你们脚前面放的一个捐钱小盒子是干什么用的……”

石君听到这，立刻打断万纤的话，说：

“好好好，我是卖唱的，我想问你，你跟踪我们干什么呀，这个问题我可是很感兴趣的，你可以先把这个问题说一说吗？”

万纤看了一眼石君背着吉他站在她面前的架势后说：

“四天前的一个晚上吧，我和我爸爸一行旅游考察团路过西街，突然听到一个很熟悉的歌声，可是，当我靠近这个声音时，歌声已经断了，这个歌声极像王杉的声音，因此，我开始想起了王杉，到达桂林的第二天，我们考察团一行又经过西街时，还是那个歌声，让我往歌声发起的方向寻去，万万没想到，拨开人群后居然见到的王杉是那样一副模样，那身上的文字，那凄楚的声音，我的第一感觉是，王杉在桂林与他的田心究竟发生了什么，王杉怎么会落入这般田地。当时，我想冲上前去，一把扯下王杉，我要让他说清楚到底发生了什么，可是，站在我身后的我的爸爸似乎看出了我的心事，首先一把把我拉出了人群外面，他语重心长地告诉我说：‘纤姑，你看王杉这架势，他的爱只属于田心一个人，为什么不让他爱到深处呢，为什么我们要干扰他呢。’后来，回到酒店后，王杉的形象在我的大脑中怎么也挥之不去，最后，我在无法战胜自己的情况下，我去找我爸爸，我向我爸爸要求，让我留下来，给我几天时间，我要第二次救下王杉……”

石君听到这，打断万纤的话后说：

“你的切入点选的太好了，这时候王杉的情感最需要旧情人的抚慰了……”

“打住打住，什么话？什么是旧情人？”

“对不起，对不起，我只是在王杉跟我说的故事中知道了有你这个女孩，并且你对他一往情深。”

“什么叫一往情深，我只是不忍心看着这么一个高颜质的文艺青年坠入情网不能自拔，枉费一生好不好，根本与我无关。”

“不说这些了，后来呢，后来你一直跟踪我们了。”

“对，后来我开始跟踪你们，特别是跟踪你，看你如何把王杉拉上歧途，被你当玩偶，为你赚钱……”

“打住，在此，我对天发誓，我是真心帮助王杉找到她的女朋友的……”石君举起右手做了对天发誓的姿势。

万纤马上拉下石君举起的手后抢先说：

“这个是我后来知道的，我后来跟踪到了你们的住处，我偷窥了你们俩和家里那个老奶奶的关系，并且，我在你的窗外听到了你们之间所说的只言片语，我从推理中才知道，你是一边见义勇为，一边通过王杉这个玩偶卖唱得钱……”

“你……”

“别干扰，听我说完。”

“后来，我跟踪了两天，我突然发现了一个问题，其实，田心根本就不在桂林或阳朔，她是大海里的一根针，在这偌大的中国，通过你们这种卖唱寻人，怎么可能会找到田心呢？最后，我想起了胡蝶姐姐。”

万纤停了停，看了一眼面前洗耳恭听的石君后继续说：

“我想只有胡蝶才能救下王杉，因为她和王杉同窗四年，以致到后面发生的缘殇缘劫，她才是真正能够通过她对王杉的新爱淡忘王杉对田心的旧情的最佳人选，后来，我打电话给胡蝶，编了一些谎言，叫她立刻赶到阳朔，谁知道，这深深植在她心灵深处的爱恋一触即发……”

万纤说到这，突然她手机的铃声响了起来。

“等等，胡蝶打来的电话。”万纤拿起手机冲石君暗示了一下，把手机扣在耳朵上。

“胡蝶姐姐……”

“万纤，你别说话，你先听我说，我严肃地告诉你，王杉的爱不是我的，我要马上离开这，回到C市去……”电话彼端的声音很激愤。

“胡蝶姐姐，你先别激动，我告诉你，王杉因为追你，从山坡上落崖，摔成重伤，现在在医院抢救，生死未卜……”

“什么，你说什么？王杉急救……”

“是，现在在医院急救室抢救，你赶快过来吧，阳朔YF医院……等等，一会儿再挂给你。”万纤看见一位护士手上拿着一张纸急匆匆地走过来敲急救室的门，她立刻挂断了胡蝶的电话。

一个女医生把门打开，让护士进去后，探出头看了一眼紧逼门口的石君和万纤。

“医生，请问……”

“情况不明，病人还处在昏迷中。”女医生说了一句便把门关上了。

“天哪，阿弥陀佛，哥哥啊哥哥，你可千万不能有三长两短啊。”万纤面朝着急救室的门缝祈祷着，眼泪夺眶而出。

王杉确实处于昏迷之中，其存活的气息和生命迹象，只有插在墙上的供氧指示气泡有所显现。

戈阳看了王杉CT检查的报告后对寒姿说：“谢天谢地，还好头部胰腺，肝脏都没有问题，你看。”戈阳把CT检验报告单递给寒姿，寒姿低头逐行认真地看了起来，就在这时，刚才拿CT检查报告进入急救室的护士走进寒姿面前后说：

“寒姿主任，我告诉你，我认识这位受伤病人的。”

寒姿一听，顿时惊讶了起来，立刻把头从报告单的纸面上抬了起来后说：

“什么？仪芳你说你认识这位受伤病人？”寒姿抬眸注视着站在她面前被她叫做仪芳的护士，一脸惊讶。

仪芳马上回答说：

“是啊，寒姿主任，我认识这位受伤病人。”

“那么，你是怎么认识他的呢，说来听听。”寒姿和戈阳期待的目光投在仪芳脸上。

“是这样的，应该前一周时间吧，我到大王庙向佛祖祈祷保佑我和我男朋友的恋爱我妈不要总是反对，我进到大殿时，这位先生正双膝跪在佛祖面前的棕垫上，在他跪的旁边还空着一个跪的位置，我起初是想等他起来了我再跪下去，谁知道他一跪跪了好半天不起来，嘴里念念叨叨着许多话跟佛祖说着，我等不及了，只好跪在他旁边的棕垫上了，就在我跪下闭目才跟佛祖吐露几句关于我妈不要干涉我和我男朋友恋爱的话后，没想到我妈突然出现在我和这位先生的背后，我妈二话没说，两只手分别紧紧地钳住我的耳朵和这位先生的耳朵，边拎边不停的数落，她把这位先生当成我的男朋友了，因为她的手指紧紧地钳住耳朵，疼得我直叫唤，这位先生也直叫唤，当时一句话也解释不出来，后来，我妈才知道是一场误会，所以，我认识了这位先生了。”

寒姿听完，不禁内心在猎奇好笑中愧疚了起来。

天哪，当时田心在她面前哭诉时，她还义愤填膺呢，真是对不起王杉啊。

“怎么这么巧啊，哎，也算欠他的了，对他多加护理吧。”寒姿像是自言自语，又像是对仪芳说，说完，她拉开急救室的门，走出门外。

石君和万纤见医生开门出来，立刻迎了上去，万纤急切地问说：

“医生姐姐，他怎样了，问题严重吗?”

寒姿没有马上回答，她抬眸上下打量了万纤一番后，绷着脸回说：

“问题怎么不严重。”

万纤听了医生这么一说，心一下紧了起来，她紧接着问医生说：

“医生姐姐，那怎么办?”

寒姿见万纤追问得这么急迫，看了一眼万纤的脸后反问了一句：

“他是你什么人?”

“医生姐姐，前面我告诉过你，我是他的妹妹叫万纤，他是我哥哥。”

“是你的哥哥？就算是你哥哥，那么你为什么姓万，他为什么姓王。”说话的口气咄咄逼人。

姓万还是姓王跟王杉的伤势有关系吗?

万纤被寒姿这突如其来的追问一时语塞。

寒姿见状，又逼近了一句，说：

“这是在医院，不是在称兄道弟的酒楼餐馆，在医院，亲属是要对病人同意手术承担责任的，是哥哥就是哥哥，是恋人就是恋人，不允许混为一谈。”

这也管太宽了吧？还恋人就是恋人呢。

站在一旁的石君倒觉得有点路见不平了起来，但鉴于王杉的生死攸关，对眼前的这位女医生只好忍气吞声，他压了压气替万纤回说：

“对不起医生姐姐，我们的万纤小姐确实不是王杉的妹妹，是因为暗恋他，后来，后来就成了兄妹了，请医生姐姐高抬贵手，让我们为王杉承担责任吧，我名字叫石君，我爸爸是国内鼎鼎有名的GD企业老板，想必医生姐姐也听过石……”

似乎寒姿在乎的是万纤的身份，不在乎石君的身份，她立刻打断了石君的话，欲要说什么时，胡蝶气喘吁吁地从走廊的那头跑到万纤的面前，猫着腰直喘粗气。

怎么又来一个女的，寒姿瞥了一眼胡蝶后说：

“伤者的伤势很严重，轻的话，终身坐在轮椅上，重的话从此成为植物人，我们会通知伤者的家属来的，你们如果也要来，就在明天上午九点钟来重症病房吧。你们现在只处在暗恋或恋爱阶段，收手还是有时间的。”寒姿说完转身就走，背影消失在前面走廊的拐弯处。

石君见此，嘀咕了一句：“这是什么话，还就此收手，愧对救死扶伤的美誉的莆田出的医生。”

胡蝶听到寒姿的话后，则宛如五雷轰顶，倚在万纤身上的身子几乎要坍塌下去，一句话也说不出来。

“胡蝶姐姐，胡蝶姐姐，你别这样啊，事到如今，那也是没办法的。”万纤转身一边搀扶着胡蝶，一边安慰着她。

石君见状，立刻说：

“我们在这也不是个办法，要不万纤先扶住这位胡蝶姐姐回酒店吧，到了酒店再做从长计议吧。”

三人如同从殡仪馆出来的送别人，各自怀揣着不同的悲伤，朝着长长的医院走廊走去。

寒姿推开了她专用办公室的门，疲惫地坐回到她办公席的座椅上，沉思了片刻后抓起桌面上的座机电话，拨了十一位号码。

“仪芳吗？今晚有空吗？我想请你到歌迷的故事咖啡厅喝咖啡，然后咱们说说话，并且我让你认识一位我的朋友，可以吗？”

彼端的声音很甜美：

“哎呀，寒姿主任抬爱，还说什么可以不可以，我是求之不得的了。”

“那好吧，8点钟，不见不散。”寒姿把扣在耳朵上的听筒放回座机上。然后，两只手腕支在桌面上，托着略有所思的脑袋。

片刻，她拿起桌面上的手机，把身子向椅子的靠背上靠了靠，开始拨通田心的电话：

“田心吗？寒姿呀。”

“寒姿呀，正想一会儿给你打电话呢，我告诉你，我明天要走了，明晚九点三十分的航班，回来也这么久了，该离开家门了。”田心的声音很低沉，从彼端传进寒姿的耳朵特显沮丧和失落的信息。

“怎么，明天就要走了呀，明天就离开我们了，这时才打电话，连个践行的时间都不给，什么意思呀。”寒姿在挑拨田心的心情。

“哎，还说什么意思呢？失败的恋情，无业的游民，爸妈的圣女，一切的一切都在逼我离家遁入空门。”

“哈哈，不至于吧。拨开云雾见太阳，给自己打包后，把自己还给自己。”

“是不是，又给我上课了是不是，‘爱后即焚，眼泪是灰烬里的钻石……’‘林黛玉最大的悲哀是给自己选择了颓废的心态……’我都会背了，好了，找我啥事？”

“你看你看，又来了不是？心态，心态，心态决定命运。这样吧，今晚8点整，咱们在歌迷的故事咖啡厅不见不散，我有一件重要的事要告诉你。”

“什么事不能在电话里说吗？”

“不行，8点整，不见不散，挂了。”

田心挂断了寒姿的电话，然后看了看手机的时间，便呆呆地坐在写字台前若有所思了起来，当眼睛从墙上落到明天要离家备好的行李上时，不禁心头泛起了一股悲凉，酸楚的泪如同化学反应瞬间夺眶而出。

最后，她的目光落在了桌面的一把剪刀上，突然很快地伸出手抓起剪刀，迅速走出闺房来到隔壁靠阳台的屋里，站在了她呵护得如生命一般重要的那盆杉树前，下齿对着虎牙紧闭着嘴唇注视着面前的杉树后，开口对着杉树说：

“你的巧言原来一直都是我的痛，当倾心遇到花心，你可曾体味过我的死去活来，你又何曾检索过你许下的诺言，我今天痛斩爱情，你的那番在奈何桥上等我的谎言见鬼去吧，记住了，在我一刀落下，你走在黄泉路上可千万别回头，在忘川河边上的三生石上千万别刻下我田心的名字，你千万不要在奈何桥上等我，在幽冥之狱别再纠缠我了……”

一滴陨泪滴落在面前杉树的枝叶上，田心在颤抖中举起剪刀，张大剪口，正要剪断那棵倾心栽种了两年之久的杉树时，突然她妈妈的声音出现在她的耳后：

“甜甜，你要干嘛呢？”

田心立刻转身，一只手连同剪刀背到身后，另一只手迅速地擦干眼泪。

这举动，田心妈还是看出来了，她盯着田心的脸正要说什么时，田心先开口说：

“妈，我刚站在窗口上看窗外的那棵榕树时，想起了小时候在树下捡榕果吃，明天要离开家了，不禁伤感了起来，没事的，女儿离家后，爸妈您可要保重身体，过年了我再回家看望你们。”田心抬起两边嘴角，强作欢颜。

“是啊，你待在家里久了，突然说你要离开家门，妈妈心里也有点难舍难分。今天，妈到西街专门给你买了桂花饼，你带在路上吃吧，快把它放在包里，一会儿别忘了。”

“好的，妈。”田心接过她妈妈手上的一盒桂花饼，往包里塞。

“哎呀，你这一走，家里又该安静了，来，坐过来跟妈说会话。”

田心妈坐到床沿上，挪了挪屁股，让田心坐在她身边，

“妈，我得先出去一会儿，寒姿约我聊点事儿呢，明天不是还有一天时间吗？我明天呀，什么地方都不去，好好陪陪妈，好吗？”

“你呀你呀，嘴总是这么甜，好吧，早点回来吧。”

田心披上外套，跟她妈妈道了别后，出门去了。

田心看了看时间还早，便自个儿一个人在马路上溜达了起来，看着熟悉的街道，想想明天就要离开家门了，一个女儿身就要走上闯荡江湖的路了，不禁内心酸楚了起来，前四年离开家门，归宿是大学校园，前两年离开家门，有一个心上人在等着拥抱她，而今却孑然一身，孑然一身也就算了，可是那些现今已成往事的一切，他那可恶又可爱的面容，却一切清晰如昨，如同儿时坐的跷跷板，恨下去了，爱又起来，爱起来了，恨又下去。

“田心，我在这呢。”寒姿看到站在进门转角处正在左顾右盼的田心，立刻喊了过去。

田心应声向寒姿走了过去，拉开椅子，站在寒姿对面一边脱去短风衣一边说：

“本想留到明天再告诉你我明晚要走，你知道为什么吗?”

“为什么?”

“为了避免你有充分的时间又给我上课。”

“你呀，你呀，怎么叫上课，是咱们一起分享。”

田心脱去风衣取下包放在旁边的一张椅子上之后，抬眸正眼看了看寒姿，不料坐在寒姿旁边的一个满脸堆笑的女孩夺去了她的目光。那女孩见田心两眼盯着她，便立刻主动地向田心打起了招呼：

“田心姐姐好，刚听寒姿主任说起过你，这会儿才见到。”

这不是跟王杉一起跪在佛祖面前双双祈祷相亲相爱的那个女孩吗？田心立刻沉下脸，没好气地说：

“你来干什么？是来跟我谈判把王杉让给你呢还是来找我商量跟你一起组成联合阵线跟王杉斗呢？”田心气鼓鼓地对女孩说完，暗暗的脸立刻又对准寒姿，说：

“寒姿，你什么意思，你因为她约我吗？”

看得出，田心正怒火中烧。

寒姿见状，笑了笑对田心说：

“田心你别急，今晚我确实因为她才约你出来的，你冷静一下，慢慢地听她把话说完。”

寒姿这么一说，仪芳立刻接了上去，说：

“田心姐姐，我的名字叫仪芳，你误会了，我跟你的王杉先生一点关系也没有，至今我们都还不认识，那天大王庙我和王杉跪在佛祖面前祈祷，首先是我妈误会了，她把王杉当成了我的男朋友，那时候的我妈她根本听不进去我的解释。”

可不是吗？谁能相信呢？双双跪在佛祖面前，同时闭目祈祷，捉奸都捉到一双了，还有什么可解释的呢？

寒姿瞟一眼田心拉长的脸后替仪芳解释了起来，她说：

“如果不是你仪芳今天第一时间告诉我躺在急救室床上的王杉先生就是大王庙在佛祖面前被你妈妈拎起耳朵万般数落的那个男的，如果你不是在我身边工作让我知根知底，我想象过去，那天的情景说你和王杉不是一对，谁都不信……”

“你说什么？躺在急救室床上的王杉，王杉他怎么啦？”也许是心灵一直没中断照应吧，田心挑了一句关键词把她的心吊了起来，同时，一股不详略过她的脑际，她顿时紧张了起来。

寒姿见状，故带悬乎的口气说：

“是啊，面对王杉的生死未卜，看在你和王杉怎么说也相好一场的份儿上，再说，王杉也是应你之约来到桂林的，所以，我今晚特别约你，一是告诉你王杉的情况，二是假如王杉同志有什么不测，也不至于让他蒙冤地走，所以，我就带着仪芳一起约你了。”

田心听到这里，眼泪已经夺眶而出，哭着对寒姿说：

“快告诉我王杉究竟怎么啦，快带我去……”

“田心姐姐，其实王杉他也不是……”仪芳看见田心如此紧张，并且一下子伤心成这样，不免同情了起来，正说着，她的话立刻被寒姿截断了，她有意地踢了一脚身边坐着的仪芳后抢先说：

“哎，你也别紧张，也没必要这么伤心，听我把话说完。我听到仪芳告诉我的情况后，我内心也是很内疚的，从他受伤的迹象看，他被你误会之后，一直没有离开阳朔，在不知道你的住处中，四处寻找，而且，而且他在寻找你毫无结果时，他发疯似的采用了极端的手段寻找你，哎，真令人感动啊。”

寒姿说到这，瞟了一眼垂着头只管伤心的田心后说：

“我给你带来了一样东西，你一会儿带回去看一看吧，其实也没什么，你和王杉只是相恋一场，再说你已经退出了，知道有这么一回事就是了，哎，人生，轮回，就是一场戏，好了，想开点，有事随时给我来电话，仪芳，我们先走吧。”寒姿特别拍了一下仪芳的肩头，示意她马上离开。

“等等，寒姿，你现在能带我去见他吗?”

“那不行，现在还在重症病房观察呢，医院也不会让你见到的，再说你是他什么人，用什么身份来跟医院提要求相见呢?”

“寒姿，求你了，你是我闺蜜，又是主任医师，你就带我去吧。”田心站在咖啡厅门外不肯离去，她拉着寒姿的手求着，就差没有跪地哀求了。

“这样吧，手术是由戈阳主刀的，我今晚约你时，他告诉我，你如果要见王杉，那么就明天上午上班的时候吧，现在去就没有必要了，我离开手术台时，戈阳也没告诉我细节，王杉他应该没什么大问题吧，放心回去吧，明天有必要就来慰问一下他，怎么说，毕竟也相爱一场吧，再说，他也在你眼皮下面的医院。”

说完，寒姿拥抱了一下田心，转身跟她道了一声别，和仪芳一起上车走了。

明月挂在桂林的上空，月光抒情万种地从天上播撒了下来，倾泻在静美的桂林山水间，晶莹清澈，恍如水泉，更像一张网，仿佛网住了人间的情殇情仇，也网住了离愁万种。

第十二章

爱到深处

Love To The Depths

说完，把胡蝶拉开后，侧身坐到床沿上，俯身下去，轻轻地吻了一下王杉，强拉起笑脸，拼出喉口颤抖的声音轻声对王杉说：

“杉树，你是甜甜的，你是甜甜的，你是甜甜的……”声调由大到小，最后声音淹没在了两人嘴唇的无缝对接中。

“万纤，你说刚才送我们俩回酒店的那个石君他所讲述的王杉来桂林找田心的过程是真实的吗?”胡蝶坐在床沿上，疲惫地对着正在脱外套的万纤说着。

酒店客房的灯光照出了夜幕降临时分胡蝶在马路上所没呈现在脸上的焦虑和憔悴，此情此景与前些日子与她相处时呈现出来的编导的权威和自信相比，形成了极大的反差，用失魂落魄这个词形容，一点也不过分。

万纤从胡蝶桌面上拿起一瓶矿泉水，拧了盖之后走到胡蝶的面前递给了她后，走回镜台前对着镜子说，声音从镜面反射到了胡蝶的耳朵里。

“我绝对相信这个过程是真实的，其实，从王杉对于田心的爱的执着这个层面来说，后来我从王杉透露给我的只言片语中了解到，另外也从刚才石君在马路上跟我们透露的王杉这十天所经历的事情上看，他对于田心的爱是深沉的，纯洁的，更是一意孤行的。应该说，他这一路过来，从古镇到道谷，以至到这次来桂林，他对于田心的爱的轴心，一直都跟你有关，也就是横刀夺爱的那种……”

“你胡说!”胡蝶听了这一句，立刻不情愿的打断了万纤。

“你别急，听我把话说完。”万纤听到了胡蝶对这句话如此反感后，从镜台前边梳理头发边跟胡蝶聊的姿势中迅速调转身子，正面对着她说：

“我说的横刀夺爱的形式不是像小说、电视剧中所呈现的明目张胆的那种，确切地说，你的横刀夺爱是无意的，涵盖那种……”万纤停下来组织后面的陈述句。

“怎么说?”胡蝶倾听万纤说话的眼神表现出了从没有过的认真

与关注力。

“你回忆一下，濒临毕业季的时候，正当他们俩爱的花朵正要结为累累硕果的时候，你因王杉而受伤，不期而遇地冲毁了他们俩的爱，这是事实吧，他在道谷为他们俩的爱殉情时，我说服他把他带到都市，重新扬起生活的风帆时，是你给了他垫底的爱，这也是事实吧。”

万纤看了略有所思的胡蝶一眼后继续说：

“在这一点上你无可辩驳，因为从道谷我第一次见到他时的一见钟情以致到后面他真切体现在舞台上的才华，我开始暗恋他。冲着恋人的敏感，我那时对你的言行举止看得很清楚。”

胡蝶听到这，拿起矿泉水喝了一口后，抬眸等待万纤继续说：

“恰恰，正由于无意的横刀夺爱和垫底的爱这两个的爱的事实，王杉无法抵挡，更无法放下，因此造就了他一路下来，对田心的爱中始终都围绕着你这个轴心转，更具体地说，他一直都在你无意中布下的情网里挣脱不出来，那么，问题归结为……”

万纤说到这，突然停了下来，她站在梳妆台前居高临下的眼睛看着一直坐在床沿听她高论的胡蝶。

胡蝶见万纤说到关键的时候收住了嘴后，立刻紧逼了过去后说：

“归结为什么?”

“归结为他对田心的爱更多地是从良心上去解释你闯进他们爱巢中来的过程。表现在两次过程中，第一，他摔掉你之后，也就是你在医院被你爸妈接走之后，他立刻去追寻田心，因为追不上，所以从良心上选择了殉情，第二，他得知田心因他而疯癫时，还是出于良心，他立刻踏上去桂林的路寻找田心。而在此期间，他对你是一边在良心包围之下履行着对田心的爱，另一边也伸手接受你给他的半推半就的爱，虽然，用常理来说，我们似乎觉得王杉不靠谱，或者叫脚踩两只船，确切一点说，他在爱情的取舍方面欠缺了什么，但是，我觉得他的情操还是有高尚的一面的，一是守信，二是责任，人间守爱，更要守信，守责任，你说对吧……”

“是啊，守爱，守信，守责任。”胡蝶听到这，垂下头，似是回答万纤，又似是自言自语。

万纤停了停继续说：

“咱们都来看一看现实中王杉型的模版吧，其实，当时在你受伤时，王杉完全可以选择不管的，抱着他的田心，趁着毕业，远走高飞，而在他得知田心因他而疯癫时，王杉也可以不顾的，因为他已经拥有你的爱了呀，所以……所以，与现今的爱情出现了一夜情这个名词之后，与现今山楂树之恋被淡化之后，王杉的情操还是有可读之处的。”

“我明白了。”胡蝶嘴里说出这一句话时，两眼发直。

万纤听得懂她说这句话背后的意思，她沉思了片刻后说：

“你明白你现在的身份吗？一个剧院有成就的编导，C 市舞蹈音乐学院的高才生，官二代，家二代，你这些想过了吗?”

“因此，我想问你，如果今天我没有接到你的电话，我没在电话中告诉你王杉的情况，你无意中回到 C 市了，你会去承担这一切吗？再说了，王杉现在是跟田心失联了，相信田心如果知道王杉来桂林找他的真相，难道田心会熟视无睹吗?”

是啊，田心会熟视无睹吗？

客房的窗外，月光下，远方在平地上突亢而起的桂林山水特有的三四座奇峰，如同三四个巨人天宇下面奇谈着什么。

“寒姿……”寒姿扣在耳朵上的手机彼端田心泣不成声的声音。

“田心，我听着呢，你别这样好吗？要不我马上到你家去。”寒姿想象田心此情此景，心里顿时紧了起来。

“我太感动了，纵然他有一万次对不起我，他的血衣，血衣上写的字，我变成鬼也要属于他的了。”田心哭腔下的声音禁不住让寒姿的眼眶湿了起来。

田心提到的血衣上的字顿时撩拨起寒姿在急救室看到王杉血衣的情景。

寒姿调整了一下心理后说：

“是啊，草木都会感动的，都怪我们在爱与被爱的问题上太任性了。”

“嗯，你现在可以带我去医院吗？寒姿，我想马上见到他，此时此刻我必须陪伴在他身边的。”

“不必了，没事的，你如果心里觉得特别过意不去，明天上午就到医院，尽一个地主之谊吧。”

“寒姿，其实我一直都爱着王杉的，大学四年，相爱两年，他对我的爱我一直历历在目，他的诚实与学识，才华，还有颜质，我一直都是认可的……”

“那么，你为什么后来变卦了？”

“女儿心，玻璃心你难道不知道吗？”

"此时此刻，你很内疚是吗?"

"何止内疚，我是在忏悔。"

"但是，你缺失了内疚、忏悔之后的感悟。"

寒姿面对的刚才时针已指在子夜区间，怕田心这一夜将要对她无数次的骚扰，所以，有意识地牵引她看到这一切之后朝感悟这个层面上走。

"感悟?"

"对，感悟，至今为止，事情的真相已经很清楚了，难道你没有感悟吗?"

电话的彼端没有声音，显然田心进入思考。

寒姿没等田心回过神来，抢先说：

"好吧，下半夜留给你感悟吧，反正事情都过去了，从人之初性本善到人之初性本恶，从世界观，人生观，价值观到崂山道士，人类都在喋喋不休地争论中，走过了一代又一代，似乎有人清楚，也有人混沌。所以，你面对着血衣，也不必太放到心里去。好吧，我困了，明天还要赶着去上班呢，挂了哦。哦，对了，今晚我关机。"

寒姿没等田心续话，扔下一句不让彼端有任何回旋余地的话后，关断了手机。

被情网网住一夜的两个人，田心和胡蝶以及被朋友之情，准亲情牵挂住的石君、万纤不约而同地同时到达医院的急救重症病人观察室门口。

就在大家立定之时，首先田心认出了站在万纤身边的胡蝶，大学舞台上，她和王杉双双在舞台上的情景一下充满田心的脑际。

情敌之间狭路相逢，田心哪里忍得下和肯放过，经过一夜感悟，平息了王杉这前后两年多的恩恩怨怨，又认定了她死了也要做王杉的鬼之后的她，首先向突如其来的胡蝶发起了进攻，在她的一团火从心间烧到脸部，然后通过两眼迸出凶光之后，向胡蝶发起了进攻，她没好气地直逼胡蝶，说：

"胡蝶，你今天来干什么?"

田心这个在王杉领衔主演的舞台上从没露过脸的演员突然登场，让既是演员又是观众的石君、万纤一下子愣住了。胡蝶顿觉有人直呼她的名字，立刻警觉了起来，她看了一眼田心后立刻回说：

"你是什么人。"

石君、万纤心里同样疾呼，天哪，这不是刘三姐返魂返回穿越吧。

胡蝶，石君，万纤惊讶中睁大着眼睛，不约而同地看向眼前这个简直就是刘三姐化身的田心。

"我是什么人，我是与你这个不要脸的，横刀夺爱的小三争斗至今的王杉女朋友田心。"田心亮出身份的同时，似乎填充了对阵之前足够当量的 TNT，就等待着对方宣布开战之时点燃引爆这堆 TNT 了。

惊魂，惊魂?

石君几乎是脱口而出：

"难怪啊，王杉，要是换我，面对着要失去这样美貌的刘三姐，我绝对不是一路走到黑，还在道谷守着一堆无人墓而殉情，我 TM 非一头撞墙立刻不活了。”

万纤站在石君旁边，见他如此不顾场合的感慨，重重地在他腰上扭了一把后，转过脸小声地安慰胡蝶：

“胡蝶姐姐，你要冷静，王杉生死未卜，我们现在最重要的是为王杉承担痛苦。”

就在这时，迎面走来了昨天见过的那个女医生，与她并肩而行的是男医生。在他们俩身后，还跟着一男一女。

石君看了一眼他们，转眸与万纤的眼眸对了一下，仿佛告诉她，对面那个刘三姐的阵容可不小。

寒姿挺着高高的胸，突显一个权威医师的气势走到他们中间后立定，扫了一眼围着她的几个人，然后神气十足地说：

“怎么，这么准时啊，看来王杉的人缘还真是好啊，这样吧，大家都跟我来吧。”寒姿说完，扫了一眼在座的之后，眼睛落在田心身上，田心见此，立刻跟寒姿说：

“她也来了。”田心与有情敌的女人一样，习惯上省略情敌的实名，用“她”来代替。

“她是谁呀?”

“胡蝶!”田心调起一直挂在两眼之间的凶光向站在万纤旁边的胡蝶逼了过去。

“她就是胡蝶？昨天来过了呀。”等同于寒姿的惊讶，戈阳以及戈阳身后站着的赖子臣和江映红的目光同时看向胡蝶。

“是，医生同志，我就是胡蝶。”

寒姿面对着面前胡蝶的冷静和仿佛就是用修养来形容气质的陌

生人，被她身上放射出来的修养和气质的光芒，秒杀了她欲要为田心两肋插刀的举动，进而转为平和地对大家应声说：

“好啊，王杉的好朋友，准亲人都来了，是这样的，王杉昨晚已经被转移到重症病危病人的重症病危病房去了，大家都跟我来吧。”

重症病危病房？

似乎在座的每一位都被“重症病危病房”这六个字识大同存小异了起来，大家都迈着沉重的步伐，跟在寒姿后面朝着重症病危病房走去。

“王杉就在里面。我现在跟大家宣布一个探望病人的规矩……”

“等等，等等，医生同志，我的朋友王杉已经在太平间里面了啊。”石君听着寒姿说的王杉就在里面，他注目朝着里面那个方向看去，恐怖的“太平间”三个字让他的心一下子吊到嗓子口上。

原来，寒姿说的重症病危病房是与太平间共用一个三岔口的，挂在头顶上的“太平间”是指示向右的走廊入口，正面走廊是通往重症病危病房去的方向。

“别紧张，我说的是里面，不是右边。”寒姿瞪了石君一眼后继续说：

“因为你们都是王杉的朋友，我呢，我呢……我呢是一个医生，所以，今天带你们进去探望病人必须跟你们说个规矩，首先，不管遇到什么情况，不能大声喧哗，还有，心情要节制，不要激动，大家听清楚了。”寒姿说到这，扫了一眼大家后，往前面走廊深处走去。

走到走廊尽头，呈现在大家眼前的只有一个房屋，不像常规医院病房一样都是分左右两排一间挨一间，中间是一条走廊的所谓的住院部。

迎面贴在门上面的“重症病危病房，严禁大声喧哗”十二个分两列的字，无不让看见它的人起一身鸡皮疙瘩。顿时，一行探望王杉的人如入地狱冥界，鸦雀无声了起来。

寒姿走到门口，停下了脚步，转过身子对站在眼前的每一个人扫了一眼，把目光落在了胡蝶身上后说：

“一会儿见到王杉的情景，保持克制，爱，如何爱，也是要讲究条理的。”这句话让人乍听起来，似乎是对众人说的，但从寒姿的眼神上看，仿佛单对胡蝶约法三章。

寒姿说完，转身推开了重症病危病房的双开门，随着双门的开启，病房内，一副形同木乃伊的王杉躺在病床上，整个头部包扎着绷带，只露出眼睛、鼻子和嘴巴，上下嘴唇之间贴着一条形同创可贴一样的胶布，平躺在床上伸出的左右两只手，用石膏固定住的手腕，平放在床的左右两边，这个样子让人一看，不用门口贴上重症病危，谁都会想到这个重症者不用多久就要转到旁边那条走廊的太平间去了。

寒姿见大家相继涌进病房，立刻叫住大家，说：

“大家别紧张，事到如今大家都别太难过了，王杉现在的情况只有三种可能，第一种，一辈子坐在轮椅上，第二种，成为一个植物人，第三种，移送到旁边那条走廊里面的太平间……”

田心还没等寒姿说完，毫无心理准备的她见状顿时声泪俱下，她依附在江映红的肩头上哭得非常伤心。

胡蝶一进门，第一眼见到躺在病床上的王杉，便不顾一切地跑了过去，单膝跪地，上身倾向王杉，脸贴到他的脸上，一只手轻轻地抚住他另一边的脸，把无限的爱抚和亲昵给了他后轻声地对他说：

“杉，不怕的，纵然你成为植物人，一辈子坐在轮椅上，你的胡蝶也将一直陪在你身边，不怕的哦，不怕的……”

在一声声变换谐音的轻抚中，胡蝶已是泪流满面，泪珠滴落在王杉的脸上，她的这一幕激起了站在王杉床边的包括寒姿在内的所有人来自肺腑的感动，催下了他们的眼泪，自然激起了田心的亢奋，只见她擦了一把眼泪，走到胡蝶的身后，躬身伸手从胡蝶的背后把她拉了起来，声音虽很轻但带着生硬的口气对胡蝶说：

“起来，王杉是我的，他不要你照顾，也不要你陪伴，他是我的，你走开。”

说完，把胡蝶拉开后，侧身坐到床沿上，俯身下去，轻轻地吻了一下王杉，强拉起笑脸，拼出喉口颤抖的声音轻声对王杉说：

“杉树，你是甜甜的，你是甜甜的，你是甜甜的……”声调由大到小，最后声音淹没在了两人嘴唇的无缝对接中。

胡蝶被田心突如其来地拉起后，一张惊讶的脸朝田心看了一眼，无可奈何中看着田心从她眼前抢走了王杉，并对王杉大胆的举动让她目瞪口呆，不知如何是好。

突然，她似曾被什么激灵了一下，立刻伸出两手扒向田心的双肩，用田心同样的强制把接吻中的田心拉了起来。从嘴里同时吐出来的话其谐音令田心发不起火，更逞不了凶。

“不要你，我来照顾他，你走开……”

天哪，这是什么情节啊。

石君的目光从田心和胡蝶身上立刻移开，几乎就是求救式的投在戈阳的脸上，并伸手推了一下似乎还沉寂在不知是感动还是好奇的戈阳。

戈阳几乎从梦幻中被石君一推清醒了过来，立刻走上前去拉住田心和胡蝶，把她们俩拉离床沿后用严肃的口气说：

“希望两位保持克制和理智，你们面对的是垂危之中的病人，不要因为你们俩的激动和不冷静，过早地召唤起垂危病人的回光返照。”

寒姿听了戈阳的话，立刻帮腔了起来，说：

“是啊，这是在医院，这是在重症病危病房，这不是在大街上，你们再这样，我就把你们统统都请出去了。”

戈阳见此，加重了语气后说：

“大家都往后站吧，仪芳，快再拿两片创可贴把王杉的嘴封牢点，刚才被田心的吻，怕是要弄脱落了，上下嘴唇要封牢了，以免下巴脱落。下巴脱落了，怎么到冥界跟阎王爷说话啊。”

天哪，这越说越玄乎了不是吗？

田心和胡蝶被戈阳这么一说，仿佛把她们俩拉到了生离死别的边沿上，不禁“哇”了一声哭出了声音来，两人各自依附在江映红和万纤的肩头，泣不成声。

石君的眼睛来回的转悠着，一会儿落在田心身上，一会儿落在胡蝶身上，一会儿落在戈阳和寒姿的身上，一会儿落在王杉的身上。

这生离死别的一幕一幕，让他从内心里体察到了人间的真爱，他多么希望王杉不要离去啊。

石君看着这形同殡仪馆遗体告别大厅的场景，不禁一股酸楚涌上心头，泪水涌泉般地夺眶而出。

石君慢慢地走近王杉，只见王杉直勾勾的眼睛看着石君，指挥他自己动弹的大脑神经似乎已经不能指挥他自己被石膏固定住的左手和右手以及一动就剧痛钻心的两只腿脚。

王杉似乎体察到了石君的伤心，平放在枕头上的脑袋，明显地左右两只眼睛涌出来的泪水从眼角边流向后脑勺。

石君无能为力，他迅速从口袋里拿出餐巾纸为他拭去了泪水。

这一切，戈阳都看在眼里，过了一会儿，他见到田心的抽泣声和胡蝶的抽泣声相应渐缓了之后，开口说：

“哎呀，生离死别确实是人生最难过的一个关口啊。”

“别离难忍忍别离，蜡炬已残泪难干，不知此心何寄，忍别离，不忍却又别离，不知此心何寄啊。”赖子臣见戈阳说出如此肝肠寸断的话后，引了几句《红颜旧》的歌词感叹了起来，为戈阳的煽情推波助澜。

戈阳立刻附和着说：

“哎呀，只可怜咱们的王杉走进长长的黄泉路，到了忘川河边见到那块三生石，要在石头上刻下今生今世最爱的人和他未来想等待的人的名字时，不知要刻哪一个了，是田心呢还是胡蝶呢？哎……”

戈阳唉声叹气中寒姿抢先说了：

“让田心和胡蝶当众 PK 一下好了，我们不就可以帮王杉裁判一个让他把名字刻在三生石上的人了吗？”

戈阳听了寒姿这一点拨，立刻兴奋了起来，说：

“言之有理，言之有理，这样吧，我来主持一个公道吧，只是希望田心和胡蝶不要介意哦。”

万纤是一个热心肠的人，她立刻跟伏在她肩膀上抽泣的胡蝶轻声地说：

“胡蝶姐姐，你想争吗？”

胡蝶没有直面回答万纤，只见她的头从万纤的肩膀上抬了起来，擦了一把眼泪后说：

“医生同志，是这样的，我和田心，在王杉这个属于谁的问题上，不是用当众PK这个简单的方法可以解决的。为什么呢？因为，王杉如今落得如此地步，他对于我来说已经上升为一个责任问题，责任是属于道德的范畴，道德本身是不能PK的……”

戈阳听胡蝶这么一说，顿时警觉了起来，他立刻打断了胡蝶的话说：

“责任，王杉他和你已经……”

大家被戈阳这么敏感地一问，立刻瞪大了眼睛期待胡蝶的回答。

田心更是敏感，本来侧身对着胡蝶，她潜意识中掰开江映红挽着她的胳膊，由侧视着胡蝶转身为正视着胡蝶。

胡蝶不明白戈阳说活的意思，看到大家以异样的目光看着她，立刻反问戈阳：

“医生同志，我不明白你在说什么。”

故弄玄虚，扩大明星因绯闻而扩大影响力吗？

戈阳面对着一个陌生女孩，不好把话说透，他转眸看了看石君，希望石君替他说。

石君见此，心领神会地帮助戈阳接上话题，他对着胡蝶说：

“胡蝶，这位医生的意思是说王杉跟你已经上过床啦？其实，法庭之上，在双方的辩词中不存在要回避某些敏感言辞的，对吧，医生同志。”

胡蝶听了石君这么一说，内心顿觉好笑，但笑不出来，她想了想回说：

“你们男同志总是认为，跟女孩子上床是责任和道德的最高境界，其实，这是对责任和道德这个概念很狭隘的一种解读，男女之间的情和爱扩展开来的责任和道德难道就建立在床上的性爱之中吗？难道就可以用两性之间的上床做爱囊括了责任和道德的范畴了吗？我始终是这么认为，两人相爱之间，应该是在一见钟情之后付之互相帮助，互相激励，互相建立信任，于细微之中见互敬，在互敬之中存感恩，由此情感升华为共同的责任，共同守住道德的底线。”

胡蝶说到这，用了她常用的编导的眼光扫了一下面前的大家，顿觉自己是否有点反客为主过激，立刻收住了话锋。

戈阳见此，立刻抱以很钦佩的口气对胡蝶说：

“哇，这位胡蝶，如果我是王杉，肯定也会吃着碗里看着锅里的……”

寒姿一听可不愿意了，马上连咳两声以示对戈阳示警。

胡蝶接上了话题，说：

“你们知道我今天为什么要争王杉吗？”

这句话说出口后，她首先看了一眼田心，而后目光扫过大家后继续说：

“王杉在我们临毕业前夕，在一次汇演中，他无意中把我从空中摔倒了舞台上，造成了我的骨折，对此，他义无反顾地履行了肇事者要去承担的责任，在我爸妈双双出国无人陪护和抚慰我的时候，他履行了同学之间应有的大爱，陪护了我十几天，最后到了我爸妈回国接我了，他才离开。

后来，到了我再次见到王杉时，是一个女孩，就是我身边素未谋面的朋友万纤，是她在一个深谷救起了为爱殉情的王杉，也因她让王杉再次见到我，当我知道他因为我而失去他的心上人田心之后，我给了他垫底的爱，用以抚慰他的爱情创伤，可是，当他得知田心因他而精神分裂遁入疯癫时，他二话没说踏上了爱凝结为责任的路，急赶桂林去找田心，谁知，千回路转，他还是丢了田心，就在这个时候，是我的好朋友万纤告诉了我他在阳朔大街小巷寻找田心几乎处于无谓的疯狂，为了挽救他的青春，不因此废掉一个高颜值的年轻人，是万纤让我这个垫底的爱再次帮助他迷途知返，可是，当我犹豫之中来到阳朔一看，首先他那一身打扮，从他嘴里唱出的歌，我认定这份爱不属于我，我扭头离开，可是，就在我跑着离开他的时候，他因追我而落崖致此，对此，出于一种责任，等同于当时他对我履行的责任，此时此刻，我必须把他领回去。在此，我声明，如果王杉是健全的，这份爱应该属于田心。”

“天哪，太感动了，太高尚了。”戈阳情不自禁地感慨了起来。

就在大家为胡蝶的一番话沉寂在感慨之时，田心走到胡蝶的面前，一下扑过去紧紧地抱住她，呢喃声中再给大家煽情，她说：

“胡蝶，我错怪你了，是我的爱太狭隘了，求求你，把王杉给我吧，他是我的，纵然他把我的灵魂当了纪念碑，我理应就是他的鬼……呜……”田心说着说着，伏在胡蝶的肩头上哭了起来。

当在座的对这份难舍难分的感情无从下手时，一直站在王杉床头的石君看出了其中的奥妙，立刻说：

“医生同志，有红药水吗?”

戈阳回说：

“要红药水干什么？”

“你们别管了，只管把红药水给我吧。”

站在一边的仪芳护士，立刻跑去取来了一瓶红药水递给石君。

石君接过红药水之后，举在手中，清了清嗓子后大声地对大家说：

“好了，田心和胡蝶你们俩都别争了，我一直站在王杉床头，我注视着他不断变化的眼神和希望我能帮助他的传神，我决定了，王杉这个植物人归我了，从今往后，我把他放在轮椅上，推向大街，往路边一放，我从此改行卖唱为生了，多难得的一个骗钱的道具啊。”

大家的目光一下注视到了石君身上和躺在病床上一直动着肩头爆出血红眼球的王杉，看着他欲想说话又张不开嘴的难受。

石君说时迟那时快，瞬间打开红药水的瓶盖，一手揭开盖在王杉身上的被子，二话没说，把红药水从王杉的头上、身上浇了下去，边浇边说：

“哇，够惨烈的了，我就不信，你这遍体鳞伤的植物人，伴上我作词作曲的歌声，我会发不了财。”瞬间，王杉体无完肤，血迹斑斑。

王杉可是受到刺激了，攥足了全身的爆发力隐去了身上的疼痛，一下从床上挣扎着坐了起来，与此同时，他也挣脱开了粘在他嘴巴上的创可贴，喘着粗气说：

“我只是两只手腕骨折，其他都是钝击伤和皮外伤。”

田心和胡蝶可是听的清楚，她俩见王杉原来平安无事，顿时喜从天降，两人不约而同地冲向王杉，一左一右同时抱住了王杉，雨点般的吻通过两张嘴落到了王杉的脸上、身上……

万纤见状，慢慢地走上去，把胡蝶拉了下来。

田心的脸贴着王杉的脸，闭目沉寂在无限的幸福之中，仿佛周围的人都已透明。

王杉看着胡蝶慢慢松开抱着他的双手，一步一步向后退去的距离，深情地说：

“灰姑娘，我的双手不能抱你了。”

“太激动人心了，太感动了，亲朋好友们，你们还站着干什么，上第二套预案啊，赖子臣，江映红，仪芳，各就各位，上。”

只见戈阳一声令下，赖子臣引爆了几枚爆花桶，江映红点燃了冷艳火，仪芳端来了一篮子玫瑰花瓣朝着王杉和田心的头上身上撒去，寒姿拿来了两束鲜花，一束献给王杉和田心，一束献给胡蝶，戈阳则打开了事先准备好的音响，一曲婚礼进行曲在病房内回荡了起来。

寒姿走到胡蝶面前，挽过她的手后说：

“谢谢你胡蝶，你是我见到的最优秀最有修养最有气质的女生。”

说完，她转过脸对田心和王杉说：

“祝福你们，祝福你们千回路转的爱情终修正果……”

田心还没等寒姿说完，立刻松开王杉，向胡蝶扑了过去，紧紧地抱住她。

突然，一位穿着蓝大褂的长者出现在大家的面前，冲着大家说：

“好啊，戈阳，你跟伯父说借一间太平间给你，原来你是用来办婚礼的呀，寒姿，爸爸可不同意你和戈阳也在太平间办婚礼哦。”

“张院长，不，伯父，我不会领寒姿来这里办婚礼的，我们说好了到教堂去办的。”戈阳对着寒姿爸爸一脸虔诚。

寒姿挽着他爸爸的手，对着他爸爸的下巴说：

“爸爸，你不是说过，人到死亡的那一刻才会说真心话吗，与其说戈阳在教堂对我发誓的假情假意，还不如让他在太平间跟我说真话。”

张院长一听，拍了一下寒姿的头说：

“傻孩子，他要会对你说假话，那么，他出国了干啥又弃掉国外优越的条件回国跟你好啊。”

张院长见大家冷落了王杉，看了一眼床上的王杉后说：

“戈阳，你还不赶快把病人送去 VIP 病房啊，好生照顾你的朋友，人家千里迢迢来桂林招亲，你这样对待客人，你还算是桂林好山好水的东道主吗?”

石君见此，站在戈阳面前，一拳击向他的胸脯后说：

“你小子，原来这个局是你设的呀。”

戈阳立刻回道：

“我不是给你找一个作词作曲的灵感之处吗，音乐家先生。”

万纤看到大家热情洋溢，她揽着王杉的肩膀对大家说：

“谢谢张院长，也谢谢戈阳医生和寒姿医生，都过来吧，大家都一起跟我哥哥王杉和嫂子胡蝶……”

“啊……”大家异口同声的一声惊叹打断了万纤的话，万纤见此口误，立刻掌嘴改口说：

“跟我哥哥王杉和我嫂子田心合个影吧。”

万纤说完，拿出手机，跑到张院长面前，礼貌地跟他说：

“院长伯伯，您就帮我们照一张吧，也算是今生今世最难忘的相聚和情缘了，谢谢您了。”

手机的取景框中，一群红男绿女簇拥着一个遍体鳞伤的新郎，手机的快门在一片“茄子”声中被按了下去。

特别鸣谢

鸣谢台湾肆一给出的人类真爱的引子

鸣谢《今夜痛斩爱情》的大仙隐约出的爱在俏皮中讲道理的高论

鸣谢某子两性关系原来如此的剖析